Studien zur Volkserzählung

Beiträge zur Europäischen Ethnologie und Folklore

Reihe B: Tagungsberichte und Materialien

Herausgegeben von Leander Petzoldt

Band 1

Verlag Peter Lang
Frankfurt am Main · Bern · New York · Paris

Studien zur Volkserzählung

Berichte und Referate des ersten und zweiten Symposions zur Volkserzählung Brunnenburg/Südtirol 1984/85

Herausgegeben von Leander Petzoldt
und Siegfried de Rachewiltz

Verlag Peter Lang
Frankfurt am Main · Bern · New York · Paris

CIP-Kurztitelaufnahme der Deutschen Bibliothek

Studien zur Volkserzählung : Berichte u. Referate d. 1.u.2. Symposions zur Volkserzählung in Brunnenburg / Südtirol 1984/85 / Leander Petzoldt; Siegfried de Rachewiltz (Hrsg.). - Frankfurt am Main ; Bern ; New York ; Paris : Lang, 1987.
(Beiträge zur europäischen Ethnologie und Folklore : Reihe B, Tagungsberichte und Materialien ; Bd. 1)
ISBN 3-8204-8831-6

NE: Petzoldt, Leander [Hrsg.]; Symposion zur Volkserzählung Brunnenburg / Südtirol 01, 1984 - 02, 1985; Beiträge zur europäischen Ethnologie und Folklore / B

Gedruckt mit Unterstützung der
Tiroler Landesregierung und des
Landesverbandes für Heimatpflege in Südtirol

ISSN 0930-2336
ISBN 3-8204-8831-6

Druck und Bindung: Weihert-Druck GmbH, Darmstadt

Printed in Germany

V O R W O R T

Der vorliegende Band enthält die Referate* und Diskussionen des zweiten Symposions zur Volkserzählung aus dem Jahr 1985 und bringt einen zusammenfassenden Bericht über die erste Tagung im Jahr zuvor. Seit im Oktober 1984 zum ersten Male Siegfried de Rachewiltz zu einem "Symposion über die Volkserzählung in Südtirol" auf die Brunnenburg/Dorf Tirol einlud, haben drei Arbeitstagungen stattgefunden, die jeweils einem kleinen Kreis von Erzählforschern und interessierten Teilnehmern aus verschiedenen Disziplinen Gelegenheit gaben, über Probleme der Volkserzählung zu diskutieren. Mit diesem Band soll nun der Versuch gemacht werden, den Verlauf der Arbeitstagungen zu dokumentieren; aus diesem Grunde wurden auch die Diskussionen im Anschluß an die Referate abgedruckt.
Im Gefolge der Brüder Grimm und der nationalen deutsch-romantischen Bewegung entstand auch in Tirol eine Sammeltradition, die durch die Namen Ignaz und Josef Zingerle, Joh. Nepomuk von Alpenburg, Adolf Heyl, Theodor Vernaleken und andere gekennzeichnet ist. Wie die Brüder Grimm und die von ihnen begründete mythologische Schule sahen sie in den von ihnen gesammelten Sagen Nachklänge germanischen Götterglaubens und mythologischer Vorstellungen, und sie waren bemüht, ihre Sammlungen dem Erwartungshorizont eines gebildeten Publikums anzugleichen. In ihrem Eifer, das germanische Erbe in der Volkssage zu entdecken, und aus der romantischen Vorstellung von einer ursprünglichen Natur- und Volkspoesie mit ihren "hochpoetischen und ethisch gehaltvollen Sagenschätze(n)" (Heyl) heraus entwickelten sie ein ahistorisches Modell der Sagen-und Märcheninterpretation, das bis in die Gegenwart, besonders in der psychologischen (anthroposphischen) und strukturalistischen Forschung gültig ist. Diese Sammlungen sind ebenso dem Zeitgeist verpflichtet und ideologisch geprägt, wie dies auch heute vielfach der Fall ist. Sie geben vor, die "echte" mündliche Erzählüberlieferung einer Landschaft zu repräsentieren, stützen sich dabei aber weitgehend (auch hier wirkt das Vorbild der beiden Grimms) auf Zuträger und Gewährsleute aus der gebildeten Schicht, Lehrer Geistliche, Studenten. Sie ändern und ergänzen ihre Texte, wie

---

* Der Beitrag von Lutz Röhrich auf dem Symposion 1985 "Zur Deutung und Be-Deutung von Folklore-Texten" wurde bereits in Fabula 26 (1985), S. 3-28 publiziert.

Heyl, der die Einsendungen "in stilistischer Hinsicht dem Tone des Ganzen angepaßt" hat ("anstößige Partien sind weggelassen und derbe, bedenklich erscheinende Stellen vorsichtig abgeändert worden" ebda) und sind trotzdem der Meinung, daß sie "ein reiches Material ächter Sagen, Sagenstoffe, Reste des mythischen Volksglaubens ..." (Alpenburg/Bechstein) aus dem "Volksmunde" gesammelt haben. Kritik scheint hier wohlfeil zu sein und trifft doch daneben. Wir verdanken diesen Sammlern und Herausgebern im wesentlichen einen regionalen Fundus der Erzählüberlieferung, der nach den politischen Umwälzungen zweier Weltkriege so nicht mehr gesammelt werden könnte. Und wenn unter einem gewandelten wissenschaftlichen Erkenntnisinteresse heute andere Fragestellungen, etwa die nach der historischen Dimension des Erzählten und dem sozialen Kontext des Erzählers im Vordergrund stehen, so läßt sich dies den Sammlern der ersten Stunde nicht zum Vorwurf machen. Seit den Tagen der Brüder Grimm haben sich die Methoden der Feldforschung und der Aufzeichnung oraler Überlieferung weiterentwickelt, und an die philologisch getreue Wiedergabe von Folklore-Texten werden heute größere Ansprüche hinsichtlich ihrer Authentizität gestellt als zu Zeiten der Romantik. Auch der Begriff der "Volkserzählung" ist erweitert worden und umfaßt nicht nur einen engen meist gattungstypologisch definierten Teil dessen, was sich die Menschen erzählen, sondern bezieht das gesamte gegenwärtige alltägliche Erzählen ein und fragt nach seiner sozialen Verbindlichkeit.

Die vom Institut für Volkskunde der Universität Innsbruck und dem Arbeitskreis Brunnenburg veranstalteten Symposien zur Volkserzählung wollen Gelegenheit geben, das bisher gesammelte Material wissenschaftlich zu analysieren und neuen Fragestellungen zugänglich zu machen ohne dabei "traditionelle" Fragestellungen zu vernachlässigen. Daß dabei die Frage nach dem Quellenwert der Sammlungen und den ihnen zugrundeliegenden Forschungsprämissen gestellt werden muß, liegt auf der Hand. Darüberhinaus aber wollen die Arbeitstagungen einen Beitrag zur Erschließung der Tiroler Volkskultur leisten indem sie die Ergebnisse ihrer Forschungen einer breiteren Öffentlichkeit vorstellen und damit zu einer permanenten Diskussion einladen.

L.P.

INHALTSVERZEICHNIS

Anmerkungen und Literaturhinweise finden sich jeweils im Anschluß an die Diskussionen.
Die Diskussionsbeiträge wurden von Hartmut Prasch und Ingo Schneider zusammengefaßt.

2. SYMPOSION ZUR VOLKSERZÄHLUNG AUF DER BRUNNENBURG
DORF TIROL / SÜDTIROL
24. – 26. OKTOBER 1985

ALLTÄGLICHES ERZÄHLEN HEUTE: ZUM PROBLEM DER TEXTERHEBUNG UND TEXTVERARBEITUNG

Helmut Fischer, Essen

1. Erzählen im Alltag und Alltag des Erzählens

Fatal ist der populäre und wissenschaftliche Zugriff auf das Erzählen und das Erzählgut, der den Gegenstand bloß binär angeht. So wird festgestellt, daß die Vorstellungen des Volksglaubens, die sich im Erzählen von Geschichten äußerten, durch das moderne rationale Denken beseitigt worden sind. [1] Die soziale Einbindung des Erzählens ist aufgehoben. Gemeinschaftsarbeiten wie Bohnenfitschen, Maisschälen und Spinnen oder gesellige Erzählanlässe wie Abendsitz, Dorfzusammenkünfte und Totenwache gibt es nicht mehr. Die 'Erzählgemeinschaften' sind untergegangen. [2] Die Massenmedien zerstören die mündliche Überlieferung. Die Folge ist, daß die herkömmlichen Formen der Volkserzählung, vor allem Märchen, Sagen und Legenden, verschwinden. Das Ende der Erzähltradition ist gekommen. [3] Solche Klagen finden sich in den meisten älteren und gegenwärtigen Erzählsammlungen. Sie dienen als Begründung dafür, daß die Verfasser einerseits den überkommenen gedruckten Vorrat ausbeuten und bearbeiten oder zum anderen so wenig Texte mit traditionellen Inhalten zusammenbringen. [4] Erzählen in diesem Sinne ist nach Form und Inhalt, nach Gelegenheit und Zweck hinsichtlich der beteiligten Personen und ihrer sozialen Organisation etwas Besonderes, eine Tätigkeit, die aus dem 'normalen' Verhalten hervorsticht.

Die Forscher und Herausgeber indessen, die sich in der beschriebenen Art und Weise mit Erzählen und Erzählgut befassen, spüren durchaus, daß sie nur einen Teil der Erzählwirklichkeit berücksichtigen. Erzählungen von Erlebnissen, Ereignissen und Erinnerungen, von Arbeit, Krankheit und Krieg, also Geschichten des täglichen Lebens und der Autobiographie, lassen sie deshalb außer acht, weil sie jenseits des 'literarischen' Erzählens stehen und in den vergangenen Erzählkreisen keine Rolle gespielt haben sollen. [5] Auch glaubt man, in solchen Alltagserzählungen kaum formale und funktionale Gemeinsamkeiten mit den herkömmlichen Erzählformen erkennen zu können. Man scheidet die "echten" Volkserzählungen vom "anderen", vom alltäglichen Erzählgut. Das "alltägliche Erzählen" wird zwar wahrgenommen, es wird jedoch vom "eigentlichen" Erzählen abgesetzt. [6] Diese Ausgrenzung ist forschungsgeschichtlich zu erklären. Sie sollte allerdings im Hinblick auf das tatsächlich gegenwärtige Erzählen und seine Erforschung überwunden werden.

Die Geringschätzung des Alltags hängt zweifellos damit zusammen, daß er durch das bestimmt wird, was sich von ihm abhebt: Dem Allgemeinen, dem Gewöhnlichen und Gewohnten, der Arbeit und dem Werktag steht das Besondere, das Hervorgehobene und Höhere, die Feier und der Festtag gegenüber. [7] Der graue Alltag indessen ist lang. Die Erfahrungen, die er bietet, sind unscheinbar und trivial. An ihnen sind die Vielen, ist die Masse beteiligt. Der Alltag ist nur mit Mühe zu analysieren. Der einzelne Forscher sieht sich einer diffusen Menge gegenüber, die sich sozialspezifisch, aber anders als der Wissende verhält. Da weicht er lieber in die Höhen des Festtages aus, in die kleine Gruppe. Dort findet er die Erzählformen, die in sein Kategoriensystem passen, und den berufenen Erzähler, den volkstümlichen Künstler, der mit seinem Repertoire glänzt. Dem Erzählalltag geht der Forscher aus dem Weg.

Dem Vorurteil ist mit dem Beispiel zu begegnen. Als Grundsatz hat zu gelten, daß im Alltag, in der Lebenswelt der Mehrheit erzählt wird. Das Erzählen umfaßt thematisch das subjektive Erlebnis ebenso wie die überlieferte oder von diesem und jenem gehörte dramatische Begebenheit, das lustige Ereignis, die spaßige Fiktion und das wunderbare Geschehen. Mit den Kategorien der Erzählforschung sind das Sage, Schwank, Märchen, Anekdote, Witz wie auch Geschehensberichte, Lebensberichte und Arbeitserinnerungen. Ihrer Gestalt nach sind diese Texte oft knapp und hart, manchmal entwickelt und ziseliert. Sie folgen nicht pauschal dem herkömmlichen Textmodell, verwenden jedoch Erzählmuster, die dem Erzähler wie den Zuhörern gemeinsam sind. Der Glaube an das Geheimnisvolle, das die Wirklichkeit verfremdet, scheint immer wieder durch. Die Medien sorgen tagtäglich für die Aufbereitung und Verbreitung solcher Sensationen. [8] Die Kommunikationsgelegenheiten vervielfachen sich. Erzählt wird am Familientisch und am Arbeitsplatz, in der Disco und im Wirtshaus, auf dem Pausenhof und in der Clique. Das 'Erzählgut der Gegenwart' besteht aus traditionellen wie aktualisierten Elementen. [9] Alltägliches Erzählen meint die verbal-gestalterische, mündliche, die 'literarische' Tätigkeit der Vielen. Deren Texte müssen jedoch für das literarische und wissenschaftliche Interesse erst einmal festgemacht, das heißt auf Tonträger oder Papier aufgenommen werden.

2. Möglichkeiten und Verfahren der Erhebung von Erzähltexten

2.1. Ziele

Der Forscher, der dem alltäglichen Erzählen nachspürt, wird sich über seine Absichten klarwerden. Denn von dort aus ergeben sich Auswirkungen auf die Methode. Er kann ein fernes Ziel in der Publikation sehen, und zwar in Buchform. Zu bedenken ist dann, an welche Leser er sich wendet, an den relativ kleinen Kreis der Fachwissenschaftler oder an den 'normalen' Leser. Letzterer lebt zumeist im Erhebungsgebiet und fühlt sich irgendwie von dem Druckwerk betroffen. Er hat bestimmte Erwartungen, die von seiner schulischen Begegnung mit der sogenannten Kleinepik geprägt sind. Die Sage etwa findet ihr Modell in der Lesebuchsage, die nach dem Grimmschen Muster Motive ausführt und Begründungen liefert. Das Buch enthält volkstümlichen Lesestoff. Gerade die Überführung aus der gesprochenen Sprache in die standardsprachliche Schriftlichkeit verleiht den 'heimatlichen' Texten ihren besonderen Wert. Bücher dieser Art erreichen hohe Auflagen, gelten als echte "Heimatbücher", die den Geist einer Landschaft allgemeinverständlich spiegeln. Der Gedanke an die Rettung des altväterlichen Erbes ist wichtig, wichtiger erscheint indes die Repräsentation in einem stattlichen, von einem heimatlichen Künstler gestalteten Band. Der wissenschaftliche Rezipient hingegen ist an ganz anderen Informationen eines Buches interessiert. Er wünscht eine Dokumentation der Texte samt einer Beschreibung des Entstehungsprozesses der Veröffentlichung. So erwartet er Aussagen zum Gegenstand der Untersuchung, zu den beteiligten Personen, zu den Umständen von Ort, Zeit und Situation, zur Sprache und den Methoden. Darüber hinaus wünscht er im Apparat die Sachangaben und Register, die für die Analyse und das Verständnis der Texte und die Rekonstruktion des Erzählgefüges notwendig sind. Die Differenz zwischen der Dokumentation exakter Texterhebung und der lesbaren Druckveröffentlichung ist offensichtlich. Lediglich wissenschaftlichen Zwecken außerhalb einer umfänglichen Textpublikation genügt die Archivierung des erhobenen Erzählgutes, wie sie von verschiedenen Forschungsstellen vorgenommen wird. [10] Allgemeines Ziel ist die empirische Aufnahme von Erzähltexten des Alltags und deren Dokumentation in einem Textkorpus mit der Absicht der wissenschaftlichen Veröffentlichung.

2.2. Gegenstand

Insofern sich die Erhebung mit den kanonischen Textsorten Sagen, Märchen und Schwänke oder "Sagen, Märchen und Schwänke" befaßt, ist der Gegenstandsbereich fest umrissen. [11] Unklarer werden die Grenzen bei Bezeichnungen wie "Volkserzählungen" oder "Volksüberlieferungen", die durch Spezifizierungen wie "Sagen, Legenden, Märchen, Anekdoten" oder "Sagen, Berichte und Meinungen, Märchen und Schwänke" weiter verdeutlicht werden. [12] Noch größere Offenheit für epische Texte jeder Art suggeriert der Begriff "Erzählgut". [13] In den Sammlungen wird gelegentlich der Gegenstand durch Hilfsbezeichnungen abgeklärt, die auf die Vorgehensweise hindeuten. Da werden "Gelegenheitsaufzeichnungen" mit den "Ergebnissen systematischen Sammelns" vereinigt und "eigene Aufzeichnungen" durch "kleinere Sagensammlungen von befreundeten Kollegen" ergänzt. [14] Selbst schriftliche Quellen werden dem aktuellen Bestand zugerechnet. [15] Oder zur epischen Volksüberlieferung gehören "Sagen und andere mündlich überlieferte Erzählungen, daneben in der Tradition verwurzelte Erlebnisberichte und schließlich Mitteilungen über Volksglauben und Brauchtum, die sich mit Sagen berühren. Die Bögen spannen sich von der Legende zum Schwank, vom Mythenähnlichen zum Realistischen, vom Altererbten zum Selbsterlebten, vom allgemein Bekannten zur Rarität." [16] Gegenstand der Erhebung alltäglichen Erzählens ist alles Erzählte sowie der gesamte Kontext. Der Erzählzusammenhang schließt den Erzähler und den Forscher ein, Ort, Zeit und Situation, Sprache und Verhalten sowie das Erhebungsverfahren.

2.3. Forscher

Innerhalb eines Feldforschungsunternehmens, das als systematische Erhebung angelegt ist, also in einem Raum und Zeitraum möglichst viele Texte im Kontext zusammenbringen will, kommt dem Forscher eine wichtige Rolle zu. Sein Selbstverständnis prägt die Einschätzung des Erzählers und seiner Erzählungen. Sieht er sich als "Sucher und Entdecker", dann werden ihm auch "Funde" höchster Qualität zuteil, nämlich Märchen. [17] Versteht er sich als Dokumentator alltäglichen Erzählens, so hält er alles Erzählte der Aufzeichnung für wert. Der Explorator tritt in eine bestimmte Beziehung zum Erzähler ein, die wesentlich von ihm ausgestaltet wird. Er hat bestimmte Absichten und ist um Steuerung der Exploration durch die Vorgabe von Themen bemüht. Er gibt sich als Sachverständiger zu erkennen und besitzt Kenntnisse über die Lebenswelt und die Kommunikationsformen des Erzählers. [18] Er inszeniert die Exploration, die in den meisten Fällen wohl zwischen ihm und dem Erzähler, zwischen zwei Personen abläuft. Er hält sich zurück und kontrolliert und dosiert seine Deutungen und Wertungen. Der Explorator leistet eine Menge, indem er sein Verhalten auf dieses Modell nicht-alltäglicher Kommunikation einstellt, auf den Erzähler eingeht, dessen Erinnerungskraft und Mitteilungsfreude anregt, Stichworte aufgreift, Fragen ansetzt und nonverbale Bekräftigungen signalisiert. Alle diese Einzelheiten gehören in den Rahmen menschlicher Zuwendung und sozialer Akzeptanz hinein.

2.4. Erzähler

Der Erzähler, in einer Texterhebung vom Forscher und Explorator zum Erzählen animiert, erscheint als Individuum. Er tritt durch Selektion aus der Gruppe hervor und zeichnet sich möglicherweise durch ein größeres Maß an Aktivität und durch eine besondere Bereitschaft zur sprachlichen Äußerung aus. Das Wissen, sich durch das Erzählen selbst darzustellen und in die Öffentlichkeit zu begeben, regt den einen, kommunikationsfrohen Erzähler an, es hemmt den etwas wortkargen. Zumindest wird das Erzählen davon beeinflußt. Die personalen Bedingungen verbinden sich mit intellektuellen Leistungen, die über die alltägliche Kommunikation hinausgehen: Der Erzähler soll sich möglichst exakt erinnern und Einzelheiten bewußt machen, Verdrängtes wieder vergegenwärtigen, seine Aussagen formulieren und präzisieren und eine Geschichte mitteilen. Am Verhalten des Erzählers aber wird auch seine Abhängigkeit von den soziokulturellen Determinanten deutlich. Es unterscheidet sich schichtenspezifisch und kann nur als Folge gesellschaftlicher Verhältnisse erklärt werden.[19] Die sozialen Wandlungen nach dem Zweiten Weltkrieg machen sich bemerkbar. Der Anteil der Landwirte unter den Gewährsleuten geht zurück. Die Zahl der erzählenden Mittelschichtsangehörigen, der mittleren und gehobenen Beamten und Angestellten, der freien Berufe und Selbständigen nimmt zu. Die Frauen sind ebenso mehr und mehr dazu bereit, ihr Wissen mitzuteilen. Hinsichtlich des Alters überwiegen die mehr als Sechzigjährigen. Sie befinden sich im Ruhestand und verfügen über ihre Zeit. Das Alter und die Lebenserfahrung beeinflussen wiederum die Erzählinhalte. Die Jugendzeit prägt am stärksten das, was erzählt wird. In der Jugend aufgenommene Geschichten werden am intensivsten reproduziert. Das heißt, daß die Sechzig- bis Siebzigjährigen ihr Wissen sich zwischen den beiden Kriegen angeeignet haben. Nicht weniger Gewicht haben das religiöse Bekenntnis und der Beruf. Daß sich die Erzähler nach ihrer jeweiligen Erzählkompetenz voneinander unterscheiden, zeigt sich an Zahl und Umfang, Formulierung und Gestaltung der Texte. Jeder Text aber ist das bewußte Produkt eines individuellen Erzählers, der dieses Sprachgebilde in einen Kommunikationszusammenhang einbringt.

2.5. Ort

Der Ort läßt sich einmal als der geographische Raum bestimmen, in dem die Erhebung durchgeführt wird, zum anderen ist damit der Platz gemeint, an dem sich Explorator und Erzähler begegnen. Das Erhebungsgebiet kann eine Groß- oder eine Kleinlandschaft in volkstümlicher, geographiewissenschaftlicher oder historisch-politischer Bezeichnung sein. [20] Desgleichen werden selbständige Siedlungen, Ortschaften, Dörfer und Städte untersucht. [21] Eine genaue geographisch-historische und kultursoziologische Beschreibung liefert die Folie für die Interpretation des erhobenen Materials. Nicht weniger wichtig ist die Charakterisierung der einzelnen Aufnahmelokalitäten, des Wohnzimmers, der Wohnküche, der Bank vor dem Haus oder der Gastwirtschaft und der Ansprache auf der Straße. [22] Der Einfluß des Ortes auf das Erzählen ist weniger von der Landesnatur und den prägenden historisch-politischen Bedingungen als vielmehr von situativen Elementen abhängig, etwa der kommentierenden Zuhörerschaft im Wirtshaus.

2.6. Zeit

Auch der Aspekt der Zeit ist in zwei Komponenten zu zerlegen. Dem Zeitraum, in dem eine Erhebung durchgeführt wird, stehen der Zeitpunkt und die Zeitdauer der einzelnen Aufnahme gegenüber. Der Zeitraum umfaßt je nach Größe des Erhebungsgebietes, der Anzahl der Gewährsleute und der Intensität des Sammelns bis zu mehreren Jahren. [23] Dabei ist jedoch zwischen einer systematischen Erhebung mit festem Zeitrahmen und einem eher zufälligen Zusammentragen zu unterscheiden. [24] Hinsichtlich des Zeitpunkts findet sich ein berufstätiger Erzähler nur in seiner Freizeit, das heißt nach seiner Arbeit und an den arbeitsfreien Tagen, bereit. Für Ruheständler bieten sich die Nachmittage, vor allem die Spätnachmittage und gelegentlich der Abend an. Der Abend ist vielfach, zumindest am Wochenende, mit Fernsehunterhaltung gefüllt, auf die nur ungern und selten verzichtet wird. Die einzelnen Erzählvorgänge dauern zwischen fünfzehn Minuten und drei Stunden. [25] Oft sind mehrmalige Besuche wegen unerwarteter Störung und Unterbrechung oder Ermüdung notwendig.

2.7. Situation

Die alltägliche Situation, in der erzählt wird, ist durch besondere Merkmale gekennzeichnet. Raum und Zeit des Erzählvorgangs sind für Erzähler und Zuhörer identisch. Der Erzähler, mit einem besonderen Wissen ausgestattet, führt die Unterhaltung über einen meist von ihm bestimmten Zeitabschnitt hin. Die Verteilung der Chancen, Erzähltexte weiterzugeben, ist daher für alle Beteiligten nicht gleich. Es handelt sich um eine asymmetrische Kommunikation. Andererseits geht der Erzähler davon aus, daß seine Zuhörer ein Vorwissen haben und im Verstehen und Deuten seiner Geschichten mit ihm übereinstimmen. Er kann daher auf Informationsbestandteile, auf Umschreibungen, Verweise und sprachliche Präzisierung verzichten. Die Kommunikation ist dennoch gesichert.

Die wissenschaftlich intendierte Aufnahmesituation indes hat ein bestimmtes Interesse, nämlich die Erhebung von Texten zum Zweck der Bestandsermittlung und Analyse. Durch ihre wissenschaftliche Zielsetzung, die auch die räumliche und zeitliche Begrenzung der Umstände einschließt, erhält sie oft einen hohen Grad an Offiziösität. Diese Tatsache bewirkt beim Erzähler gelegentlich Hemmungen im Gebrauch seiner Alltagssprache, etwa der Mundart. Nicht weniger bedeutsam ist die Art der Unterhaltung. Eine natürliche Dialogsituation wie im Alltagsgespräch entsteht nicht. Denn der Explorator beteiligt sich mit Stichwortvorgabe, Einleitungsfrage, mit Anstößen zur Fortführung des Erzählflusses und Rückfragen durchaus zielgerichtet. Hinzu kommt die räumliche Zuordnung, indem der Explorator dem Erzähler meistens gegenübersitzt. Die Kommunikationssituation, die sich bei Erhebungen vorwiegend ergibt, ist die sogenannte Exploration.[26] Sie wird von den Erzählern als Ausnahmesituation im alltäglichen Kommunikationsverhalten betrachtet. Dem Forscher gelingt es überdies kaum, sich in den Kreis einer "Erzählgemeinschaft" aufnehmen zu lassen und dort das Rundumerzählen zu verfolgen. Der Kommunikationsort Wirtschaft zum Beispiel, an dem eine Runde leicht zustande kommt, bietet auf Grund der widerstrebenden Interessenlage von Forscher und potentiellen Erzählern und Störfaktoren verschiedenster Art für die systematische Erhebung kaum eine günstige Gelegenheit.

2.8. Sprache

Alltägliches Erzählen geschieht mit Hilfe von gesprochener Sprache. Als gesprochene Sprache im Erhebungsbereich gilt die vom Erzähler im alltäglichen Umgang gebrauchte Sprache.[27] Sprechweisen in diesem Sinne sind Mundart, Umgangssprache und Hoch(Standard)sprache. Die Mundart wird als durch den Lautstand repräsentierte, in einem engeren Raum gültige Sprechweise verstanden. Sie wird von einer Mehrheit von Sprechern benutzt und reicht für eine kleinräumige Kommunikation aus. Eine grössere Reichweite hat die Umgangssprache, die als Resultat des Kontakts zwischen Mundart und Hochsprache verstanden wird. Die Hochsprache deckt demgegenüber den gesamtsprachlichen Raum ab. Sie unterliegt schriftsprachlichen Einwirkungen und bildet den Gegenpol zur Mundart.[28] Die Erzähler wissen zumeist um die mundartliche Artikulation und Färbung sowohl der Umgangssprache als auch der Hochsprache. Sie benutzen weithin alle Sprechweisen durchaus situationsgerecht und partnerbezogen. Für die Erhebung, die sich ja mit dem alltäglichen Erzählen befaßt, sind diese durchaus gleichwertig, auch im Hinblick auf eine linguistische Auswertung des Materials. Allgemein zeigt sich indessen, daß sich die Mundart verändert. Einer bemerkenswerten Stabilität im lautlichen Bereich steht ein rascher lexikalischer Wandel gegenüber. Mit den Gegenständen und Tätigkeiten verschwinden, vor allem in der Landwirtschaft und bei den handwerklichen Berufen, deren Bezeichnungen. Von einem Untergang der Mundart und einem "Verschlechtern der Umgangssprache" kann aber keineswegs die Rede sein.[29] Auch erlischt nicht mit der Mundart die "Erzähltradition".[30] Die unterschiedlichen Kommunikationsgefüge der einzelnen Altersgruppen beeinflussen vielmehr das Sprachverhalten. Die Jungen verwenden unter dem Zwang von Schule und Beruf die Hochsprache. Im engeren Kreis von einheimischen Bekannten und Freunden und in der Familie wird Mundart gesprochen. Dabei ist die individuelle Angleichung an die Umgangssprache mehr oder weniger stark. Dem älteren Erzähler wiederum erlaubt sein geringerer sozioverbaler Aktionsradius die Reduktion der sprachlichen Reichweite auf die Mundart. Ihn kümmert nicht das geringe Prestige seiner alltäglichen

Sprachlage. Da es sich um "alte Geschichten" handelt, verwendet er zumeist die traditionelle Sprechweise. Die Mundart vermittelt ihm ein Gefühl der inhaltlichen und kommunikativen Übereinstimmung. Sie schafft eine Art örtlicher und landschaftlicher Identität.

2.9. Verhalten

Das alltägliche Erzählen führt Erzähler und Zuhörer unter personalen, sozialen und situativen Bedingungen zusammen. Im Falle der systematischen Erhebung handelt es sich dabei um die Erzählsituation, die als Exploration bezeichnet wird.[31] Sie bildet den Rahmen für das Erzählverhalten. Am Beginn der Exploration steht meist ein Dialog zwischen dem Explorator und dem potentiellen Erzähler. Der Explorator trägt seine Absichten vor, verweist auf Bekannte und Bekanntes und beruft sich auf Vermittler. Er gibt sich als Sachverständiger zu erkennen, der Überkommenes und Seltenes vor dem Vergessenwerden bewahren will. Nach dieser Einleitung setzt ein monologisches Sprechen ein, das sich an den Explorator wendet, weniger an mögliche andere Anwesende, seltener an eine Hörergruppe. Der Explorator sitzt dem Erzähler gegenüber am Tisch, auf dem Stuhl, im Sessel, auf der Bank oder geht auch neben ihm her. Dabei ist das kleine Aufnahmegerät sichtbar. Dieses monologische Erzählen ist charakteristisch für die Exploration. Denn es sollen, einer Forderung der systematischen Erhebung folgend, möglichst abgerundete Texte gespeichert werden. Außerdem kennt,zumindest aus der Sicht des Explorators, nur der Erzähler das, was er formulieren will. Er entscheidet über den Textumfang, über die Gestaltung, über Ausweitung und Reduktion. Gerade eigenerlebte Geschichten fordern oft die ganze sprachliche Gestaltungsfähigkeit heraus. Sie werden unmittelbar auf den Hörer hin erzählt und wollen ihn mit einbeziehen und ergreifen. Nonverbale Gestaltungsmittel, Mienen- und Gebärdenspiel, aber auch Intonation und Lautstärke unterstreichen die Wichtigkeit der Erzählungen für den Erzähler. Beim Erzählen von überlieferten Texten zeigt sich vielfach eine größere emotionale Zurückhaltung. Es ist eine stärkere Distanzierung zum Ereignis vorhanden. Der Erzähler verlangt vom Explorator Bestätigungen und Erklärungen. Dadurch und durch Anstöße und Fragen des Explorators oder anderer Zuhörer wird der Monolog unterbrochen. Aber auch während des Erzählvorganges einer einzelnen Geschichte legt der Erzähler vielfach Denk- und Artikulationspausen ein. Mitunter spricht er unmittelbar den Explorator an. Er weiß, daß er das Ziel des Erkenntnisinteresses ist, und er ist sich seiner Rolle bewußt. Hat er sein Repertoire erschöpft, so löst sich das monologische Erzählen wiederum im Dialog auf. Die 'Ableitung' beschäftigt sich interpretierend mit dem Erzählten, mit den Zielen des Sammelns, mit Themen aus Vergangenheit und Gegenwart, mit familiären Problemen und aktuellen politischen Diskussionen. Dieses Modell beschreibt nicht das Verhalten aller Erzähler. Vor allem die jeweiligen personalen und situativen Bedingungen verändern das Bild. So gibt es den zurückhaltenden Erzähler, der einem anderen gern den Vortritt läßt. Oft verhalten sich Frauen rollenkonform, indem sie dem Mann bei dieser sozusagen "öffentlichen Angelegenheit" der Exploration das Wort zuweisen.

Die Tatsache der Inszenierung von Exploration beeinflußt ebenso das Sprachverhalten. Beherrschen die Erzähler die Mundart, dann verwenden sie diese jedoch unterschiedlich in ihrem Alltag. Sie gebrauchen die Mundart beim Erzählen "alter Geschichten", wollen manchmal aber persönlichen Mehrwert dadurch erlangen, daß sie Umgangssprache und Hochsprache wählen. Das zeigt sich vor allem dann, wenn sie den Explorator als "Gebildeten" einschätzen. Bemerkenswert ist das Bemühen, die Grammatikalität des Sprechens zu beachten. Das spontane Gespräch wird zwar durch das elliptische Sprechen gekennzeichnet. Innerhalb der Exploration und angesichts des Explorators und des Aufnahmegerätes werden verblose Sätze indes zum Teil vervollständigt. Im allgemeinen geht das Erzählen, abgesehen von krankhaften Beeinträchtigungen beim Sprechen und Hören, flüssig vonstatten. Eine Erzählhemmung aufgrund einer Mikrophonbefangenheit gibt es nicht. Das technische Gerät ist bekannt und stört nicht. Der Explorator wiederum muß sich in seinem Verhalten auf den Erzähler einstellen. Er gibt ihm die Sicherheit, ernst genommen und verstanden zu werden. Gerade im Verhalten des Erzählers, in seiner Bereitschaft und seiner Ausdauer, zeigt sich seine Einstellung zum Erzählen, zu Glauben und Aberglauben und zum Wissen um die Hintergründe des Lebens.

2.10. Verfahren

Die Methode hat sich für den Fall der Erhebung von Erzählgut am Forschungsgegenstand aufzurichten. Sie sucht ihn in seiner wirklichen Situation auf. Die Texte werden bei den Erzählern erhoben. Der empirische Ansatz in seiner eingeschränkten Version führt zum sogenannten Gewährsmannprinzip, nach dem geeignete Informanten aus einer Menge potentieller Erzähler ausgewählt und auf ihr Erzählrepertoire hin befragt werden. Das Verfahren entspricht als zielgerichtete Beobachtung meist dem Interview. Es werden die Reaktionen auf bestimmte Fragestellungen registriert. Sie bilden den "Text". Häufig wird, um Motiv- und Stoffvergleiche zu ermöglichen, ein in gewisser Weise standardisiertes Fragebogeninterview inszeniert. Diese Art der Feldforschung erfährt mehrfache Kritik.[31] Bezweifelt wird der Wert der Befragung einzelner Gewährsleute, die als Experten gelten. Die Strukturierungsmöglichkeiten des Erzählers werden eingeschränkt. Die alltäglichen Kommunikationsmuster bleiben vielfach außer Anwendung. Der Explorator sucht alle projektierten Themen zu berücksichtigen. Er steuert Überleitungen, bringt Fragen noch einmal ins Spiel und erbittet Erläuterungen und Spezifizierungen. Dadurch entfällt ein beträchtlicher Anteil der gemeinsamen Textproduktion auf ihn. Diesem eingeschränkten Zugriff auf Erzählergesamtheit und Erhebungsmodell steht das extensive Verfahren gegenüber. Grundsätzlich sind alle Bewohner eines Erhebungsgebietes als potentielle Gewährsleute anzusehen. Bei ihnen kann die Erzählkompetenz irgendeines Grades vorausgesetzt werden. Die Gesamtheit der durch dieses Merkmal gekennzeichneten Individuen läßt sich bei umfangreichen Populationen jedoch nicht in die Untersuchung einbeziehen. Auch schließt das unmittelbare Forschungsziel, nämlich die Dokumentation und Analyse regionalgebundenen Erzählens, die nicht bodenständigen Personen aus. Da die Erhebung auf direkte Kontakte angewiesen ist, die nicht in jedem Falle vorhersagbar sind, kann die Stichprobe nicht im statistischen Sinne repräsentativ sein. Sie folgt vielmehr dem Prinzip der Zufallsauswahl und läßt die Frage offen, inwieweit die zufällig erhobenen Texte für latent vorhandene Beispiele stehen. Das Sampleprinzip der empirischen Sozialforschung scheidet daher aus. [32] Gegenüber dem standardisierten Interview ist beim Erzählvorgang auf größtmögliche Flexibilität und Nähe zu den alltäglichen, vertrauten Interaktionsweisen zu achten. Sie erscheint in der Erzählsituation am ehesten gewährleistet, die als Exploration bezeichnet wird. Der Erzähler erhält weitgehende Gestaltungsfreiheit in der Auswahl der Themen, in der Strukturierung und Formulierung. [33] Aber auch hier ist die Situation arrangiert. Sie ergibt sich nicht von selbst. Desgleichen liegen die Regeln fest: Der Explorator möchte etwas in Erfahrung bringen, der Erzähler hat sich bereit erklärt, entsprechende Aussagen zu machen.

Die Kontaktherstellung zu Erzählern geschieht am erfolgreichsten im Schneeballsystem. Ein Gewährsmann nennt weitere Informanten und Vermittler. Der Verweis auf bekannte Vorerzähler und deren Empfehlung als kundige Gewährspersonen stößt die Erzählfreude an. Der Explorator stellt sich mit Namen, Herkunftsort und Anliegen vor und entkräftet den Verdacht, etwas verkaufen oder Familienangelegenheiten auskundschaften zu wollen. Mitunter muß das Mißtrauen gegenüber Behörden und Medien ausgeräumt werden. Der Erzähler will von der Seriösität des Explorators, seiner Absichten und Methoden überzeugt werden.

Der Explorationsakt besteht aus einer Unterhaltung mit einer oder mehreren Gewährspersonen. Seinem Erkenntnisinteresse folgend, hält sich der Explorator zurück. Er beschränkt sich im wesentlichen auf die Rolle des interessierten, in den Einzelheiten unwissenden, aber grundsätzlich sachverständigen und teilnehmenden Zuhörers. Durch Zwischen- und Rückfragen, durch die Signalisierung von Überraschung oder Zweifel provoziert er den Erzähler. Auf diese Weise hält er den Erzählfluß in Gang. Die Gewährsleute konzentrieren sich weithin ganz auf den Gegenstand. Unterbrechungen durch andere Zuhörer sehen sie nicht als Störung an. Das Aufnahmegerät, ein Kassettenrekorder mit einem eingebauten Mikrophon, wird kaum wahrgenommen. Der geringe technische Aufwand und die allgemeine Bekanntheit solcher Apparate der Unterhaltungselektronik beseitigen Hemmungen und Vorbehalte. Während der Exploration werden Beobachtungen festgehalten, die zu jeder Aufnahme und zu jedem Erzähler ein Protokoll ergeben. Das Protokoll umfaßt neben Name, Alter, Beruf und Geburtsort auch Ort, Datum und Dauer der Aufnahme sowie Bemerkungen zum Verhalten des Erzählers, zu seinen Einstellungen, zu Erzählfreudigkeit und Befangenheit, zum Sprachverhalten und zu Besonderheiten wie Blindheit des Erzählers und Störungen von außen. Überall tritt das Menschliche hervor, welches das Wissenschaftliche überwiegt.

Von Wichtigkeit für die angestrebten Erkenntnisse sind die Echtheit und Zuverlässigkeit des Materials. Es wird innerhalb des Explorationsaktes aufgezeichnet. Von der Aufzeichnung ist jedoch seine Qualität abhängig. Denn der Erzähltext ist als Bestandteil der mündlichen Kommunikation ein flüchtiges Gebilde. Man versucht darum, die Erzählungen genau Wort für Wort festzuhalten und ist der Meinung, bei der Niederschrift die Satzkonstruktionen, Stil und Erzählduktus exakt notieren zu können. Lediglich im phonetischen Bereich werden Ungenauigkeiten unterstellt.[34] Selbst mit einer eigenen Kurzschrift ist die lauttreue Wiedergabe nicht möglich.[35] Eine Mitschrift bleibt aber auch nicht ohne Einfluß auf das Erzählen. Sie bewirkt eine Verlangsamung des Erzähltempos und fordert künstliche Unterbrechungen heraus.[36] Erst recht problematisch sind stichwortartige Aufzeichnungen, die vom Forscher nach dem Vorbild eines Gerippes schriftlich nacherzählt werden.[37] Eine unbestechliche Dokumentation hingegen ermöglicht die Tonbandaufzeichnung.[38] Die gesprochene Sprache wird in ihren Feinheiten fixiert. Der Erzählvorgang mit allen seinen artikulatorischen und stilistischen Besonderheiten und Unzulänglichkeiten wird nachvollziehbar. Emotion und physisches Nachlassen lassen sich an Sprachton und Sprechgeschwindigkeit erkennen. Außerdem macht die Tonaufnahme einen wiederholten Zugang möglich.[39] Der technische Aufwand bleibt, insbesondere im Hinblick auf den Erzähler, möglichst gering. Für eine auch sprachwissenschaftlich verwendbare Aufnahme genügt ein moderner Kassettenrekorder. Eine Studioatmosphäre ist demgegenüber bei der Exploration nicht zuträglich. Videoaufnahmen, die das nonverbale Verhalten dokumentieren, werden nur selten und bei besonderen Erzählerpersönlichkeiten möglich sein. Auf die fotographische Dokumentation des Erzählers und einzelner Verhaltenssegmente sollte indessen, neben einer Beschreibung, nicht verzichtet werden.

3. Möglichkeiten und Verfahren der Verarbeitung von Erzähltexten

3.1. Verschriftlichung

Alltägliches Erzählen geschieht in der gesprochenen Sprache des Alltags. Die Alltagssprache ist folglich zu dokumentieren. Sie wird mit Tonbandgerät oder Kassettenrekorder aufgezeichnet. Die bloße Aufzeichnung reicht jedoch nicht aus. Die Sprache, und damit das Erzählgut, muß zum Gegenstand gemacht werden. Die Vergegenständlichung wird durch die Transkription erreicht. Auf diese Weise wird der Text der wissenschaftlichen Analyse und im Druck der literarischen Öffentlichkeit verfügbar gemacht. Schon bei der Tonaufnahme ist die Zahl der Informationen geringer als bei der direkten Beobachtung oder gar der unmittelbaren Teilnahme an der Interaktion. So entfallen alle optischen Hinweise und Verhaltenssegmente. Durch die Verschriftlichung verliert der Text jedoch weiter an Information. Denn es ist nicht möglich, alle auf dem Tonband gespeicherten Mitteilungen auf dem Papier festzuhalten.[40] Jede Umschrift einer Tonbandaufnahme bedeutet Auswahl und Interpretation, die sich an den jeweiligen Erkenntniszielen und Untersuchungsabsichten ausrichtet. Was der Übersetzer herstellt, ist eine schriftliche Hörerinterpretation.

Das Transkript liefert einen authentischen Text, der die typischen Merkmale gesprochener Sprache aufweist.[41] Der Erzähler produziert nämlich kein gleichmäßiges und lückenloses Lautkontinuum, sondern er untergliedert seinen Text durch Pausen und durch die Stimmführung. Nicht alle

Sätze werden, oft wegen Realisierungsschwierigkeiten, zu Ende geführt. Häufig kommen Ellipsen und Anakoluthe vor. Kaum weniger oft sind parataktische Satzverknüpfungen und Ausklammerungen anzutreffen. Die Aufzeichnungen wirken mitunter sehr unvollständig, zumal der Erzähler vielfach beim Hörer ein Vorwissen voraussetzt. Diese Unvollständigkeit beweist jedoch die Eingebundenheit in ein kommunikatives Gefüge. Die Texte unterscheiden sich darum stark von den Nachschriften älterer Sammlungen, die noch nicht die moderne Aufnahmetechnik verwenden konnten. Der Bearbeiter korrigierte den Satzbau und füllte Verständnislücken, er nahm Straffungen vor und orientierte sich am Modell schriftlicher Textkonstruktionen. Die Transkription hingegen hält sich an die originale Aufnahme mit allen ihren sprachlichen und formalen Unzulänglichkeiten.

Die Authentizität der Verschriftlichung fordert die Kennzeichnung der besonderen Merkmale der gesprochenen Sprache. Für diese Umwandlung der auditiv fixierten Texte in visuelle Fassungen bieten sich verschiedene Transkriptionssysteme an.[42] Ein ideales Instrumentarium ist das International Phonetic Alphabet. Sein Symbolinventar der Lautzeichen ermöglicht eine präzise Notation, die linguistischen Ansprüchen genügt, jedoch ein ständiges phonetisches Training verlangt.[43] Werden mit der Erzähltexterhebung auch linguistische Absichten verbunden, etwa im Bereich der Erforschung von Alltagssprache und Dialekt, so bietet dieses System eine optimale Hilfe. Für die Zwecke der Erzählforschung, insbesondere im Hinblick auf die Lesbarkeit für ein breiteres Publikum, reicht eine literarische Umschrift aus. Sie verwendet die Schriftzeichen nach den Regeln der gebräuchlichen Orthographie. Die phonetisch-phonologischen Grundzüge der gesprochenen Sprache sind auch in ihrer individuellen Ausprägung erkennbar. Von den orthographischen Regeln wird nur dann abgewichen, wenn ein Sonderzeichen wegen einer artikulatorischen Besonderheit notwendig wird. Die Segmentierung des Lautkontinuums der Tonaufnahme in Sätze und Satzteile folgt der Stimmführung und den Pausen der Erzähler und benutzt die herkömmliche Zeichensetzung. Selbstunterbrechungen des Erzählflusses, Anakoluthe und Ellipsen werden gekennzeichnet, etwa durch drei Punkte. In der Textedition wird der jeweilige Transkriptionsansatz dargestellt.[44] Ziel der Verschriftlichung ist ein lesbarer und verständlicher Text. Die Übertragung kann nie Gesprochenes vollkommen wiedergeben. Denn die gesprochene Sprache will gehört werden.

3.2. Textherstellung

Grundlage für die Herstellung der Texte ist das Transkript des Erzählereignisses in voller Länge. Dieser Makrotext ist von der konkreten Situation gelöst und isoliert. Er besteht aus einzelnen Mikrotexten, aus Erzähltexten, Erläuterungs- und Kommentartexten, Überleitungs- und Verbindungstexten und ähnlichen Einheiten. Von Interesse sind die Mikrotexte, die als Erzählungen allgemein oder einer bestimmten Textsorte wie Sage, Märchen, Legende oder Schwank veröffentlicht werden sollen. Diese werden aus der Sequenz von Texten nach Maßgabe von Inhalt und Motiv herausgeschnitten. Die Textgrenze wird markiert durch eine Einleitungsformel wie "Das haben die Leute gesagt", "Ja, das wurde so erzählt" oder durch eine Überleitungsformel wie "Wissen Sie, da fällt mir gerade ein", ebenso durch eine Ausgangsformel wie "Also, das war so ein Verzähl", "Aber wann das gewesen ist, das weiß ich nicht". Es fallen demnach mehr oder weniger umfangreiche Textpartien weg. Das Untersuchungsziel, nämlich die Verfügbarmachung mündlicher Erzähltexte, läßt bei der Textmenge nur ein selektierendes Verfahren zu. Einleitungs-, Überleitungs- und Ausgangsformel bleiben bei der Herstellung des Textexemplars erhalten. Dadurch wird der kommunikative Zusammenhang und die Folge im Erzählablauf angedeutet.

Im Verhältnis zu den bekannten schriftlichen oder Buchsagen sind die Texte des spontanen alltäglichen Erzählens zumeist kurz. Sie wirken oft nüchtern und trocken. Schwankhafte Geschichten führen rasch zur Pointe. Im Rahmen einer Dokumentation erscheint eine Ausschmückung durch den Bearbeiter nicht angebracht. Die Texte sind die originäre Schöpfung ihres Erzählers.

Die Lesbarkeit und Verständlichkeit ist wesentlich von der Sprache abhängig. Selbst eine literarische Nachschrift, die die gesprochene Sprache wiedergibt, bereitet dem ungeübten Leser noch Leseschwierigkeiten, erst recht aber dann, wenn es sich um eine Mundart handelt. [45] In solchen Fällen fügt man dem Mundarttext eine schriftsprachliche Übersetzung bei. [46] Oder man beläßt nur Aussprüche und Sentenzen in der Mundart. [47] Überschriften sind durchweg eine Zutat des Editors. Sie werden bei Mundarttexten zumeist schriftsprachlich gefaßt. Varianten, auch eines Erzählers, werden sämtlich aufgenommen. Sie vermitteln einen Einblick in die Traditionskonstanz und Verbreitung.

3.3. Textanordnung

Die Tatsache, daß die Erzähltexte in Buchform veröffentlicht werden, zwingt dazu, sie in eine bestimmte Ordnung zu bringen. Dabei wird der originale Zusammenhang, die Einbettung in den Kontext, zugunsten einer geeigneten Darbietung für den Leser aufgehoben. Es wird eine neue Makrostruktur erstellt, die sich normalerweise im Inhaltsverzeichnis des Druckwerks abbildet. Die Entscheidung für ein bestimmtes Anordnungsprinzip hängt vom beabsichtigten Erkenntnisinteresse ab. Das inhaltliche Einteilungssystem sucht gleiche Motive miteinander zu verbinden. Es bedient sich in groben Zügen des internationalen Gruppensystems. Schwierigkeiten bereitet die Festlegung von Beispielen, die verschiedenen Inhaltsbereichen zugerechnet werden können. Die Vorzüge für die vergleichende Forschung liegen auf der Hand. Insbesondere die Zusammenstellung der oft zahlreichen Varianten liefert einen raschen Überblick. [48] Die Anordnung nach geographischen Gesichtspunkten wiederum bindet die Texte in ihre landschaftlichen Beziehungen ein. Sie organisiert nach Kleinlandschaften und Gemeinden oder Ortschaften in der Folge des Sammelweges, ihrer Bedeutung oder auch alphabetisch. Dadurch wird dem Leser die vielleicht langweilende Beschäftigung mit einem Inhaltskomplex erspart und sein oft lokales Interesse angesprochen. [49] Eine weitere Verfahrensweise gliedert nach Textsorten. Die einzelnen Abteilungen wie Sagen, Märchen und Legenden, Schwänke und Schnurren werden inhaltlich oder nach Untergattungen wie Zaubermärchen, Rätselmärchen, Teufelsmärchen, Schwankmärchen und Lügenmärchen unterteilt.[50] Kaum werden die Erzählungen nach Erzählern sortiert. Dabei treten die Persönlichkeiten hervor. Umfang und Beschaffenheit des Repertoires werden sichtbar. Die meisten Veröffentlichungen folgen allerdings der inhaltlichen oder der geographischen Textgruppierung.

3.4. Kontext

Das Textkorpus, das zur Veröffentlichung bereit steht, stellt eine nach ordnenden Prinzipien organisierte Menge von Textexemplaren dar. Diese Textexemplare sind aus ihrem natürlichen, im Erzählereignis konstituierten Kontext herausgenommen und in einen neuen Zusammenhang eingefügt worden. Der historische und soziale sowie der narrative Kontext ist indessen soweit als möglich zu dokumentieren und für eine zumindest ansatzweise Wiederherstellung vorzubereiten.[51] In Erläuterungen oder in einem Kommentarteil sind alle die Sachinformationen unterzubringen, die zum Verständnis des Einzeltextes oder - je nach dem benutzten Anordnungsprinzip - der Textgruppe unerläßlich erscheinen. Dazu gehören Hinweise auf die Gegenstände und ihre Geschichte, Archivmaterialien, Literaturangaben sowie die literarisch belegte Einbindung in die Forschung samt fachwissenschaftlichen Angaben. Besondere Aufmerksamkeit kommt den Erzählern zu, deren Persönlichkeit, Erzählverhalten und Einstellung zu den Inhalten und zu ihren eigenen Erzählaktivitäten zu beschreiben ist. Register erschließen die Texte, wiederum abhängig von der gewählten Anordnung, in ihrer Zuordnung zu den Erzählern sowie zu Motiven und erfassen die erwähnten Orte und Personennamen. Ein Sachverzeichnis sammelt die wichtigen, in den Texten vorkommenden Sachstichwörter. Eine Wörterliste soll dem Leser das Verständnis schwieriger Mundartbegriffe erleichtern. Eine Karte mit den Erhebungsorten dient der geographischen Orientierung. Fotos von den erwähnten Gegenständen und von den Erzählern setzen optische Akzente. Mit Hilfe aller in mühevoller Kleinarbeit versammelten Informationen dürfte das kommunikative Gefüge, dem die Einzeltexte angehörten, ansatzweise zu rekonstruieren sein.

3.5. Auswertung

Das Feldforschungsunternehmen findet mit der Publikation sein Ende. [52] Das Ergebnis ist der wissenschaftlichen und literarischen Öffentlichkeit zugänglich. Die Texte stehen als solche der vergleichenden Interpretation zur Verfügung. Je nach Forschungsinteresse können Aspekte des Volksglaubens, der Sachkultur, der Oral History, der Textsortenspezifik, der Motivik, des Erzählens, des Interaktionsablaufs und des Kommunikationsstils und andere behandelt werden. Da es sich um Texte des alltäglichen Erzählens, zumeist in der Alltagssprache, handelt, bildet das Korpus auch einen Ausschnitt der sprachlichen Äußerungen ab, die für eine Beschreibung und Analyse der gesprochenen Sprache notwendig sind. Die Dialektologie erhält damit ein authentisches Material, das aus den umfassenden Spracheinheiten der Originalnachschriften und den gedruckten Textexemplaren besteht. Denn Kommunikation geschieht durch Texte, nicht durch Wörter. Die Lexikographie etwa gewinnt aus dem Korpus auf einem komplizierten, aber äußerst erfolgreichen Weg einen exakten Einblick in den Wortschatz der Alltagssprache. Jedes Stichwort läßt sich in Sachzusammenhängen vorführen, die den jeweiligen Wortinhalt und die Verwendungsmöglichkeiten veranschaulichen. Es entsteht ein Bedeutungswörterbuch des alltäglichen Sprachgebrauchs eines Ortes oder einer Region. [53] An diesem Beispiel tritt die Interdependenz der wissenschaftlichen Interessen auf einer empirisch erhobenen Materialbasis deutlich hervor.

4. Erzählen im Alltag und "Buch-Erzählen"

Es sind zwei Auffassungen von Erzählen zu unterscheiden: Auf der einen Seite steht das Erzählen, welches das normale Verhalten überwindet und den Kanon der bekannten Erzählformen verwendet. Es ist eine Tätigkeit weniger herausragender Persönlichkeiten. Man kann es das eigentliche, traditionelle Erzählen nennen. Auf der anderen Seite findet sich ein Erzählen, das in den Alltag hineingehört, nichts Festliches an sich hat, die Formenbegrenzung sprengt und an dem jeder Sprecher teil hat. Gemeint ist das andere, das alltägliche Erzählen.

Diese Dichotomie ist ein historisches Konstrukt. Danach bleiben die Textsorten aus der Gruppe der epischen Kleinformen dem eigentlichen Erzählen vorbehalten. In ihnen zeigen sich erzählerisches Gestaltungsvermögen und alte Glaubensüberzeugungen. Sie werden als Sagen, Märchen, Schwänke in fester Gestalt kolportiert, in volkstümliche und Sammlungen der Jugendliteratur und in Lesebücher aufgenommen. Man könnte wohl eher von einem "Buch-Erzählen" sprechen, das sanktionierte, schriftlich fixierte Volkserzählungen literarisch vorstellt. Im Gegensatz dazu hat das andere Erzählen erst in jüngerer Zeit seine wissenschafltiche Mißachtung überwunden. Es hat seinen Platz im Alltag und ist eine der geistigen und kommunikativen Verhaltensweisen, mit denen der Mensch sich seine Umwelt und alle Lebensvollzüge deutet. Erzählen im Alltag gibt es nicht nur, alltägliches Erzählen ist auch ein wichtiger Gegenstand wissenschaftlicher Untersuchung.

Diskussion

L. Petzoldt eröffnet die Diskussion, indem er nochmals zusammenfassend die beiden verschiedenen Positionen bei der Erhebung von Erzählstoffen bezogen auf die Erzählgemeinschaft darstellt. Einerseits die Forschungen K. Gaáls in einer noch traditionellen Gemeinschaft, andererseits die von H. Fischer, der in einer Gesellschaft erhob, in der traditionelle Strukturen zerstört sind, in der es keine eigentliche Erzählsituation mehr gibt und es dadurch zu arrangierten Situationen kommt. Wichtig dabei sei es, letztere nicht wertend zu beurteilen, sondern beide als verschiedene genauso zielorientierte Forschungssituationen anzuerkennen. In der Folge wird von den Diskussionsteilnehmern vor allem auf die Problematik des "Persönlichkeitsschutzes" im Zuge der Veröffentlichung von erhobenen Erzähltexten eingegangen.
L. Röhrich verweist auf eine Sammlung authentischer Hexen- und Werwolferzählungen aus dem Schwarzwald von Hedwig Buns-Schleck, die noch nicht publiziert ist, da dabei Schwierigkeiten bezüglich "übler Nachrede" und ähnlichem von seiten noch lebender Personen, die in diesen Erzählungen vorkommen, zu erwarten wären. Auch H. Fischer bestätigt diese Schwierigkeiten und erklärt, daß, würde man hierbei die Texte nicht mit dem nötigen Fingerspitzengefühl auswählen und verwerten, man sich dadurch auch weiteren Kontakt zu Gewährspersonen erschwere bzw. sogar unmöglich mache.
Die Diskussion lenkt nun auf eine weitere, von H. Fischer in seinem Vortrag angesprochene Problematik, die Benützung von Aufnahmegeräten und das dadurch beeinflußte Verhalten der Erzählgemeinschaft hin.
H. Fischer und K. Gaál betonen die Wichtigkeit des Aufbaus einer normalen Gesprächssituation, in deren Rahmen der Erzähler quasi an das Vorhandensein des Aufnahmegerätes bzw. Mikrophones gewöhnt wird. In der Regel ist ein solches Gerät heute bereits für niemanden mehr etwas Unbekanntes. Wichtig ist laut H. Fischer jedoch, daß dem Erzähler seine eigene Erzählung auch selbst vorgespielt wird sowie daß auf Wunsch auch zwischendurch das Gerät abgestellt wird, wenn der Erzähler dies wünscht, weil seine Ausführungen zu sehr in die Intimsphäre gehen.

Allgemein wird festgestellt, daß aber das Vorhandensein eines Aufnahmegeräts oft nicht nur nicht stört, sondern dem Erzählfluß in einer Gemeinschaft durchaus sogar förderlich sein kann. Besonders Gruber, Heissig und Gaál nennen diesbezügliche Erfahrungen. Nachdem die Gemeinschaft mit der Funktion des Gerätes vertraut ist, will jeder den anderen mit seinen Erzählungen übertreffen.
In der Folge spricht K. Gaál die Schwierigkeiten an, die mit Filmaufnahmen von Erzählern verbunden sind, da diese dabei sofort ihr Verhalten ändern, sich umziehen, zurechtmachen und auch anders vortragen. L. Petzoldt betont, daß die Video- oder Filmaufnahme wohl die idealste Dokumentation wäre, weil dabei auch die außersprachlichen Elemente mitaufgenommen werden könnten, doch ergäbe sich hier vor allem die Schwierigkeit der Zitiermöglichkeit, weshalb die Filmdokumentation, sofern durch die Aufnahmesituation das Erzählverhalten nicht beeinflußt oder gestört wird, nur als Ergänzung zur verschriftlichten Form angesehen werden kann.
Ein weiterer Punkt, den H. Fischer in Kapitel 3 "Möglichkeiten und Verfahren der Verarbeitung von Erzähltexten" abgehandelt hat, wird von L. Petzoldt angesprochen. Es handelt sich dabei um oft sehr unvollständige Texte, die sich für die pädagogische Verwertung z.B. in Lesebüchern nicht eignen, da sie, obzwar sie wirklich authentisch sind, oder eben deshalb, grammatikalisch nicht ganz in Ordnung und stilistisch nicht überformt sind. Wenn ein Autor wissenschaftlichen Ansprüchen genügen will, muß er solche Texte authentisch bringen. Es stellt sich dabei die Frage, wo die Authentizität endet und die Verfälschung beginnt, wenn z.B. ein anakoluthischer Satz ergänzt wird, was bei erzählten Texten meist zwangsläufig kommen muß. K. Gaál erklärt dazu, daß es sehr wohl wissenschaftlich notwendig sei, auch solche fragmentarische Texte zu edieren im Sinne einer vollständigen Dokumentation. L. Petzoldt schlägt vor, bei verstümmelten oder nur fragmentarisch erhaltenen Texten in Anmerkungen anzuführen, um welche Variante es sich dabei handelt bzw. wie der Text in anderen Varianten dieses Stoffes weitergeht.
Auf die Frage von G. Grober-Glück, wie die befragten Personen zu dem von ihnen Erzählten stehen bzw. inwieweit solche Reaktionen auch aus-

gewertet wurden, antwortet H. Fischer, daß vor allem bei Stellungnahmen über Gesagtes, das sich im Glaubensbereich befindet, manchmal kritische Töne anklingen. Diese gehören nach H. Fischer selbstverständlich in den Kontext miteinbezogen. Doch bedarf es bei der Darstellung der Einstellung wiederum großer Vorsicht. Sie darf nicht zu deutlich sein, da die Gewährspersonen auch das Buch ja wieder in die Hand bekommen.
Außerdem sind solche Urteile kritisch zu bewerten, da sie nicht immer die wahre Einstellung ausdrücken. Manch einer sagt, daß er eine erzählte Glaubensvorstellung kritisch sieht, und in Wahrheit ist sein Glaube hieb- und stichfest.
Auffallend ist laut H. Fischer, daß Erzähler, wenn sie von überkommenen Glaubensvorstellungen sprechen, häufig älteres Sprachgut oder bereits selten gewordene Wörter verwenden. Dadurch geben sie auch, wahrscheinlich unbewußt, durch ihre Sprache die Distanz zu dem, was früher einmal Glaubensinhalt war, zu erkennen.

Anmerkungen zu dem Beitrag von

H.Fischer: Alltägliches Erzählen Heute ...

1 Neumann, Siegfried: Lebendiges Erzählen in der Gegenwart. Befunde und Probleme. In: Jacobeit, Wolfgang / Nedo, Paul (Hrsg.): Probleme und Methoden volkskundlicher Gegenwartsforschung. Berlin 1969. S. 157.

2 Uffer, Leza: Von den letzten Erzählgemeinschaften in Mitteleuropa. In: Wehse, Rainer (Hrsg.): Märchenerzähler, Erzählgemeinschaft. Kassel 1983. S. 21 ff. -
Hornung, Maria: Die mündlich tradierte Volkserzählung im Österreich unserer Zeit und in den altösterreichischen Sprachinseln. Ebenda. S. 30.

3 Gerstner-Hirzel, Emily: Aus der Volksüberlieferung von Bosco Gurin. Sagen, Berichte und Meinungen, Märchen und Schwänke. Basel 1979. S. 10.

4 Vgl. z.B. Imesch, Ludwig: Was die Walser erzählen. Sagen und Geschichten aus den Walserkolonien. [2]Frauenfeld-Stuttgart 1982. S. 13 ff. -
Hißmann, Josef: Paderborn. Sagen, Legenden, Geschichten aus Stadt und Land. Göttingen 1983. S. 9.

5 Vgl. Zender, Matthias: Volksmärchen und Schwänke aus Eifel und Ardennen. Bonn 1984. S. 18 f.

6 Bausinger, Hermann: Alltägliches Erzählen. In: Enzyklopädie des Märchens 1. Sp. 323-330.

7 Vgl. Ehlich, Konrad: Der Alltag des Erzählens. In: Ders. (Hrsg.): Erzählen im Alltag. Frankfurt a.M. 1980. S. 14 ff.

8 Vgl. Brunvand, Harold Jan: The Vanishing Hitchhiker. American Urban Legends and Their Meanings. New York-London 1981. -
Ders.: The Choking Doberman and other "New" Urban Legends. New York-London 1984.

9 Vgl. Fischer, Helmut: Erzählgut der Gegenwart. Mündliche Texte aus dem Siegraum. Köln 1978. (Werken und Wohnen. Volkskundliche Untersuchungen im Rheinland 11)

10 Z.B. Zentralarchiv der deutschen Volkserzählungen Marburg/Lahn.

11 Z.B. Baumgartner, Hans: Bairische Sagen. Oberbayern zwischen Chiemsee, Inn und Isar. Kassel 1983. (Deutsche Sagen 1) -
Haiding, Karl: Märchen und Schwänke aus Oberösterreich. Berlin 1969. -
Dittmaier, Heinrich: Sagen, Märchen und Schwänke von der unteren Sieg. Bonn 1950.

12 Guntern, Josef: Volkserzählungen aus dem Oberwallis. Sagen, Legenden, Märchen, Anekdoten aus dem deutschsprachigen Wallis. Basel 1978. -
Gerstner-Hirzel: a.a.O.

13 Fischer 1978: a.a.O.

14 Assion, Peter: Weiße, Schwarze, Feurige. Neugesammelte Sagen aus dem Frankenland. Karlsruhe 1972. S. 9.

15 Ebenda. S. 80.

16 Gerstner-Hirzel: a.a.O. S. 13.

17 Haiding: a.a.O. S. XI, XIII.

18 Schütze, Fritz: Zur Hervorlockung und Analyse von Erzählungen thematisch relevanter Geschichten im Rahmen soziologischer Feldforschung - dargestellt an einem Projekt zur Erforschung von kommunalen Machtstrukturen. In: Arbeitsgruppe Bielefelder Soziologen (Hrsg.): Kommunikative Sozialforschung. München 1976. S. 159-260.

19 Fischer 1978: a.a.O. S. 18 f.

20 Z.B. "Volkstümlich": Frankenland vgl. Assion: a.a.O. S. 12 f. -
"Untere Sieg" vgl. Dittmaier: a.a.O. S. 1. -
"Geographiewissenschaftlich" : "Eifel" vgl. Zender: a.a.O. -
"Oberwallis" vgl. Guntern: a.a.O. S. 15 f. -
"Historisch-politisch": Oberbayern vgl. Baumgartner: a.a.O. S. 8 f. -
Oberösterreich vgl. Haiding: a.a.O. S. XI.

21 Z.B. Bosco Gurin vgl. Gerstner-Hirzel: a.a.O. S. 9.

22 Vgl. Fischer 1978: a.a.O. S. 21, 24.

23 Z.B. Guntern: a.a.O. S. 15: 1960-1962. -
Fischer 1978: a.a.O. S. 24: 1974-1977.

24 Z.B. Haiding: a.a.O. S. XI f.: 1954, 1956, 1965. -
Assion: a.a.O. S. 9: "während fast zweier Jahrzehnte".

25 Fischer 1978: a.a.O. S. 21.

26 Ebenda. S. 20 f.

27 Vgl. Ruoff, Arno: Grundlagen und Methoden der Untersuchung gesprochener Sprache. Tübingen 1973 (Idiomatica 1). S. 160 f.

28 Löffler, Heinrich: Gegenstandskonstitution in der Dialektologie: Sprache und ihre Differenzierungen. In: Besch, Werner u.a. (Hrsg.): Dialektologie. Ein Handbuch zur deutschen und allgemeinen Dialektforschung. Berlin-New York 1982/83. S. 441-463. -
Munske, Horst Haider: Umgangssprache als Sprachkontakterscheinung. Ebenda. S. 1002-1018.

29 Vgl. so Haiding: a.a.O. S. XIII.

30 So Gerstner-Hirzel: a.a.O. S. 10.

31 Vgl. Fischer 1978: a.a.O. S. 23.

32 Scharfe, Martin: Dokumentation und Feldforschung. In: Zeitschrift für Volkskunde 65. 1969. S. 224 ff.

33 Hoffmann-Riem, Christa: Die Sozialforschung einer interpretativen Soziologie. Der Datengewinn. In: Kölner Zeitschrift für Soziologie und Sozialpsychologie 32. 1980. S. 359 ff.

34 Zender: a.a.O. S. 17.

35 Guntern: a.a.O. S. 17.

36 Neumann: a.a.O. S. 163.

37 Haiding: a.a.O. S. XIV.

38 Vgl. Moser, Oskar: Die Sagen und Schwänke der Apollonia Kreuter. Leben und Überlieferungen einer Kärntner Volkserzählerin. Klagenfurt 1974. S. 14, 26 ff.

39 Ives, Edwald D.: The Tape-Recorded Interview. A Manual for Field Workers in Folklore and Oral History. Knoxville 1980.

40 Vgl. Schank, Gerd / Schoenthal, Gisela: Gesprochene Sprache. Eine Einführung in Forschungsansätze und Analysemethoden. Tübingen 1976 (Germanistische Arbeitshefte 18). S. 19.

41 Moser, Dietz-Rüdiger: Authentizität. In: Enzyklopädie des Märchens 1. Sp. 1075-1080.

42 Vgl. Ehlich, Konrad /Schwitalla, R.: Transkriptionssysteme. Eine exemplarische Übersicht. In: Studium Linguistik 2. 1976. S. 78-105.

43 Vgl. Richter, Helmut: Darstellung und Verwendung verschiedener Transkriptionssysteme und -methoden. In: Besch: a.a.O. S. 585-597. -

Almeida, Antonio / Braun, Angelika: Probleme der phonetischen Transkription. Ebenda. S. 597-615.

44 Vgl. Moser, Oskar: a.a.O. S. 37. -
Fischer 1978: a.a.O. S. 25 f. -
Gerstner-Hirzel: a.a.O. S. 15.

47 Guntern: a.a.O. S. 23. -
Moser, Dietz-Rüdiger: Bearbeitung. In: Enzyklopädie des Märchens 2. Sp. 2-6.

48 Vgl. Fischer 1978: a.a.O. S. 27, 34-303.

49 Vgl. Assion: a.a.O. S. 83 f., 87-211. -
Senti, Alois: Sagen aus dem Sarganserland. ²Basel 1975. S. 9-450.

50 Vgl. Dittmaier: a.a.O. S. 5-192.

51 Vgl. Fischer 1978: a.a.O. S. 306-410.

52 Wehse, Rainer: Feldforschung. In: Enzyklopädie des Märchens 4. Sp. 991-1005.

53 Vgl. Fischer, Helmut: Wörterbuch der unteren Sieg. Köln 1985 (Rheinische Mundarten 3).

GESCHICHTEN UND GESCHICHTE
METHODISCHE ÜBERLEGUNGEN ZUR ORAL HISTORY

Benedikt Erhard, Innsbruck

Mit dem aus dem Amerikanischen übernommenen Begriff der "Oral History" ist eine noch ziemlich junge, jedoch bereits sehr kontrovers diskutierte Richtung der Geschichtswissenschaft bezeichnet, die in der Entwicklung ihrer Methode zahlreiche Anleihen bei anderen Disziplinen genommen hat. Solche Anleihen stammen etwa auch aus der volkskundlichen Erzählforschung, weshalb eine Behandlung der methodischen Implikation dieser Forschungsrichtung auch im Rahmen dieses Symposions Sinn machen mag.

1. Was ist Oral History? - Versuch einer Eingrenzung

Die wörtliche Übersetzung von "Oral History" legt zwar nahe, daß damit eine besondere Art von Geschichte gemeint ist, die sich auf mündliche Überlieferung allein beschränkt. Dies ist jedoch ein - wenn auch bereits durchaus folgenschweres - Mißverständnis. Es hat sich mancher Apologeten der Oral History, die darin einen bequemen Abkürzungsweg zur jüngeren Vergangenheit sehen, ebenso bemächtigt, wie so mancher ihrer Kritiker, die meinen, Oral History pauschal geißeln zu können, weil Vertreter dieser Richtung samt und sonders einer sozialromantischen Selbsttäuschung unterliegen und sich auf dem Irrweg eines neuen (nun linken) Biedermaier befänden. [1]

Demgegenüber ist festzuhalten, daß es sich bei der Oral History um eine spezifisch zeitgeschichtliche Forschungstechnik handelt, die mit menschlichen Erinnerungen als Quellenmaterial und mit dem lebensgeschichtlichen Interview als Forschungsinstrument arbeitet [2] und sich zur Exploration ganz bestimmer Teilbereiche eignet. Es sind dies Bereiche, für die es andere Formen der Überlieferung nicht gibt, weil die in ihnen handelnden Subjekte die Fangnetze herkömmlicher Quellenproduktion unterlaufen haben - was etwa für weite Teile des Widerstandes gegen das NS-Regime ebenso gilt, wie für weite Teile der NS-Gefolgschaft im Zuge der Entnazifizierung; oder auch Bereiche, in denen man entlang der herkömmlichen Überlieferung grundsätzlich kaum fündig werden kann, weil eben Minderheiten und Frauenfragen oder der Alltag der "kleinen Leute" mit dem herkömmlichen historischen Quellenmaterial nur sehr dürftig zu bearbeiten sind.

Nicht vorrangig einer innerdisziplinären Diskussion um die Weiterentwicklung der Methoden, sondern einem inhaltlichen Interesse an solchen vernachläßigten Themenbereichen, das sich zugleich kritisch auf den Zustand der Gesellschaft und solidarisch auf die Subjektivität der davon betroffenen Menschen zu beziehen versucht, verdankt die Oral History wesentliche Impulse ihrer Entwicklung.[3] Damit ist aber auch schon ein Grund genannt, warum die Diskussion ihrer Methode und Tragweite zumindest im deutschsprachigen Raum noch ziemlich wenig entwickelt ist.

Womit hat es Oral History eigentlich zu tun? Sehr pointiert könnte man sagen, das Vergangene selbst sei gerade nicht ihr Gegenstand, da jede Erfahrung ja bereits strukturierte Wahrnehmung von Wirklichkeit ist, jede Erinnerung sich von der aktuellen Erfahrung unterscheidet[4] und sich schließlich jede Erinnerung noch einmal im sozialen Arrangement des Interviews bricht. So provokant diese Behauptung klingt, so wenig originell ist sie jedoch und so wenig spezifisch für Oral History. Jede wissenschaftliche Beschäftigung mit vergangenen Wirklichkeiten ist mit dem Problem konfrontiert, daß diese selbst - gleich ob in ihrer Dimension von Erfahrung, Ereignis oder Struktur - unwiederbringlich verloren sind. Was wir als Quellen überliefert haben, sind Überreste von begrenzter Verallgemeinerungsfähigkeit, die der Kritik und Interpretation bedürfen. "Unsere ganze Wissenschaft beruht darauf", schrieb bereits Droysen[5], "daß wir aus (...) noch gegenwärtigen Materialien nicht die Vergangenheit herstellen, sondern unsere Vorstellungen von ihnen begründen, berichtigen, erweitern wollen, und zwar durch ein methodisches Verfahren (der Quellenkritik, B. E.), das sich aus diesem ersten Lehrsatz entwickelt." Von anderen Ansätzen unterscheidet sich Oral History jedoch dadurch, daß ihre Quellen - die Erinnerungen der befragten Menschen - nicht unmittelbar zugänglich sind und die Art, in der sie erschlossen werden, auch ihren Aussagewert mitbestimmen. Das Erinnerungsinterview ist eben kein Instrument reiner Datenerhebung, sondern in seinem Wesen bestimmt als interaktiver Vorgang der Produktion von Texten. An deren Gehalt haben Erkenntnisinteresse, Vorwissen bzw. -urteile und kommunikative Kompetenz des Forschers ebenso Anteil, wie das Erinnerungsvermögen und Mitteilungsbedürfnis oder die situativen und lebensgeschichtlichen Deutungen des Befragten.

Der Umstand, daß der Forscher im Gespräch über Erinnerungen selbst an der Produktion "seiner" Überlieferung beteiligt ist, mutet ihm unweigerlich auch ein gutes Stück Selbstkritik zu. "Die Antworten stellen Fragen" [6], die Krise ist vorprogrammiert.

3. Entgrenzung historischer Fragestellungen - Bemerkungen zur Tragweite der Methode

Zeitgeschichtsforscher haben schon immer Interviews zu politik- und ereignisgeschichtlichen Fragestellungen durchgeführt, um den mageren Gehalt schriftlicher Überlieferung durch die Erinnerungen beteiligter Entscheidungsträger aus Politik und Gesellschaft anzureichern, aber auch um die im Zuge der Ausweitung staatlicher Administration explosionsartig anwachsenden Dokumentenberge vorstrukturieren zu können. [7] Im Gegensatz zum absolutistischen Staat des 18. und 19. Jahrhunderts, dessen administrative Eliten uns eine Vielzahl von Motivberichten ihrer Tätigkeit hinterlassen haben, weil sie gar nicht anders konnten, als sich über die Motive ihres Handelns schriftlich zu verständigen, bedienen sich die politischen und administrativen Eliten des 20. Jahrhunderts zunehmend des Telefons, unterliegen zudem verschärften Bestimmungen der Geheimhaltung und produzieren kaum mehr schriftliche Überlieferungen, die zur Rekonstruktion hochkomplexer Entscheidungsgänge hinreichend langen.

Die Erfahrungen mit Eliteninterviews stimmen jedoch eher skeptisch. Aus eigener Erfahrung [8] weiß ich, daß erzählte Erinnerungen von Politikern zwar eine Menge an "Hintergrund"-Information enthalten können - Informationen über soziale Beziehungen, Einschätzungen politischer Konstellationen, Einblicke in den Sprachgebrauch und die u. U. spezifische Verwendung eines Jargons -, daß aber die Ausbeute an Real-Informationen und Antworten auf entscheidungsorientierte Fragen eher dürftig ist. Das hat im wesentlichen zwei Gründe: Zum einen sind politische und administrative Eliten im Laufe ihrer Karriere in hohem Maße gezwungen, ihre Entwürfe und Motive gegenüber einer interessierten Öffentlichkeit zu legitimieren, neu zu überdenken und geänderten Rahmenbedingungen anzupassen, sodaß ihre Erinnerungen von ihrem Gedächtnis bereits vielfach durchgearbeitet wurden. In welchem Ausmaß dabei politische Zäsuren geglättet werden müssen, kann die durchschnittliche Normalbiographie eines heute etwa 75jährigen ehemaligen österreichischen Beamten oder beamteten Politikers deutlich machen, der nacheinander der demokratischen Ersten Republik, dem autoritären Ständestaat, dem NS-Regime und der demokratischen Zweiten Republik gedient hat. Biographische Erinnerungen dieser Leute haben häufig etwas sehr Formelhaftes an sich. Ihre Erzähler greifen fast unwillkürlich auf Formtraditionen biographischer Kommunikation zurück, die sie im Laufe ihres Lebens vielfach eingeübt haben [9], erzählen im Stil einer Pressekonferenz (Legitimierung ex post) oder einer Laudatio (Aufzählung von Verdiensten). Die Gespräche mit Tonband aufzuzeichnen, zu transkribieren und textanalytisch zu bearbeiten, lohnt sich kaum.

Daß die aus Eliteninterviews gewonnenen Texte so fatale Ähnlichkeit mit der literarischen Gattung von Prominentenmemoiren haben, ist freilich nicht der einzige Grund, weshalb sie als Grundlage zeitgeschichtlicher Forschung wenig taugen. - So ist es mir etwa im Rahmen meines Forschungsprojektes zur Geschichte der Christlichen Arbeiterbewegung in Tirol nicht gelungen, die fraktionellen Sprünge und Flügelkämpfe innerhalb der Tiroler Volkspartei von 1945 bis 1965, von denen ich aus Zeitungsstudium und Wahlanalysen wußte, durch Interviews mit damals beteiligten Funktionären unterschiedlicher Ebenen aufzuklären, auch wenn ich den Eindruck hatte, daß diese mir durchaus helfen wollten. Und das hat nicht nur damit zu tun, daß diese z. T. massiven Kämpfe der Öffentlichkeit gegenüber und auch innerhalb der Partei möglichst vertuscht werden mußten, sondern wohl auch damit, daß das Langzeitgedächtnis es nicht vermag, über Jahrzehnte hinweg all jene Namen, Daten und Ereignisse abrufbereit zu halten, die es für eine Rekonstruktion komplizierter Konflikt- und Entscheidungsverläufe braucht.

Dasselbe haben aber auch immer wieder die Probleme mit Zeugenaussagen zur Aufklärung von NS-Verbrechen gezeigt [10], und mit dieser faktischen Ungenauigkeit des Langzeitgedächtnisses müssen sich bei uns vor allem jene Kollegen herumschlagen, die infolge Quellenmangels und der skandalös rigiden Archivsperre des Tiroler Landesarchivs bei der Erforschung von Nationalsozialismus und Widerstand in Tirol in sehr hohem Ausmaß auf mündliche Überlieferungen angewiesen sind.

Auch eine Wendung des Forscherinteresses von den politischen Eliten weg und hin zu den Opfern, Unterdrückten, Benachteiligten der jüngeren Geschichte, oder einfach hin zu den "kleinen Leuten", dem Volk, führt nicht aus diesem Dilemma. "Auch der rote Großvater erzählt nun einmal nicht, wie es wirklich war. Seine Geschichte mag sympathischer klingen als die Erinnerungen eines Obersturmbannführers, und sie kann verschüttete Perspektiven freilegen. Doch bei genauerem Hinsehen lassen sich auch hier Verdrängungen und Rechtfertigungen erkennen." [11] Dasselbe gilt natürlich auch für den christlich organisierten Großvater.

Insbesondere wieder bei Fragestellungen politischen Inhalts wurde mir deutlich, daß der Versuch, nach den eher frustrierenden Erfahrungen mit Politikerinterviews nun durch Interviews mit einfachen (christlichen) Gewerkschafts- und Arbeitervereinsmitgliedern mir Aufklärung über den Gang der christlichen Arbeiterbewegung der dreißiger bis sechziger Jahre zu verschaffen, auch keinen neuen oder direkten Zugang eröffnete. Auch hier war die faktische Ungenauigkeit der Erinnerungen frappant, und was besonders überraschte, war erneut der leerformelhafte Jargon, in dem über den je eigenen politischen Werdegang, über Konflikte mit den freien (sozialdemokratischen) Gewerkschaften u. ä., also über Themen erzählt wurde, von denen ich vorab angenommen hatte, sie seien von zentraler Bedeutung für die Selbsteinschätzung und Erinnerung der Befragten. Diese Versatzstücke zeitgenössischer Propaganda zur Grundlage einer neuen Überlieferung zu stilisieren, hätte zur Folge, daß damit die Verzerrungen der schriftlichen Quellen (im wesentlichen Selbstzeugnisse der entsprechenden Organisationen bzw. Überreste der kontrollierenden Tätigkeit herrschender Apparate) verdoppelt würden, nicht aber korrigiert.[12]

Auf den ersten Blick erschienen mir die Interviews wenig bis gar nicht brauchbar. Sie enthielten eine Mischung unterschiedlichster Informationen ohne offen zutage tretenden Sinn, ohne innere Logik. Die zeitliche Abfolge des Erzählten wird durch ausführliche Vor- und Rückblenden häufig durchbrochen; lange Lebensphasen werden sehr detailliert, ja minuziös erzählt, andere wieder gänzlich ausgeblendet; politische Ereignisse, von denen man weiß, daß die Befragten sie miterlebt haben, werden kaum oder nur ungenau erwähnt, dafür werden andere scheinbar belanglose Geschichten mehrfach wiederholt. Von dem erhofften Gewinn an Unmittelbarkeit und Authentizität auf den ersten Blick keine Spur.[13]

Was also tun mit solchen Interviews und dem eingangs durchaus zustimmend zitierten Anspruch, bislang sprachlosen Gruppen der Gesellschaft zur Sprache zu verhelfen und die Subjektivität der befragten Menschen ernstzunehmen, wenn deren Erzählungen so irritierend sind, mehr verwirren als aufhellen? Das in der Praxis nicht immer Naheliegendste wäre, sich zu fragen, woher diese Irritation denn eigentlich kommt, bzw. sich als Forscher deutlich zu machen, worin die wahrgenommene Fremdheit inhaltlich besteht. Das Ergebnis einer solchen notwendigerweise selbstkritischen Annäherung hat mittlerweile unter der Kennzeichnung "Enttypisierungsschock" Eingang in die Diskussion der Oral History gefunden und bedeutet, "daß der Forscher dann, wenn er nahe genug die Lebenswirklichkeit seiner Gesprächspartner und die Deutungen ihrer Erinnerungen wahrnimmt, in seinen mitgebrachten Fragen und Begriffen verunsichert und über sie hinausgeführt wird". [14]

Soferne man sich auf eine offene Konzeption des Interviews einläßt, worin die Befragten über größtmögliche Freiheit in der Wahl und Deutung der Themen verfügen, die sie entlang ihrer Lebensgeschichte erzählen, stellt sich die Verunsicherung meist schon während des Interviews, spätestens aber beim nochmaligen Anhören der Tonbänder oder bei der Anfertigung der Transkripts ein. Zum methodischen Umgang mit dieser Verunsicherung im Zuge der Textanalyse haben - mit unterschiedlicher Akzentuierung - Reinhard Sieder [15] und Lutz Niethammer [16] vorgeschlagen, sich im Sinne eines aus der Ethnologie bekannten Vorgangs kontrollierten Fremdverstehens schrittweise dem Informations- und Deutungsgehalt der erzählten Erinnerungen und dem Eigensinn der historischen Erfahrungen anzunähern, dabei ebenso schrittweise eigene Vorannahmen revidierend. Solche Vorannahmen waren in meiner Arbeit etwa dem in der österreichischen Politikwissenschaft und Zeitgeschichtsforschung gängigen Modell der politischen Lager [17] und der damit verbundenen Behauptung einer von den großen weltanschaulichen Parteien ausgehenden durchgängigen Politisierung des Alltags und aller Lebensbereiche zur Zeit der Ersten Republik geschuldet. Dementsprechend überrascht war ich, in den Erzählungen der von mir befragten christlich-sozial organisierten Arbeiter auch nach ausdrücklichem Nachfragen kaum Hinweise auf politische Konflikte am Arbeitsplatz zu finden.

So kann sich ein ehemaliger Lokführer der ÖBB [18], der sein ganzes Leben lang "eingefleischter Schwarzer" war, zwar bis ins Detail an die Bedienung der verschiedenen Maschinentypen, an die von ihm befahrenen Strecken, an die ihn betreffenden Einzelheiten des sehr rigide und hierarchisch gegliederten Personalschemas der Bundesbahn usw. erinnern; doch obwohl er sich selbst als sein Leben lang politisch Benachteiligter sieht, sind zur Rekonstruktion seiner beruflichen Situation offensichtlich andere Kriterien wichtig: sich und seine Kollegen, gleich welcher Coleur, schildert und deutet er nach dem Muster der "guten Arbeit", des Mutes und der technischen Geschicklichkeit, der kollegialen Verläßlichkeit und Solidarität - also nach Kriterien, die für den reibungslosen Betrieb der Eisenbahn ebenso wichtig waren, wie für das berufliche Selbstwertgefühl und Fortkommen der Eisenbahner selbst. Wer diese Kriterien erfüllte, war zunächst einmal als "guter Kollege" beglaubigt, selbst wenn er ein "Roter" war. Konflikte um seine innerbetriebliche Position und Rechte deutet er nicht primär aus politischen Motiven, sondern als Mißachtung seiner beruflichen Qualifikation als guter Lokführer. Dies sei ihm von den "eigenen Leuten" sogar noch öfter widerfahren als von den "Roten". Und selbst bei den Nazis habe er sich als verläßlicher Eisenbahner gut behaupten können - daß sie ihn wegen vermeintlicher Wehrkraftzersetzung einmal für drei Monate eingesperrt haben, hätte er ja nur einer Denunziation zu verdanken gehabt.

Trotz der bis zum Bürgerkrieg im Februar 1934 reichenden Intensität der politischen Auseinandersetzungen erscheint der Bereich der Arbeitswelt in den Erinnerungen der von mir befragten Menschen in eigentümlicher Weise entpolitisiert. Erzählungen von politischen Auseinandersetzungen mit den "Roten" stehen in Zusammenhang mit dem Engagement der Befragten in den verschiedenen Vorfeldorganisationen der christlichsozialen Tiroler Volkspartei (insbesondere Heimatwehr, christlich-deutsche Wehrturner etc.) oder mit der Wohnsituation (die Familie eines "Schwarzen" in der "roten" Eisenbahnersiedlung). Sie enthalten zwar zweifelsohne verarbeitete Erinnerungen an konkrete Konflikte, Zusammenstöße, Schlägereien, sind jedoch auch in erstaunlich hohem Maß von leerformelhaften Deutungen und "Geschichten aus zweiter Hand" geprägt, in denen sich unschwer Residuen zeitgenössischer Propaganda ausmachen lassen.[19]

Auch wenn solche auf der noch flüchtigen Auswertung weniger Interviews basierenden Befunde nicht überbewertet werden sollten, lassen sie dennoch schon die Notwendigkeit erkennen, bei der Entwicklung weiterer Fragestellungen und Hypothesen in meinem Forschungsprojekt die Bedeutung der Zugehörigkeit zum politischen Lager der Christlichsozialen gegenüber derjenigen zu betrieblicher Kollegialität und des weiteren auch zu sozialen Milieus zu relativieren. Umgekehrt: Will ich die relative Eigenständigkeit und Kontinuität des Bereichs betrieblicher Kollegialität nicht einfach als politische Anpassung denunzieren, so eine weitere Schlußfolgerung aus dieser ersten Konfrontation mit dem biographischen Erinnerungsmaterial, muß ich die Gründe für die Zugehörigkeit zum politischen Lager und für ein bestimmtes politisches Verhalten nicht ausschließlich auf der Ebene des politischen Selbstverständnisses und der Überzeugungen oder bei den "großen Ereignissen", sondern in den gleichsam vorpolitischen Räumen sozialer Beziehungen und Herkunftsmilieus suchen. Dies klingt zwar beinahe banal, konsequent entlang der Interviews entwickelt bedeutet ein solches Vorgehen - korrespondierend zum Vorgang anderer Oral History-Projekte[20] - aber auch einen gewissen Perspektivenwechsel. Dies zumal in einer Wissenschaftstradition, die sich vorwiegend an den "großen Ereignissen" und Brüchen der Zeitgeschichte orientiert und den Erfahrungen der Menschen allenfalls illustrativen Wert für vorab über die Bedeutung dieser Erfahrung gefaßte Hypothesen, nicht aber Erklärungswert für das Zustandekommen und die Abläufe dieser großen Ereignisse beimißt.

3. Vorgangsweisen

Aus der Erfahrung mit der faktischen Ungenauigkeit des menschlichen Gedächtnisses heraus hat es sich als vorteilhaft erwiesen, nicht im Stil empirischer Sozialforschung Informationen zu Einzelthemen punktuell abzufragen, sondern den Befragten um möglichst ausführliche Erzählungen längerer Abläufe zu bitten. Dabei wird implizit von einer wirksamen Eigendynamik des Gedächtnisses und der Erzählung ausgegangen, also von einer produktiven Funktionsweise des Gedächtnisses, in der gleichsam ein Wort das nächste ergibt und vergangene Ereignisse und Kontexte in hohem Maß wieder gegenwärtig werden. Diesem assoziativen und rekonstruktiven Charakter von Erinnerungen wird am ehesten in der Anlage des offenen lebensgeschichtlichen Interviews Rechnung getragen.

Ein einleitendes Gespräch über Art und Interesse der Untersuchung soll dem Befragten auch ein Mindestmaß an Datenschutz (Anonymität) und dem Interviewer die Rechte zur Bearbeitung und Publikation der Interviewaussagen formal zugestehen [21] und den Charakter des Interviews als Arbeitsverhältnis verdeutlichen helfen. Letzteres ist eigentlich eher eine Vorgabe für den Interviewer, sich nicht um jene Art fiktiver Alltagskommunikation zu bemühen, für den Christl Hopf den treffenden Begriff der "Pseudo-Exploration" eingeführt hat. [22] Das Interview ist, auch wenn es sich über mehrere Sitzungen hinziehen mag, eine zeitlich begrenzte Veranstaltung mit verteilten Rollen und einem vorab definierten Zweck, wobei zwar dem Befragten weitestgehende Freiheit seiner Erinnerungen und Assoziationen zugestanden werden soll, wichtige Elemente der Alltagskommunikation, wie etwa die Reziprozität der Rollen, aber nicht gegeben sind. Ebenso ist das Interview keine Therapie, kann keine Durcharbeitung individueller Verdrängungen leisten und grundsätzlich auch kein längerfristiges Betreuungsverhältnis begründen. Entsprechende Erwartungen und Ängste kommen freilich meist eher vom Interviewer als vom Befragten, dem allein durch das Arrangement und die verwendete Apparatur die Besonderheit der Situation durchaus klar ist. Nur wird es bei vielen Interviews dazu kommen, daß gleichsam im Sog des Erzählens auch sehr private oder traumatisierte Ereignisse zur Sprache kommen. Und wenn der Erzähler dann plötzlich sagt: "Mein Gott, was hab' ich da erzählt!?" oder ähnliches, sollte die getroffene Vereinbarung des Interviews als Arbeitssituation den Interviewer davon abhalten, nun nachzubohren, und dem Befragten das Recht einräumen, die Löschung der entsprechenden Passage auf dem Tonband zu verlangen oder, wie es mir auch schon passiert ist, weitere Erzählungen zu verweigern. [23]

Natürlich hat jedes lebensgeschichtliche Erzählen, auch das im Interview, ein Stück Entlastungsfunktion, kann vor allem älteren Menschen helfen, die eigene Isolation zu überwinden, und hat damit auch durchaus Ähnlichkeit mit dem Erzählen in der Psychoanalyse. [24] Dieser Ähnlichkeit muß man sich zumindest soweit bewußt sein, daß man eine vertrauensvolle Situation anstrebt und nicht versucht, den Befragten durch alle möglichen Tricks und Fangfragen zu überlisten. Dies nicht nur aus forschungsethischen Gründen, sondern auch aus forschungsökonomischen: der Befragte hat nämlich weitaus mehr Möglichkeiten, einen lästigen Interviewer mit Gefälligkeitsantworten und Lügen in die Irre zu führen, als dieser Möglichkeiten der Kontrolle besitzt.

Das eigentliche Interview beginnt dann meist mit einer sehr allgemein gehaltenen Aufforderung, die Lebenserinnerungen "von Anfang an" zu erzählen, oder mit einer Frage nach der Herkunft der Familie, dem Ort und Datum der Geburt, den ersten Erinnerungen usw. Zumindest in der nun folgenden ersten Phase des Interviews soll der Einfluß des Interviewers möglichst gering gehalten werden. Der Befragte soll Gelegenheit haben, seine Lebensgeschichte so zu erzählen, wie er es für wichtig und sinnvoll hält - vielleicht auch, das soll auf die eingangs erwähnten Formtraditionen lebensgeschichtlichen Erzählens verweisen, wie er es gewohnt ist: mit allen Schwerpunkten und Aussparungen seiner Erinnerung und in der Art, wie er sich selbst dem Interviewer und dem interessierten Publikum präsentieren will. In dieser Art der zumeist unbewußten Gestaltung der eigenen Lebensgeschichte werden bereits jene kulturell spezifischen "Leitlinien des lebensgeschichtlichen Erzählens" deutlich, die nach Lehmann "innerhalb eines erzählten Lebensganges für den Sprecher selbst und für seine Zuhörer Zeiträume persönlichen Erlebens in Beziehung zum historischen Prozeß ordnen". [26]

Wenn wir davon ausgehen können, daß sich Erlebnisse von größerer persönlicher Betroffenheit und Lernsituationen, in denen der Mensch mit Neuem oder Unerwartetem konfrontiert wird, stärker in das Gedächtnis eingraben als routinierte, eher bedeutungslose Handlungsabläufe und Ereignisse von großer Selbstverständlichkeit, dann können diese Leitlinien des lebensgeschichtlichen Erzählens nicht nur Einblicke in die kulturell überformte rekonstruktive Deutungsarbeit des Gedächtnisses heute, sondern auch in den historischen Gang eines Lebens geben, die biographischen Geschichten mit der "großen" Geschichte vermitteln.

Eine solcherart angedeutete inhaltliche Verknüpfung des Individuellen mit dem Allgemeinen, nachzuvollziehen in einem stark theoriegeleiteten, interpretativen Prozeß "anthropologischer Objektivierung" [27] oder "objektiver Hermeneutik" [28], scheint mir der einzig gangbare Weg der Oral History, will sie sich nicht in purer Dokumentation und Einzelfalldarstellung erschöpfen, nicht willkürliche Verallgemeinerungen anstellen und dennoch ihrem Anspruch auf Rettung der Subjektivität der Befragten gerecht werden. - Die statistische Repräsentativität ihrer Befunde nachzuweisen, ist praktisch unmöglich. Das spricht zwar nicht gegen den Versuch serieller Befragungen und gegen den Einsatz quantifizierender Methoden der Auswertung. Damit sind aber "nur" heuristische Instrumente zur Textanalyse gefunden oder läßt sich allenfalls noch die Zusammensetzung des Samples einer Befragung ex post an sozialstatistischen Daten vergleichen. Die Erzählbereitschaft und -fähigkeit einer bestimmten Personengruppe, die Selektivität des Gedächtnisses und die je einzigartige Situation offener Interviews entziehen sich einem quantifizierenden Zugriff aber nahezu gänzlich. -

In der ersten Phase des Interviews beschränkt sich der Einfluß des Interviewers möglichst auf immanente Rückfragen (Verständnisfragen etwa) und auf kleine Hinweise, die das Fortspinnen des Erzählfadens erleichtern könnten. Erst wenn der Bogen des Lebenszyklus geschlossen und in vielen Assoziationen ausgeleuchtet ist, werden noch jene Fragen des Leitfadens gestellt, die nicht ohnedies schon beantwortet wurden.

Bei unserer Sammlung von Arbeiterbiographien sind dies im wesentlichen Fragen zur Exploration eben dieses Lebenszyklus, sollte ein Befragter sich in der ersten Phase des Interviews noch mißtrauisch auf einen allzu kurzen "Bewerbungslebenslauf" beschränken.

Darüber hinaus hat jeder Projektmitarbeiter seinen sonstigen Forschungsinteressen entsprechend [29] eine Reihe von Informationsfragen parat, die er einer auf seine Arbeitsbereiche zugeschnittenen Teilgruppe des Samples stellt.

Dieses gezielte Nachfragen passiert zumeist erst in einem zweiten Interviewdurchgang, nachdem über das Erstinterview ein kurzes Protokoll und anhand der Tonbandkassette ein Inhaltsverzeichnis angelegt wurde, das die wichtigsten Daten der "äußeren Biographie" des Befragten auflistet und mit Hilfe möglichst textimmanenter "deskriptiver Kategorien" [30] (kurze Zitate oder Paraphrasen) den Inhalt seiner Erzählungen festhält. Eventuell werden jetzt auch bereits einzelne Passagen transkribiert, die sich thematisch, durch Redundanz oder aufgrund besonderer Betonung durch den Befragten als bedeutsam ausweisen. Es sind dies zumeist Geschichten, die einen Wechsel der Lebensverhältnisse (z.B. Wohnungswechsel in der Kindheit, Verehelichung, Berufsantritt) oder besondere Zäsuren im Leben der Befragten (z.B. Tod eines Ehepartners, Heimkehr aus der Kriegsgefangenschaft) beschreiben. Schließlich auch Szenen und Geschichten von "schlüsselsymbolischem" Charakter, die auf Zusammenhänge verweisen, die gleichsam nur stellvertretend in diesen Geschichten thematisiert werden können und im Zuge der Interpretation entschlüsselt werden müssen. Solcherart "verschlüsselt" wird nach meiner Erfahrung etwa von den Hierarchien am Arbeitsplatz und in der Familie oder von uneingelösten Wünschen und sexuellen Erfahrungen erzählt - von Themen also, die sich aufgrund ihrer Komplexität der narrativen Rekonstruktion sperren, oder von Verdrängungen und Tabus überlagert sind.

Schon während des Interviews ist es wichtig, auf das Vorkommen von Geschichten zu achten, um sie nach den jedem Erzählen immanenten Regeln auch zu Ende erzählen zu lassen. Diese Regeln hat Schütze [31] als "dreifachen Zugzwang der Erzählens" dargestellt: Der Erzähler muß, sich bei der Anlage seiner Geschichte schrittweise am erinnerten Hergang entlangarbeitend, möglichst viele Einzelheiten, Daten und Querverbindungen darbieten, um den Zuhörer am erinnerten Ereignis auch teilhaben lassen zu können (Detaillierungszwang); er muß des weiteren seine Erzählung raffen, um das Interesse des Zuhörers nicht übermäßig zu strapazieren (Kondensierungszwang); und er muß schließlich die Geschichte zu ihrem Höhepunkt und logischen Abschluß bringen (Gestaltschließungszwang). Auf der Ebene sprachlicher Repräsentanz sind solche Geschichten durch formelhaft wiederkehrende Elemente der Einleitung ("Also das war so: ...", "Begonnen hat das alles, wie ..." u.ä.), der Kommentierung ("Das war jetzt aber wirklich zuviel!", "Mir ist das vorgekommen, wie im Film" u.ä.) und des Abschließens ("Mein Gott, es gibt halt solche und solche Leute", "Ja, ja, heut ginge das natürlich nicht mehr!") gekennzeichnet. Ein guter Interviewer hört auf solche Formeln, übt sich in Geduld und stellt behutsame, also "offene Fragen", die den Befragten zum Erzählen von Geschichten und nicht nur zu knappen Antworten anregen. [32] Jedoch finden sich in jedem Interview, auch in meinen, immer wieder Passagen, wo durch Zwischenfragen der Erzählfortgang abgebrochen wird. Im besten Fall besteht der Befragte darauf, weitererzählen zu können ("Jetzt warten Sie doch!", "Das kommt gleich ...), meist bedarf es aber wieder längerer Dialogphasen, um eine neue Geschichte in Gang zu setzen. Im schlechtesten Fall verweigert der Befragte, von der Ungeduld des Interviewers frustriert, weitere Geschichten.

Ebenfalls in diesem ersten Durchgang der Teiltranskription werden Szenen erfaßt, die eine Besonderheit der Interviewsituation verdeutlichen können. Ich hielt es beispielsweise für wichtig, meinen gänzlich mißlungenen Versuch zu dokumentieren, in einem verwirrenden Frage- und Antwortspiel draufzukommen, ob das regelmäßige Ausrücken der Belegschaft einer Innsbrucker Kaserne zum sonntäglichen Kirchgang Anfang der dreißiger Jahre nun vom zuständigen Militärkommando, von der politischen

Organisation des "Wehrbundes" oder aber von der Kirche aus organisiert wurde. - Daß alle drei Alternativen zustimmend beantwortet wurden, verweist zum einen auf die offensichtlich fraglose Selbstverständlichkeit dieses Brauchs für die Befragten und damit auf die Geschlossenheit des politischen Milieus im österreichischen Bundesheer zur damaligen Zeit, zum anderen auf die Schwierigkeit des Langzeitgedächtnisses, stark repetitive und selbstverständliche Handlungen in ihrer Struktur und ihren Motiven genau zu rekonstruieren.

Ob dann im weiteren eine Totaltranskription der Tonbänder angefertigt wird oder es bei passagenweisen Transkripten bleibt, ist eine Frage der Anlage des Projekts und seiner Finanzen. Bei stark einzelfallorientierten Auswertungsabsichten wird eine Totaltranskription eher angeraten sein als bei mehr seriell angelegten Untersuchungen. (Ebensowenig eindeutig läßt sich die Frage "Dialekt oder Hochsprache bei der Transkription?" lösen. Wir bleiben bei möglichst phonetischer Wiedergabe und nennen dafür Gründe der Übersetzungsproblematik und der Authentizität.) Beide Zwischenstufen der Textverarbeitung stellen eine Reduktion des allerdings schon auf den Tonträger reduzierten audiovisuellen Interviewgeschehens dar und können zu spezifischen Übermittlungsfehlern führen. Für die weitere Interpretationsarbeit muß man in beiden Fällen mit schriftlichem Desiderat und Tonband arbeiten, letzteres bleibt die eigentliche Quelle.

Erst nach der Rekonstruktion der "äußeren Biographie", die ja nach einem ersten, auch noch so reichhaltigen Interview noch keineswegs offen vorliegt, und mit Hilfe des Inhaltsverzeichnisses deskriptiver Kategorien, ist der Interviewer meines Erachtens in der Lage, immanent, d.h. im Erfahrungs- und Deutungshorizont des Befragten bleibend, weiterzufragen. Auch jetzt freilich sollen seine Fragen, zwar durch sein Vorwissen angereichert und häufig "informierte Unterstellungen" [34] enthaltend, nicht dazu dienen, den Leitfaden möglichst rasch abzuhaken, sondern dem Befragten wiederum die Möglichkeit bieten, seinen Assoziationen freien Lauf zu lassen, grundsätzlich bis seine Erinnerungen erschöpft sind [35] - der Interviewer ist das meist schon vorher.

Auf die methodischen und methodologischen Probleme des nächsten Schritts der Oral History-Forschung genauer einzugehen, erlauben weder der Umfang dieses Beitrags noch meine bisherigen Erfahrungen. - Wie viele andere Kollegen auch, habe ich bisher den Aufwand und die Schwierigkeit der interpretativen Bewältigung außerordentlich umfangreicher und aufs erste so disparat anmutender Textmengen gescheut und bin, wenn auch mit gemischten Gefühlen, den Weg der Dokumentation gegangen, ohne dabei letztlich den Befragten jenen Dienst zu erweisen, der einem Historiker wohl abverlangt ist: sie aus der Einzigartigkeit ihrer Erinnerungen in den gesellschaftlichen Kontext der Geschichte zurückzuholen. Die Reaktionen auf solche Art von ästhetisierender Darstellung [35] jedoch zeigen, daß die Erinnerungen und Erfahrungen von Menschen, auch und gerade wenn sie von Extremsituationen der Armut und Not handeln, ihren historischen Eigensinn keineswegs "wie von selbst" darbieten, sondern ohne wissenschaftliche "Entschlüsselungsarbeit" dem Ingriff gegenwartsbezogener Deutungen (in romantisierender oder legitimatorischer Absicht) ungeschützt ausgesetzt sind.

Diskussion

Zu Beginn der Diskussion weist L.Petzoldt auf einen wesentlichen Unterschied in den Absichten der zeitgeschichtlichen Oral History-Forschung und der Volkskunde hin. Während jene Richtung den Anspruch stellt, "bislang sprachlosen Gruppen der Gesellschaft zur Sprache zu verhelfen" (Erhard) und damit auch einstellungs- bzw. gesellschaftsverändernd wirken will, hat man sich in der Volkskunde immer davor gehütet, etwas zu ändern, obwohl natürlich auch der Volkskundler allein durch sein Auftauchen, durch sein spezielles Interesse bisher kaum Beachtetes aufwertet und damit auch verändert. Die Hauptaufgabe der Wissenschaft sei jedoch - so L. Petzoldt -, zu analysieren und Ergebnisse zur Verfügung zu stellen. Diese könnten dann allenfalls Grundlage für geplante Veränderungen bilden.
B. Erhard bestätigt zunächst die Ausführungen L. Petzoldts hinsichtlich der Intentionen der bisherigen Oral History-Forschung. Wenn man den Themenkatalog der Forschungsprojekte betrachtet, dann sei die Nähe zur Handlungsforschung aus den Sozialwissenschaften unübersehbar; ebenso das Interesse, sich in eine gesellschaftlich und politisch wirksame Tradition zu stellen und ganz bestimmte Fragen wie Widerstand, Frauengeschichte usw. aufzugreifen. Mittlerweile gebe es aber - so Erhard - in den Reihen dieser Forscher sehr kritische Stimmen zu der anfänglich erhofften gesellschaftsverändernden Potenz von Wissenschaft. B. Erhard spricht sich hier für eine deutliche Trennung, aber auch gegenseitige Anerkennung unterschiedlicher wissenschaftlicher Motivationen aus. So wie die traditionelle Geschichtswissenschaft mit der Absicht, emotionslos zu dokumentieren, legitim und notwendig sei, so müsse man auch ein persönliches, aus eigenem Veränderungsinteresse herleitbares Aufgreifen bestimmter Themen akzeptieren. Gesellschaftliche Folgen können sich - nach Erhard - aus jeder historischen Arbeit ergeben.
Die Diskussion dreht sich im weiteren um grundsätzliche Probleme der Interviewtechnik, vor allem um die Fragen der Neutralität und Objektivität bei Interviews.

B. Erhard weist auf die große Gefahr der Unterstellungen seitens des Forschers hin. Er meint damit nicht so sehr offensichtliche Suggestivfragen. Dieser Gefahr sei sich der Forscher bewußt, er könne solche Fragen sogar als Instrument einsetzen. Durch das starke gesellschaftliche und politische Interesse, mit dem Projekte dieser Art gestartet werden, werde aber de facto der gesamte Forschungsprozeß sehr stark beeinflußt. Um diesen Problemen gerecht zu werden, führt Erhard bei seinem laufenden Projekt über Tiroler Arbeiterbiographien die Interpretation der Interviews immer gemeinsam mit seinen Mitarbeitern, also in der Gruppe durch.

Anmerkungen zu dem Beitrag von B.Erhard: Geschichten und Geschichte ...

1 Dies ist nur eines der pauschalierenden "Argumente", mit denen Hans-Ulrich Wehler seit einiger Zeit die Diskussion um neue Ansätze in der Geschichtswissenschaft bereichert - vgl. Wehler, Hans-Ulrich: Geschichte - von unten gesehen. Wie bei der Suche nach dem Authentischen Engagement mit Methodik verwechselt wird. In: Die Zeit Nr. 19. 3. Mai 1985. S. 64.
Zur Herkunft und Entwicklung der Methode vgl. Niethammer, Lutz: Oral History in USA. Zur Entwicklung und Problematik diachroner Befragungen. In: Archiv für Sozialgeschichte. XVIII. Band. Braunschweig-Bonn 1978. S. 457 ff. Vom selben Autor stammt auch die meines Erachtens bislang ausführlichste und grundlegendste Darstellung von Theorie und Methode der Oral History, entstanden gleichsam als Rückblick auf ein großangelegtes Forschungsprojekt "Lebensgeschichte und Sozialkultur im Ruhrgebiet 1930 bis 1960" (LUSIR): Niethammer, Lutz: Fragen - Antworten - Fragen. Methodische Erfahrungen und Erwägungen zur Oral History. In: Ders./ Plato, Alexander von (Hrsg.):"Wir kriegen jetzt andere Zeiten." Auf der Suche nach der Erfahrung des Volkes in nachfaschistischen Ländern. LUSIR Band 3. Berlin-Bonn 1985. S. 392 ff.

2 Vom herkömmlichen Interview der Zeitgeschichtsforschung unterscheidet das lebensgeschichtliche Interview, daß es hierbei nicht nur um die erinnerten Daten, sondern auch um deren subjektive Deutung im lebensgeschichtlichen Kontext des Erzählers und im interaktiven Kontext der Interviews geht. Vom narrativen Interview der Soziologie hingegen unterscheidet es sich dadurch, daß es hier sehr wohl auch um die Inhalte, d.h. um die Erinnerungen als Zugang zu vergangenen Wirklichkeiten, und nicht nur um ihre Überformung durch gegenwärtige gesellschaftliche Verhältnisse geht. - Die Von Klaus F. Geiger vorgeschlagene Ausdehnung des Begriffs "biographisches Interview" auf alle auch themenzentrierten Interviews, soferne sie auch nur Ausschnitte der Lebensgeschichte zum Gegenstand haben, halte ich für überzogen, da darin das Spezifische der Methode, nämlich ihr Interesse am Ganzen der Lebensgeschichte, verloren geht, und uns die Definition einer neuen Universalmethode vermutlich weniger weiterhilft als die Spezifizierung dessen, was wir tun. (Vgl. Geiger, Klaus F.: Probleme des biographischen Interviews. In: Brednich, Rolf Wilhelm u.a. (Hrsg.): Lebenslauf und Lebenszusammenhang. Autobiographische Materialien in der volkskundlichen Forschung. Freiburg i.Br. 1982. Besonders S. 156.)

3 Vgl. Niethammer 1978: a.a.O. S. 459 ff. - Aufschlußreich ist hier auch ein Blick auf die Titel der in Österreich laufenden Oral History Projekte, die sich im Frühjahr 1984 am Institut für Wissenschaft und Kunst (IWK) in Wien zu einer losen Arbeitsgemeinschaft zusammengeschlossen haben: von 14 Projekten beschäftigten sich 4 mit dem Themenkreis Nationalsozialismus/Widerstand, 3 mit der Aufarbeitung von Regionalgeschichte in "Geschichtswerkstätten" (Erwachsenenbildung), 2 mit Fragen des Arbeiteralltags und 2 mit Unterschichtsforschung (darunter

jeweils auch spezifisch auf Frauengeschichte ausgerichtete Fragestellungen). Alle Projekte waren von jungen Wissenschaftler(inne)n getragen, die zum überwiegenden Teil keine universitäre Anstellung hatten. (Vgl. Oral History Projekte in Österreich. Dokumentation einer Arbeitstagung im IWK. 5./6. Mai 1984. Wien 1984. hektogr.)

4 Vgl. Halbwachs, Maurice: Das Gedächtnis und seine sozialen Bedingungen. Frankfurt/Main 1985 (Erstausgabe: Paris 1925).

5 Droysen, Johann Gustav: Historik. Vorlesungen über Enzyklopädie und Methodologie der Geschichte. Hrsg. von Hübner, Rudolf. München-Berlin 1943 (2).

6 Niethammer 1985: a.a.O. S. 396.

7 In den USA, wo jeder aus dem Amt scheidende Präsident nicht nur einen Großteil seines Stabes, sondern auch alle seine Akten mitnimmt, ist dieses Problem besonders akut, zumal ja auch Dokumente, wie Nixons Tonbandmitschnitte äußerst rar sind (nicht wegen des Inhalts, sondern wegen der Form). So entstand in den USA schon in den vierziger Jahren eine breite, mittlerweile hochorganisierte und in diesem Sektor auch staatlich subventionierte Oral History-Forschung mit dem Ziel, die Erinnerungen der politischen, wirtschaftlichen und administrativen Elite festzuhalten. (Vgl. Niethammer 1978: a.a.O. S. 464 f.)

8 Im Rahmen eines vom Jubiläumsfonds der Österreichischen Nationalbank finanzierten Forschungsprojekts zur "Geschichte der christlichen Arbeiterbewegung in Tirol" habe ich 1983/84 10 Interviews und zahlreiche "Hintergrundgespräche" mit führenden Funktionären und Politikern der Bewegung durchgeführt. (Publikation der Ergebnisse dieses Projekts für Ende 1986 vorgesehen.)

9 Zu den Formtraditionen und Orientierungsfolien lebensgeschichtlichen Erzählens im Alltag vgl. Fuchs, Werner: Biographische Forschung. Eine Einführung in Praxis und Methoden. Opladen 1984. S. 31 ff. - Lehmann, Albrecht: Erzählen eigener Erlebnisse im Alltag. Tatbestände, Situationen, Funktionen. In: Zeitschrift für Volkskunde 1978. S. 198 ff.

10 Vgl. Scheurig, Bodo: Einführung in die Zeitgeschichte. Berlin 1970. S. 40 ff. - Dieses Problem wurde vor allem mit der Wiederaufnahme von NS-Verfahren in der BRD in den sechziger Jahren aktuell. Die Tatsache, daß vielen Zeugen falsche Erinnerungsdetails nachgewiesen werden konnten, hat zum Freispruch mancher NS-Vertreter geführt. Niethammer (1985. a.a.O. S. 436, Anm. 17) meint, dies sei aus der Erfahrung der Oral History nicht verwunderlich, da die Zeugen über so lange Zeit hinweg nur Kernaussagen erinnerten, ihre Schilderungen aber Reinszenierungen sein müßten. - Forschungsstand und Literatur über das Gedächtnis sind zu dünn, um hier zu gesicherten Ergebnissen zu kommen.

11 Brüggemeier, Franz: Zur Aneignung vergangener Wirklichkeit. Der Beitrag von Oral History. Referat bei der Internationalen Tagung der Historiker der Arbeiterbewegung. Linz 10.-14.9.1985 (erscheint in: Voges, W. (Hrsg.): Soziologie der Lebensalter. Methoden der Biographie - und Lebenslaufforschung. Opladen 1986).

12 Eine gefährliche Gratwanderung zwischen biographischem Interview und Heldenepos unternimmt der Innsbrucker Politologe Andreas Maislinger mit seinem Film ("Der einsame Weg". Landeck Film 1985) über einen Osttiroler Bauern, der wegen Eidverweigerung ins KZ Dachau kam. Gerade die Äußerungen dieses Bauern sind ein Schulbeispiel dafür, wie zeitgenössische Propaganda - in diesem Fall das religiös überhöhte Österreich-Pathos von Dollfuß und Schuschnigg - eigene Erfahrungen und Erinnerungen überlagert und prägt. Sie kommentarlos zu präsentieren und in Titel und Schnitt ästhetisch heroisierend zubereitet Tiroler Mittelschülern als Zeugnis österreichisch-bäuerlichen Widerstandes zu präsentieren, dient vielen, nur kaum der historischen Aufklärung. (Vgl. auch Maislinger, Andreas: Zum einsamen Weg von Vinzenz Schaller. In: Thurntaler. Tiroler Halbjahresschrift. Heft 11. Dezember 1984. S. 39 ff.)

13 Vgl. ähnliche Erfahrungen bei Herbert, Ulrich: "Die guten und die schlechten Zeiten." Überlegungen zur diachronen Analyse lebensgeschichtlicher Interviews. In: Niethammer, Lutz (Hrsg.): Die Jahre weiß man nicht, wo man die heute hinsetzen soll. Faschismuserfahrungen im Ruhrgebiet. LUSIR Band 1. Berlin-Bonn 1983. S. 67 ff.

14 Niethammer 1985: a.a.O. S 410.

15 Ebenda

16 Sieder, Reinhard: Geschichten erzählen und Wissenschaft treiben. In: Botz, Gerhard / Weidenholzer, Josef (Hrsg.): Mündliche Geschichte und Arbeiterbewegung. Wien-Köln 1984. S. 203 ff.

17 Grundlegend zum Begriff der drei großen politischen Lager Österreichs: Wandruszka, Adam: Österreichs politische Struktur. Die Entwicklung der Parteien und politischen Bewegungen. In: Benedikt, H. (Hrsg.): Geschichte der Republik Österreich. Wien 1954. S. 289-485. - Steininger, Rudolf: Polarisierung und Integration. Eine vergleichende Untersuchung der strukturellen Versäulung der Gesellschaft in den Niederlanden und in Österreich. Meisenheim am Glan 1975.

18 Interview mit L. K. am 28.8.1985, Transkript und Kassette beim Autor.

19 Dazu gehören etwa mir auf die Frage nach dem außerbetrieblichen Verhältnis zu sozialdemokratisch organisierten Kollegen schon wiederholt erzählte Geschichten des Inhalts, daß "die Sozi" einfach anders seien, und auf die Frage, worin dieses Anderssein denn bestünde: sie hielten es im sexuellen Bereich irgendwie anders, oder: man wisse nie genau, "wer mit wem" u.ä.m.

20 Vgl.: Safrian, Hans / Sieder, Reinhard: Gassenkinder - Straßenkämpfer. Zur politischen Sozialisation einer Arbeitergeneration in Wien 1900-1938. In: Niethammer (Hrsg.). LUSIR Band 3. S. 117 ff. - Sieder, Reinhard: "Vata, derf i aufstehn?" Kindheitserfahrungen in Wiener Arbeiterfamilien um 1900. (Demnächst) in: Ehalt, H.-C. / Heiß, G. / Stehl, H. (Hrsg.): "Glücklich ist, wer vergißt ..." Das andere Wien um 1900. Wien-Köln 1985. -
Safrian, Hans:"Wir ham die Zeit der Arbeitslosigkeit schon richtig genossen auch." Ein Versuch zur (Über-)Lebensweise von Arbeitslosen in Wien zur Zeit der Weltwirtschaftskrise um 1930. In: Botz / Weidenholzer: a.a.O. S. 293 ff.

21 In dem derzeit unter meiner Leitung anlaufenden und von der Tiroler Arbeiterkammer finanzierten Projekt "Erlebte Geschichte", worin es um die Sammlung von Arbeiterbiographien in Tirol (Geburtsjahrgänge 1920 und älter) geht, versuchen wir dies, indem wir ein entsprechend vorbereitetes Formular vorlegen und mit den Befragten gemeinsam unterschreiben. Die Mehrzahl der Interviewpartner, einmal entschlossen, uns aus ihrem Leben zu erzählen, verzichtet freilich auf ihre Anonymität, ja lehnt dies Ansinnen entschieden ab.

22 Hopf, Christel: Die Pseudo-Exploration. Überlegungen zur Technik qualitativer Interviews in der Sozialforschung. In: Zeitschrift für Soziologie. 2/1978. S. 97 ff.

23 Über dieses Einleitungsgespräch und über solche Einschübe, wie auch über den gesamten Eindruck des Interviewers von der Interviewsituation wird in unserem Projekt gleich nach Abschluß des Gesprächs ein "Situationsbericht und Stimmungsprotokoll" angefertigt, das dann mit den Kassetten und den Teiltranskripten die Grundlage der weiteren Bearbeitung bildet.

24 Vgl.: Flader, Dieter / Giesecke, Michael: Erzählen im psychoanalytischen Erstinterview. In: Ehlich, Konrad (Hrsg.): Erzählen im Alltag. Frankfurt/Main 1980. S. 209 ff. -
Unterschiede zum biographischen Erzählen in der Psychoanalyse - nicht nur im "setting", sondern auch in der Motivation der Beteiligten - liegen aber schon darin, daß hier der Befragte vom interessierten Interviewer aufgesucht wird, während dort der Klient unter erheblichem Leidensdruck und finanziellen Opfern zum Therapeuten geht.

25 Da gerade bei dieser Anfangsfrage von den meisten Interviewern ziemlich herumgestottert wird, und um von jenem Fundus mündlich tradierten Wissens der Familiengeschichten zu erfahren, der für die Lebensinterpretation eines Befragten oft von großer Bedeutung ist, haben wir uns im Projekt "Erlebte Geschichte" darauf geeinigt, zum Einstieg nach der Herkunft der Familie bzw. der Eltern zu fragen.

26 Lehmann, Albrecht: Leitlinien des lebensgeschichtlichen Erzählens. In: Brednich (Hrsg.) 1982: a.a.O. S. 80.

27 Vgl. Niethammer 1985: a.a.O. S. 429 ff., der sich dabei an Pierre Bourdieu und dessen theoretischen Entwurf von "Habitus" und "Praxis" orientiert (Bourdieu, Pierre: Entwurf zu einer Theorie der Praxis auf der Grundlage der kabylischen Gesellschaft. Frankfurt/ Main 1976. besonders S. 139 ff.).

28 Vgl. Sieder 1984: a.a.O. S. 220 ff., der sich dabei auf Oevermanns Arbeiten beruft. (Oevermann, Ulrich / Allert, Tilmann / Konau, Elisabeth / Krambede, Jürgen: Die Methodologie einer "objektiven Hermeneutik" und ihre allgemeine forschungslogische Bedeutung in den Sozialwissenschaften. In: Soeffner, H.G. (Hrsg.): Interpretative Verfahren in den Sozial- und Textwissenschaften. Stuttgart 1979. S. 352 ff.)

29 Die Projektgruppe ist eine interdisziplinär zusammengesetzte Arbeitsgemeinschaft von Historikern, Volkskundlern, Politologen und Pädagogen (Thomas Albrich, Gerd Auer, Benedikt Erhard, Elisabeth Fleisch, Rosi Hirschegger, Ferdinand Karlhofer, Bernhard Natter), die zum einen aus Lust am Thema, zum anderen aber zu dem Zweck zusammengekommen ist, die Tragweite der Methode für die eigenen Arbeitsschwerpunkte und die Möglichkeiten interdisziplinären Zusammenarbeitens zu erproben.

30 Mit "deskriptiver Kategorie" sind Kategorien, die aus dem Text selbst hergeleitet sind (etwa in Form von Kurzzitaten oder unter Verwendung von Deutungsbegriffen der Erzähler) und einzelnen Textpassagen zugeordnet werden. (Vgl. Sieder 1984: a.a.O. S. 217.)

31 Schütze, Fritz: Zur Hervorhebung und Analyse von Erzählungen thematisch relevanter Geschichten im Rahmen soziologischer Feldforschung. In: Arbeitsgruppe Bielefelder Soziologen: Kommunikative Sozialforschung. München 1976. S. 224 f. -
Vgl. ders.: Narrative Repräsentation kollektiver Schicksalsbetroffenheit. In: Lämmert, E. (Hrsg.): Erzählforschung. Stuttgart 1982. S. 568 ff.

32 Schütze (1976. a.a.O. S. 227) meint, dies sei nachgerade die zentrale Aufgabe des Interviewers.

33 Vgl. Richardson, Stephen A. / Shell-Dohrenwend, Barbara / Klein, David: Die "Suggestivfrage". Erwartungen und Unterstellungen im Interview. In: Hopf, Christel / Weingarten, Elmar (Hrsg.): Qualitative Sozialforschung. Stuttgart 1979. S. 205 ff.

34 Zumeist aber genügen zwei mehrstündige Sitzungen.

35 Gemeint ist der Bildband über das Pitztal: Erhard, Benedikt / Pechtl, Willi: Menschen im Tal. Bilder und Berichte von kargem Leben. Innsbruck 1985.

ÜBERLEGUNGEN ZUR KLASSIFIZIERUNG ALPENLÄNDISCHER SAGEN

Hans-Jörg Uther, Göttingen

Die Klassifikation des gesammelten Erzählguts ist eine der zentralen Aufgaben einer komparatistisch orientierten Erzählforschung und allein schon deshalb notwendig, um die ungeheuren Materialmassen der im 19. und beginnenden 20. Jahrhundert gesammelten Texte in ein System zu bringen. Viele Kongresse der Erzählforscher beschäftigten sich mit den Problemen der Registrierung regional und überregional verbreiteter Stoffe und Motive, und dieses Interesse manifestiert sich in einer Fülle von Beiträgen noch auf den Kongressen in Kiel/Kopenhagen (1959), Athen (1964) und Bukarest (1969).[1] Erst in den letzten Jahren wandte sich die Erzählforschung von den textimmanenten Untersuchungen immer stärker dem Umfeld der Erzählungen zu, also der sog. Biologie des Erzählguts, der Kontext-/Performanzforschung und der Funktion von Erzählungen für unterschiedliche Gesellschaften, den Erzählungen als Indikatoren für nationale oder regionale Identität sowie ihrem Stellenwert für den Lebenskreis von Rezipienten und Erzählern. Die Hauptthemen der letzten Kongresse der International Society for Folk Narrative Research bezeugen diesen Wandel recht deutlich: So lautete das Kongreßthema für Helsinki 1974 "Vom Text zum Kontext", der Kongreß in Edinburgh stand unter dem Motto "Der Erzähler in der Gesellschaft" (1979), und in Bergen 1984 ging es, bei drei Zentralthemen, um (1) "Folk Narrative: The Quest for Meaning", (2) "Theory of Personal Narrative" und (3) "Folk Narrative and the Question of Identity".[2] Ungeachtet dieser Tendenz bleibt die Archivierung und Klassifizierung von Erzählungen nach wie vor für die Forschung unentbehrlich[3], auch wenn es sich bei der Erstellung von Systemen auf regionaler oder überregionaler Ebene immer nur um Hilfsmittel handeln kann, die den Erzählforscher in die Lage versetzen, benötigte Texte einer bestimmten Region oder eines bestimmten Volkes mit dem schnellstmöglichen Verfahren aus Publikationen oder ungedruckten Archivmaterialien herauszufinden.[4]

Nicht von ungefähr stellte der finnische Folklorist L. Honko unlängst in seiner Eigenschaft als Mitglied der UNESCO-Kommission für die Erhaltung von Kulturgütern die Forderung nach einem internationalen und standardisierten System der Erfassung von Erzählungen [5] und bezeichnete die Anlage einer solchen Klassifikation als eine der dringlichsten zukünftigen Aufgaben: "This would enable folklore archives and institutions around the world to use similar language in their indexing, archiving and retrieval of folklore data. The typology would be instrumental both in computerized archiving and transfer of data and in establishing an international register of cultural property in the form of folklore, a register which the experts on the legal protection of folklore have repeatedly called for." [6]

Als Klassifikationssystem hat sich international der von dem Finnen A. Aarne konzipierte und von dem amerikanischen Forscher S. Thompson weiterentwickelte Typenkatalog durchgesetzt [7], weniger der von Thompson ebenfalls entwickelte 'Motif-Index' [8], dessen allzu starke Differenzierung der Motivgruppen zu einer "Atomisierung von Elementen" führt und die "im Grunde systematische Systemlosigkeit der Thompsonschen Registriermaschinerie" aufzeigt [9]. Trotz vehementer Kritik an den Indices [10] haben die Kritiker bis heute kein praktikables Gegenmodell vorlegen können, das die Bedeutungsebenen von Typen und Motiven unter strukturalen und funktionalen Aspekten erfaßt. Wenn nach der zweiten Revision des internationalen Typenkatalogs AaTh 1961 bis heute rund 60 neue Typenindices, vorwiegend am AaTh-System orientiert, erschienen sind, zeugt dies von dem großen Bedürfnis nach Ordnung und Präsentation der Texte. [11] Dabei ist zu berücksichtigen, daß bekanntlich nur Tiererzählungen, Märchen und Schwänke sowie Formelerzählungen (Ketten-, Häufungsmärchen) im AaTh-System erfaßt sind, andere Genres wie auch der ganze Bereich literarischer Tradierung dagegen kaum. Das gilt natürlich gerade auch für die Sage. Einige wenige Sagen sind an ganz unterschiedlicher Stelle des Katalogs erfaßt, etwa die Sagen von der toten Geliebten (AaTh 365: 'Lenore' [12]), vom Tod des großen Pan (AaTh 113 A: 'Pan ist tot'), vom Teufel als Advokat (AaTh 821) oder vom betrügerischen Schatzfinder und seiner Bestrafung (AaTh 1645 A: 'Guntram'). Charakteristisch ist auch, daß die Beschäftigung mit den Sagen viele Jahrzehnte lang eher stiefmütterlich betrieben wurde und Klassifizierungsbestrebungen nur mühsam in Gang kamen - die von F. Panzer z.B. 1926 aufgestellte Forderung nach "einem einheitlichen Gesamtkatalog der deutschen Volkssagen" ist immer noch ein Desiderat. [13] Primär ging es bei den Klassifizierungsbemühungen um die Anordnung von Märchen. Sofern Sagen einbezogen waren, geschah dies eher als Appendix zu regionalen Verzeichnissen [14]; A. Aarne z.B. registrierte estnische Märchen- und Sagenvarianten (FFC 25. Helsinki 1918), O. Loorits systematisierte 'Livische Märchen- und Sagenvarianten' (FFC 66. Helsinki 1926), oder J.R. W. Sinninghe brachte im Anschluß an das von ihm adaptierte AaTh-System eine Aufstellung der "Ursprungssagen-, Sagen- und Legendenvarianten" der Niederlande (FFC 132. Helsinki 1943). Als viele Jahre später der norwegische Forscher R.T. Christiansen [15] sein Verzeichnis der 'Migratory Legends' vorlegte, das er als Anschluß an das AaTh-System, beginnend mit der Nummer 3000, konzipiert hatte, stieß er damit bei den Fachkollegen auf heftige Kritik [16], die ein eigenständiges System realisiert sehen wollten. Und nicht anders erging es L. Simonsuuri, als er 1961 ein Typen- und Motivverzeichnis der finnischen mythischen Sagen vorlegte. [17]

Im Kern dreht es sich zumeist um die mangelnde Unterscheidung zwischen Sagentyp (= vollständige Erzählung), Sagenmotiv (= Teil einer Erzählung) und der Registrierung von Handlungsträgern wie Zauberer oder Hexe, ohne daß deren Beziehung zur Sage näher erläutert ist. So erfaßte die internationale Motiv-Klassifikation von Thompson zwar auch Sagenstoffe, doch erschien Thompsons Einteilung nach Themen und Handlungsträgern nicht stringent und bestenfalls als Ergänzungssystem für gleiche und benachbarte Stoffe und Motive brauchbar: In den jeweiligen regionalen Katalogen müßte daher lediglich als Zusatz die betreffende Motiv- bzw. AaTh-Nummer angegeben werden. Erst die Revision der internationalen Typen- und Motivindices 1955-58 und 1961 brachte zugleich einen Aufschwung für die Genres außerhalb von Märchen und Schwank. Die 60er Jahre lassen sich nachgerade als einen Höhepunkt der Diskussion um eine Sagenklassifikation bezeichnen: Eine eigens gegründete Sagenkommission veranstaltete in Antwerpen 1962, Budapest 1963 und Liblice bei Prag 1966 Tagungen, um zu einheitlichen Lösungsmodellen der Sagenklassifikation zu gelangen. [18] Doch trotz vieler Gemeinsamkeiten in bezug auf die Einteilung von Sagen (ätiologische und eschatologische Sagen, historische Sagen, mythische Sagen und religiöse Sagen) und einer euphorischen Aufbruchstimmung erlahmte das Interesse an regionalen und überregionalen Katalogen bald, als sich zeigte, daß die Aufbereitung des schon vorliegenden Materials gewiß viele Jahre in Anspruch nehmen würde. Hinzu kam, daß der Bestand des Sagenmaterials in den einzelnen europäischen Regionen als erschöpft angesehen wurde, was allein schon dadurch dokumentiert war, daß lediglich die alten Sammlungen in neuen Kompilationen oder als Nachdrucke auf den Buchmarkt kamen, die Anzahl neuer Sammlungen dagegen sich eher bescheiden ausnahm. Diese Tendenz hält bis heute an. Gleichwohl zeigte sich, daß bei Menschen unterschiedlichen Alters und auch sozialer Stellung eine Vielzahl von Sagen erhoben werden konnte: Sagen im weitesten Sinn, wobei auch Arbeitserinnerungen, Gerüchte, Familiengeschichten, Kriegserlebnisse einbezogen sein können.

Oft ließ sich bei den Erzählungen, besonders solchen dämonologischen Charakters, der auch andernorts festzustellende Prozeß einer Entmythisierung [19] beobachten. Als Beispiele seien hier nur die Sammlung mündlicher Überlieferungen aus dem Siegraum genannt, die H. Fischer zusammentrug [20], oder die "Sagen, Berichte und Meinungen, Märchen und Schwänke", welche E. Gerstner-Hirzel in der zweisprachigen Ortschaft Bosco Gurin im Kanton Tessin sammelte [21], oder die von A. Senti vorgelegten Sagen aus dem Sarganserland [22]. Primär jedoch beruhte die Beschäftigung mit Sagen in den 60er und 70er Jahren mehr auf einem rückwärts gewandten Interesse, beschränkte sich auf Fragen der Archivierung und Katalogisierung und möglicher Editionsprinzipien und resultierte aus der jahrzehntelang ungerechtfertigten Vernachlässigung des Genres Sage in der Forschung. Bezeichnenderweise kam - nach langer Zeit - erst 1965 wiederum eine repräsentative Ausgabe der 'Deutschen Sagen' der Brüder Grimm heraus [23], und

1971 erschien, in den "Realien zur Literatur", als Band 55 der Band 'Sage'[24], nachdem ein entsprechender Band über das 'Märchen' (= Band 16) bereits neun Jahre zuvor aufgelegt worden war [25]. Auch an den stark differierenden Auflagenhöhen nicht nur dieser beiden, sondern der Sagen- und Märchenbände überhaupt läßt sich das unterschiedliche Interesse der Käufer ablesen. Eindeutig dominieren die Märchenausgaben, regionale Sagensammlungen sind weniger gut absetzbar. Vor kurzem hat etwa der Fischer Taschenbuch Verlag innerhalb seiner Reihe "Volkserzählungen aus aller Welt" die 1977 eigens eingeführte Reihe "Sagen" wieder aus dem Programm genommen: Bis auf eine preisgünstig angebotene Anthologie, die aus den bisher publizierten Bänden neben Märchen und Gespenstererzählungen auch elf Sagen enthielt [26], kam kein Band über die erste Auflage hinaus. Doch dürfte die Dominanz des Märchens nicht für alle deutschsprachigen Gebiete gleichermaßen anzunehmen sein. Dies bezeugen etwa zahlreiche neuere Sagensammlungen des alpinen Gebietes, wie L. Röhrich am Beispiel der Sammlungen der alemannischen Schweiz dargelegt hat. [27]

Symptomatisch für die oben skizzierte Entwicklung ist die spärliche Publikation neuer Sagenkataloge. Nur für wenige Gebiete wurden Kataloge vorgelegt - und dies auch noch thematisch begrenzt: z.B. für mythologische Sagen [28], Sagen über den Tod [29] etc. -, wobei sich die Bearbeiter an den zu Beginn der 60er Jahre entwickelten Gliederungsprinzipien orientierten. So publizierte B. Kerbelyte einen Katalog litauischer Volkssagen [30], der auf 2000 Texten basierte und Themen, Sujets und Motive berücksichtigte. Diese wiederum hatte die litauische Folkloristin zu Sagentypen mit einer kurzen Inhaltsbeschreibung (unter Angabe der AaTh-Nummer) zusammengefaßt und unterschieden in "Sagen über den Ursprung von Naturobjekten" und in "Sagen über historische Denkmäler und Ereignisse". Die erste Gruppe umfaßte "Riesen und die Spuren ihres Wirkens", "Besondere Steine" sowie "Wanderseen", die zweite Gruppe enthielt die Teilabschnitte "Die Entstehung der prähistorischen Siedlungen. Kriege", "Versunkene Städte. Landgüter. Kirchen", "Das schlafende Heer", "Die versunkenen Glocken", "Opfer während der

Bauarbeiten", "Der Ursprung von Siedlungen, ihren Bezeichnungen und anderen Toponymen". Ein Namenverzeichnis der Siedlungen, Berge etc. beschloß den Band. [31] Weniger informativ erschienen die im gleichen Jahr publizierten Kataloge der finnischen historischen, lokalen und religiösen Sagen, schon allein deshalb, weil bei der thematischen Gliederung nicht nur auf eine Numerierung, sondern außer der Angabe der Variantenzahl auch auf weitere Angaben zum Text verzichtet wurde. In ihrem 'Catalogue of Historical and Local Legends' teilte P.-L. Rausmaa [32] die Inhalte in sieben Hauptgruppen ein: "Settlement", "Nature", "Religion", "Crime and Punishment", "Unusual People", "Society", "Times of Persecution and Wars". K. Rokala gruppierte die Themen ihres 'Catalogue of Religious Legends' [33] in die fünf Bereiche "Redeemer", "Tales Connected with Subjects Drawn from Bible History", "Saints", "Monasteries and Other Tales Resembling", "Religious Legends". Schon ein kurzer Vergleich der Inhaltsangaben zu den einzelnen Abschnitten läßt erkennen, daß die Einteilung nur scheinbar logisch ist. Der Abschnitt "Religion" z.B. ließe sich z.T. bei "Settlement" und "Nature" integrieren, ähnliches gilt für verschiedene Abschnitte des Rokala-Katalogs (z.B. "Monasteries"). Gar nicht einsehbar schließlich erscheint die Heraushebung einzelner Handlungsträger aus der diesseitigen und jenseitigen Welt in weiteren Unterabschnitten beider Kataloge, weil in den Sagen bekanntlich die Motive konstanter sind als die Figuren. [34] Schon aus diesem Grund erschien eine Gliederung nach Inhalten vorteilhafter. [35] Ein weiterer Kritikpunkt ergibt sich aus der Tatsache, daß die Inhaltsangaben vielfach zu kurz und nichtssagend sind. So heißt es etwa im Abschnitt "Saints" über Alexander von Syväri: "He establishes the monastery at Stroicha" [36], doch fehlt jede weitere Begründung. Über den hl. Elias wird lapidar mitgeteilt, es gäbe "Different legends" (15). [37]

Zeigen schon die Sagenverzeichnisse der nordischen Länder ein heterogenes Bild, wie V. Dahll in ihrem Arbeitsbericht feststellte [38], so gilt diese Einschätzung erst recht für die anderen in letzter Zeit erschienenen Kataloge, etwa J.R. W. Sinninghes Katalog über die Erddämonen [39] oder A. Biharis Katalog der ungarischen mythologischen Sagen [40]. Überhaupt scheint fraglich, ob ein System mit klarer thematischer Gliederung jemals entwickelt werden kann. Thematische Überschneidungen in einzelnen Abschnitten der Kataloge sind jedenfalls, so machen die bisherigen Veröffentlichungen deutlich, nicht auszuschließen.

Dieser Problematik begegnen wir ebenso bei den Anthologien. Eine Sichtung der besonders im alpenländischen Gebiet publizierten Sammlungen läßt bei der Präsentation der Texte folgende Ordnungsprinzipien erkennen: Die 1859 erstmals erschienenen 'Deutschen Alpensagen' [41] Johann Nepomuk Ritter von Alpenburgs (1806-73) [42] z.B. basierten auf einer geographischen Gliederung, "indem auf solche Weise nach wohlerwogenem Plane Tal auf Tal und Höhenzug um Höhenzug durch- und überwandert wird" [43]. Dieses Prinzip bietet den Vorteil, daß das Erzählungsgut einer Region, etwa des Salzburger Grenzlandes und benachbarter Täler etc., geschlossen repräsentiert wird, verwandte Themen und Motive jedoch, wie Erzählungen über "Wilde Leute" oder "Mißglückte Schatzhebung", an verschiedenen Stellen des Buches zu finden sind. Die zuvor 1857 in Zürich von demselben Herausgeber veröffentlichten 'Mythen und Sagen Tirols' bieten die Sagen nach Themen und mythischen Gestalten geordnet. Diese inhaltliche Gliederung wird auch meistens in den älteren Sammlungen bevorzugt. Offenbar orientierte man sich an der nicht streng inhaltlich, aber doch thematisch angelegten Sammlung der 'Deutschen Sagen' der Brüder Grimm, die zwischen Orts- und geschichtlichen Sagen differenzierten, obwohl auch diese Einteilung nicht überzeugt [44]: Eine Lokalsage kann z.B. oft eine historische Sage sein, wie 'der Mäuseturm von Bingen' (DS 242). I.V. Zingerle (1825-92) [45] unterteilte seine 1022 'Sagen aus Tirol' (Innsbruck ²1891) in Sagen mit mythischem Gehalt (Vorbild: Grimms 'Mythologie') und in geschichtliche Sagen. E.L. Rochholz (1805-92) [46] gliederte seine über 500 'Schweizersagen aus dem Aargau' (Aarau 1856) in zwölf Abteilungen, wobei die Kapitelüberschriften wie "Geheiligte Gewässer" (I) oder "Geheiligte Bäume" (II) "schon sagengeschichtliche Deutungen verraten" [47], wie L. Röhrich zutreffend feststellte. Rochholz präsentierte auch zumeist mythologische Texte, der Anteil geschichtlicher Sagen erscheint eher gering (Kap. XII). Zum Teil klammerte er innerhalb der Kapitel thematisch Naheliegendes aus, indem er "Rechtssagen" in einem eigenen Abschnitt (VIII) behandelte und gar "Legenden und Märchen" (XI) aufnahm, also auch genretypologisch gliederte. J. Müllers (1870-1929) 1600 'Sagen aus Uri' (Basel 1926, 1929, 1945), die zweifellos bedeutendste Schweizer Sagensammlung [48], bietet die Texte in elf inhaltlich nach Figuren und Themen gegliederten Abschnitten [49]. Öfter sind mehrere Textvarianten abgedruckt. Auch hier zeigt sich deutlich (s. oben), daß motivähnliche Texte verschiedenen Abschnitten zugeordnet werden können, je nachdem welche subjektive Gewichtung für den Herausgeber bei der Textanordnung bedeutsam ist. Als Beispiel sei hier nur der Bereich der Frevelsagen herausgegriffen: Der Schweizer Spitalpfarrer vereinigte im zweiten Kapitel "Recht, Gebietsstreit und Rechtsverletzung, Verbrechen und Frevel". Unter den vierzehn Frevelsagen befinden sich sowohl die bekannte Untergangs- und Warnsage von der Blümlisalp (num. 102) [50] als auch die von den Klariden (num. 100). Andere Untergangssagen (ohne das Frevelmotiv) sind wiederum im ersten Abschnitt innerhalb der "Sagenhaften Bauten und Stätten" notiert (num. 58 sqq.). Von Milch- bzw. Käsefrevel wie in der Blümlisalp- und der Klaridensage ist aber auch noch andernorts die Rede (z.B. num. 940 sqq., 1146 sqq. = Abschnitt VI, VII). Freventliche Tierstrafen, die das Tier zu einem dämonischen Wesen werden lassen, begegnen ebenso (num. 886 sqq. = Abschnitt VI) wie Frevelsagen, die von der Lästerung Gottes und der Heiligen und der Bestrafung der Blasphemisten berichten (num. 905 sqq. = Abschnitt VII). [51]

Im ganzen dürften sich bei keiner Sammlung thematische Überschneidungen vermeiden lassen. Die durch die Textanordnung nicht ohne weiteres ersichtlichen Motivzusammenhänge können dagegen durch ein umfangreiches Register (Orte, Namen, Sachen, Region, eventuell Erzähler) erschlossen werden, wie es etwa R. Wildhaber für die 'Sagen aus Uri' unternommen hat. [52]

Die in der letzten Zeit publizierten Sammlungen scheinen diesem Trend zu folgen. Öfter sind die Texte auch nach Erzählern und deren Wohnorten gegliedert, wobei zugleich der soziale und historische Kontext einbezogen ist. [53] Oder das Repertoire eines einzigen Erzählers (einer Erzählerin) [54] wird dargeboten. Entsprechend facettenreich sind die aufgezeichneten Texte [55], die von den traditionellen Genres Märchen, Schwank, Sage bis zu Alltagserzählungen, Familiengeschichten und Erzählungen mit autobiographischen Zügen [56] reichen. Register finden sich z.B. in A. Sentis 'Sagen aus dem Sarganserland' oder in E. Gerstner-Hirzels Sammlung der Volksüberlieferungen von Bosco Gurin. Die Schweizer Volkskundlerin hat für ihre 242 Texte aus dem Bereich "Sagen und Sagenartiges" zusätzlich eine systematische Gliederung für die Motivik erstellt, insgesamt 16 Hauptgruppen mit alphabetischer Anordnung der Kapitelüberschriften und Querverweisen [57], die wohl als Vorstufe zu dem seit längerem angekündigten Schweizer Sagenkatalog [58] zu betrachten ist, in der Anlage jedoch zu unübersichtlich erscheint, wie die jeweils zugeordneten Textnummern aus den verschiedensten Inhaltsbereichen erkennen lassen.

Bei den Sagensammlungen aus anderen deutschsprachigen Gebieten, die überregional repräsentative Texte unter thematischen Gesichtspunkten zusammenstellten, waren die Herausgeber bemüht, auch eine zeitliche Fixierung der Texte vorzunehmen,um dabei trotz der Heterogenität der Texte den sozialhistorischen Kontext besser erfassen zu können.

In Anlehnung an die in den 60er Jahren entwickelten Klassifikationsprinzipien legte z.B. L. Petzoldt eine Ausgabe 'Deutsche Volkssagen' [59] vor, und wenig später erschien eine Ausgabe 'Historische Sagen' [60]. Beide Sammlungen enthalten jeweils neunzehn Abschnitte [61], jedes Kapitel ist zudem kurz kommentiert [62]. Den einzelnen Erzählungen sind weiterführende Literaturhinweise und Anmerkungen zur Stoff- und Motivgeschichte beigegeben. Verbreitungskarten informieren über Erscheinungsformen des Volksglaubens und über regional abweichende Bezeichnungen von Sagengestalten (z.B. Bezeichnungen für das Irrlicht; Traum vom Schatz auf der

Brücke) [63]; überhaupt sollte die Kartographie zur Dokumentation eines Erzählungsbestandes stärker als bisher genutzt werden [64]. Die bereits mehrfach angesprochene Überschneidung thematischer Kapitel wie "Der Tod und die Toten" (IV) mit Abschnitten über einzelne bedeutende Figuren der Sage wie "Erdgeistern und Zwergen" (XI) oder "Teufel" (XIV) und genretypologisch bestimmten Kapiteln wie den "Ursprungs- und Erklärungssagen" (XIX) begegnet in den 'Deutschen Volkssagen' ebenso wie in den 'Historischen Sagen' [65]. Inkonsequenzen in der Systematik sind auch in den unterschiedlichen Entstehungsbedingungen der Sagen begründet, die z.T. auf literarische Vorbilder (Chronik-, Historienliteratur) zurückzuführen sind. Nicht in jedem Fall lassen sich die Interdependenzen zwischen literarischer und oraler Tradierung hinreichend klären. Ausschlaggebend für die Zuordnung bleibt dann letztlich die Entscheidung für die Motivdominanz. Für andere breit angelegte Sammlungen deutschsprachiger Sagen, etwa W.-E. Peuckerts 'Deutsche Sagen' [66] oder die 'Deutschen Sagen demokratischen Charakters' von G. Burde-Schneidewind [67], lassen sich adäquate Feststellungen treffen. Alle Herausgeber scheinen sich einig zu sein, daß eine systematische Katalogisierung der Sagen aufgrund des disparaten Materials unmöglich erscheint. [68]

Zusammenfassend lassen sich aus den bisherigen Bemühungen um die Klassifizierung der Sagen folgende Aufgaben und Forderungen ableiten:

(1) Anstelle länderübergreifender Kataloge empfiehlt es sich, den Erzählbestand einer Region zu erfassen.

(2) Die Dokumentation sollte zeitlich begrenzt sein.

(3) Die Archivierung der Aufzeichnungen sollte in Anlehnung an die bereits entwickelten Sagenklassifikationssysteme erfolgen, um einen Vergleich international verbreiteter Stoffe und Motive zu ermöglichen. In der Untergliederung der Hauptgruppen können oikotypischeThemen und Motive berücksichtigt werden. [69]

(4) Bisher erschienene Texte aus der Region sind bibliographisch zu erfassen und auszuwerten.

(5) Umfangreiche Sach-, Namen-, Orts-, Erzähler-Register der gedruckten und ungedruckten Materialien müssen den Bestand erschließen.

Die Notwendigkeit solcher Bestandsaufnahme regional verbreiteten Erzählguts und der damit in Zusammenhang stehenden literarischen und oralen Tradierung ist heute, wie eingangs ausgeführt, unbestritten. Sie kann zur Festigung der kulturellen Identität beitragen, wie die Arbeiten der französischen Ethnologen zeigen. [70] Darüber hinaus bietet sich die Möglichkeit, aus historisch-komparatistischer Betrachtungsweise heraus die Performanz von Erzählungen bis in die jüngste Vergangenheit zu analysieren und zu beschreiben. [71] Dies geschieht einmal durch die Aufarbeitung der Quellen der Sagen des 19. Jahrhunderts und ihrer Vermittlungswege, durch die Dokumentation des Funktionswandels von Sagen (z.B. Rattenfänger-Sage) [72] und des Aufzeigens der Variabilität von Stoffen und Motiven in den unterschiedlichsten Genres wie Zeitungs- und Autosagen, UFO-Erzählungen (den sog. Urban Legends [73]), zum anderen durch Untersuchungen über die Produzenten der Erzählungssammlungen [74] und deren Intentionen vor dem Hintergrund tiefgreifender sozialer und ökonomischer Umwälzungen [75] - dies alles "im Hinblick auf den historischen Kommunikationszusammenhang dieser literarischen Produktion und auf die gesellschaftlichen Auffassungen, die ihr zugrundeliegen" [76].

Diskussion

Auf Anfrage von L. Petzoldt präzisiert H.-J. Uther, was mit "zeitlich begrenzter Dokumentation" (Punkt 2 seiner Überlegungen zur Klassifizierung Alpenländischer Sagen) gemeint war. Diese Forderung bezog sich nicht auf bereits vorliegendes, also historisches Material, sondern auf heutige bzw. künftige Feldforschungen, bei denen das Erzählgut einer bestimmten Region erfaßt werden soll. Hier gehe es nicht etwa bloß um das Sammeln von Material nach traditionellen Erzählgattungen, sondern um das ganze Spektrum des "Alltäglichen Erzählens". Dabei sollte aber, um einer unüberschaubaren Materialanhäufung zu entgehen, eine zeitliche Begrenzung vorgenommen werden.
L. Röhrich spricht sich in Hinblick auf die Ausführungen Uthers zu den bisherigen Klassifizierungsversuchen und speziell zu Punkt 3 seiner Überlegungen - Archivierung der Aufzeichnungen in Anlehnung an bereits entwickelte Sagenklassifzierungssysteme - dafür aus, bei den in Südtirol geplanten neuen Sammelinitiativen ein solches, wenn auch noch nicht perfektioniertes System bereits an den Anfang der Feldforschung zu stellen. Er findet damit allgemeine Zustimmung.
Ergänzend weist L. Petzoldt noch auf einige Ansätze zur Systematisierung einzelner Gruppen von Sagen, wie etwa der Totensagen, hin. Die Schwierigkeiten bei der Einordnung in ein größeres System bleiben natürlich trotzdem nicht aus.

Anmerkungen zu dem Beitrag von

H.-J. Uther: Überlegungen zur Klassifizierung ...

1 Vgl. die Kongreßbände: Internationaler Kongreß der Volkserzählungsforscher in Kiel und Kopenhagen (19.8.-29.8.1959). Vorträge und Referate. Hrsg. von K. Ranke. Berlin 1961. - IV International Congress for Folk-Narrative Research in Athens (1.9.-6.9.1964). Lectures and Reports. Hrsg. von G.A. Megas. Athen 1965 (Laographia 22). - Der geplante Kongreßband von Bukarest (1969) ist nie erschienen.

2 Ein Tagungsband für Edinburgh (1979) erschien nicht. Viele Vorträge wurden in den Fachzeitschriften, z.B. Fabula, inzwischen publiziert. Die Referate des Bergen-Kongresses liegen in vier Kongreßbänden vor: Papers 1-4. The 8th Congress for the ISFNR. Bergen, June 12th-17th 1984. Hrsg. von Kvideland, R. / Selberg, T. Bergen 1984/85.

3 Überblick bei Uther, H.-J.: Einige Bemerkungen zum gegenwärtigen Stand der Klassifizierung von Volkserzählungen. In: Fabula 25. 1984. S. 308-321.

4 Ranke, K.: Die "International Society for Folk-Narrative Research" und ihre Bemühungen um einen internationalen Sagenkatalog (1963). In: Ders.: Die Welt der Einfachen Formen. Berlin-New York 1978. S. 101-109, hier 101.

5 Honko, L.: What Kind of Instruments for Folklore Protection? In: NIF Newsletter 13,1-2. 1985. S. 3-11. -
Schon eine Resolution des 1. Märchenforscherkongresses in Lund 1935 hatte ähnliches gefordert; vgl. ZfVk 44. 1936. S. 314.

6 Honko, L.: a.a.O. S. 10 f.

7 Thompson, S.: The Types of the Folk-Tale (FFC 74). Helsinki 1928. - Ders.: The Types of the Folktale. A Classification and Bibliography. A. Aarne's Verzeichnis der Märchentypen (...) Translated and Enlarged by S. Thompson. Second Revision (FFC 184). Helsinki 1961 (Third Printing 1973).

8 Motif-Index of Folk-Literature. Revised and Enlarged Edition by S. Thompson. 6 Bde. Kopenhagen 1955-1958, [3]Bloomington-London 1975.

9 Greverus, I.-M.: Thema, Typus und Motiv. Zur Determination in der Erzählforschung. In: Laographia 22. 1965. S. 130-139, hier 133. - Röhrich, L.: Sage und Märchen. Erzählforschung heute. Freiburg i.Br.-Basel-Wien 1976. S. 148.

10 Z.B. an der wenig befriedigenden Unterscheidung zwischen Typ und Motiv, vgl. Holbek, B.: On the Classification of Folktales. In: Laographia 22. 1965. S. 158-161. -
Čistov, K.V.: Zur Frage der Klassifikationsprinzipien der Prosa- Volksdichtung (1964). In: Petzoldt, L. (Hrsg.): Vergleichende Sagenforschung. Darmstadt 1969. S. 337-347. -

Ben-Amos, D.: The Concept of Motif in Folklore. In: Folklore Studies in the Twentieth Century. Proceedings of the Centenary Conference of the Folklore Society. Hrsg. von Newall, V.J. Woodbridge-Totowa 1980. S. 17-36. (scharfe Kritik an Thompsons vagen Definitionen, S. 26, 30 und Anm. 2)

11 Aufstellung bei Uther, H.-J.: a.a.O. S. 318-321. -
Seither erschienene Indices waren nicht speziell für die Sage ausgerichtet.

12 AaTh-Stichwörter in Anlehnung an die vorgesehenen Artikel in der Enzyklopädie des Märchens. Hrsg. von K. Ranke u.a. Berlin-New York 1977 ff. (bislang erschienen die Artikel bis Gei...).

13 Ranke, F.: Kleinere Schriften. Hrsg. von Rupp, H. / Studer, E. Bern-München 1971. S. 314.

14 Vgl. Harkort, F.: Volkserzählungstypen und -motive und Vorstellungsberichte. In: Fabula 8. 1966. S. 208-223.

15 Zur Biographie vgl. den Artikel von R. Kvideland in Enzyklopädie des Märchens 2. 1979. Sp. 1382-1385.

16 Tillhagen, C.-H.: Der internationale Sagenkatalog. In: Tagung der "International Society for Folk-Narrative Research" in Antwerp (6.-8. Sept. 1962). Bericht und Referate. Antwerpen 1963. S. 37-40.

17 Harkort, F.: a.a.O. S. 215, Anm. 33.

18 Vgl. die einzelnen Beiträge im Tagungsband von Antwerpen (a.a.O.), Budapest (Acta Ethnographica Academiae Scientiarum Hungaricae 13 (1964). S. 1 ff), Liblice bei Prag (Fabula 9. 1967).

19 Vgl. Gumbrecht, H.U. / Senti, A.: Art. 'Entmythisierung'. In: Enzyklopädie des Märchens 4.1984. Sp. 21-38, 38-42.

20 Fischer, H.: Erzählgut im Volksleben der Gegenwart. Köln 1978.

21 Gerstner-Hirzel, E.: Aus der Volksüberlieferung von Bosco Gurin. Basel 1979.

22 Senti, A.: Sagen aus dem Sarganserland. Basel 1974.

23 Deutsche Sagen. Hrsg. von den Brüdern Grimm (Nachwort L. Röhrich). München 1965 (Nachdruck Darmstadt 1977).

24 Röhrich, L.: Sage. Stuttgart 1971. -
Eine weitere Darstellung legte H.G. Rötzer (mit Textbeispielen) vor: Sage. Bamberg 1982 (Themen, Texte, Interpretationen 2).

25 Lüthi, M.: Märchen. Stuttgart 1962, [7]1979.

26 Rottensteiner, F. (Hrsg.): Das große Buch der Märchen, Sagen und Gespenster. Frankfurt a.M. 1983 (16.-25. Tausend 1984).

27 Röhrich, L.: Die Sagensammlungen der alemannischen Schweiz in der Gegenwart. In: Ders. 1976: a.a.O. S. 58-81.

28 Pomeranceva, Ė.V.: Mifologičeskie personaži v russkom fol'klore (Die mythologischen Gestalten in der russischen Folklore). Moskva 1974. -
Bihari, A.: Magyar hiedelemmonda katalógus. A Catalogue of Hungarian Folk Belief Legends. Budapest 1980 (allerdings ohne die Abschnitte B "Der Tod und die Toten" und O/7 "Feenwesen", vgl. Rezension von L. Dégh in Fabula 22. 1981. S. 323-325).

29 Müller, I. /Röhrich, L.: Deutscher Sagenkatalog. X.Der Tod und die Toten. In: Deutsches Jahrbuch für Volkskunde 13. 1967. S. 346-397. -
Kritisch Harkort, F.: In: Fabula 8. 1966. S. 222 f. -
Ferner siehe Röhrich, L.: Das Verzeichnis der deutschen Totensagen. In: Fabula 9. 1967. S. 270-284.

30 Kerbelytė, B.: Lietuvių liaudies pedavimų Katalogas (Katalog der litauischen Volkssagen). Vilnius 1973.

31 Vgl.Rezension in Demos 1976. Num. 384.

32 Rausmaa, P.-L.: A Catalogue of Historical and Local Legends (NIF Publications 3). Turku 1973. S. 63-108.

33 Rokala, K.: A Catalogue of Religious Legends... (NIF Publications 3). Turku 1973. S. 109-121.

34 Vgl. auch Röhrich, L. 1976: a.a.O. S. 295.

35 Dies forderte auch Harkort (a.a.O.). S. 223.

36 Rokala, K.: a.a.O. S. 119.

37 Ebenda.

38 Dahll, V.: Nordiske sagnregistre og sagnsystematik. [2]Turku 1973.

39 Sinninghe, J.R.W.: Katalog der Sagen im niederländischen Sprachraum. 1: Erddämonen. Breda 1977.

40 Bihari, A.: a.a.O. -
Zu Klassifizierungsproblemen von Sagen in Ungarn vgl. Dömötör, T.: A tipizálás a népmondában. In: Ethnographia 88. 1977. S. 529-539.

41 Alpenburg, N. Ritter von: Deutsche Alpensagen. Wien 1861 (Nachdruck München 1977).

42 I.e. Johann Nepomuk Mahl-Schedl, Ritter von Alpenburg, vgl. Handwörterbuch der Sage. 2. Lieferung. Sp. 390 f. sowie das Nachwort von L. Borowsky im 1977 publizierten Nachdruck der Alpensagen (a.a.O.).

43 Alpenburg: a.a.O. S. 7.

44 Vgl. auch Röhrich 1976: a.a.O. S. 32. -
Fischer 1978: a.a.O. S. 27.

45 ADB 45. S. 316-319. -
Vgl. Nachruf von Weinhold, K.: In: Zeitschrift für Volkskunde 2. 1892. S. 442 f.

46 ADB 53. S. 415-419. -
Zur Biographie vergl. auch Stettner, T.: Ernst Ludwig Rochholz. In: Lebensläufe aus Franken 5. Hrsg. von A. Chroustt Erlangen 1936. S. 288-297.

47 Röhrich 1976: a.a.O. S. 59.

48 Wildhaber, R.: J. Müllers "Sagen aus Uri" und ihre Stellung innerhalb der europäischen Sagenforschung. In: 9. Jahresgabe der Kantonsbibliothek Uri. Altdorf 1962. S. 9-16.

49 Zur Konzeption und Wertung der Sammlung siehe Röhrich 1976: a.a.O. S. 64-71.

50 Lüthi,M.: Aspekte der Blümlisalpsage. In: Schweizer Archiv für Volkskunde 76. 1980. S. 229-243.

51 Vgl. auch das von R. Wildhaber erstellte Sachregister in den "Sagen aus Uri" 3. 1945. s.v. Frevel, frevelhafte Jagd etc.

52 Sachregister in Bd. 3. S. 333-428.

53 Z.B. Büchli, A.: Mythologische Landeskunde von Graubünden 1-2. Aarau 1958/66.

54 Zum Forschungsstand vgl. Dégh, L.: Erzählen, Erzähler. In: Enzyklopädie des Märchens 4. 1984. Sp. 315-342 (besonders Kap. 4.2.: Das Repertoire. Sp. 328-334).

55 Z.B. Tolksdorf, U.: Eine ostpreußische Volkserzählerin. Geschichten-Geschichte-Lebensgeschichte. Marburg 1980. -
Pentikäinen, J.: Oral Repertoire and World View. An Anthropological Study of Marina Takalo's Life History (FFC 219). Helsinki 1978.-
Gaál, K. / Neweklowsky, G. (Hrsg.): Erzählgut der Kroaten aus Stinatz im südlichen Burgenland, kroatisch und deutsch. Wien 1983.

56 Zum Begriff vgl. die Artikel "Alltägliches Erzählen" von H. Bausinger (Enzyklopädie des Märchens 1. 1977. Sp. 323-330), "Familiengeschichten" von A. Lehmann (E.M 4. 1984. Sp. 833-836) und "Autobiographie" von L. Röhrich (E M 1. 1977. Sp. 1080-1085).

57 Gerstner-Hirzel 1979: a.a.O. S. 133-151.

58 Z.B. Vortragsthema auf dem Kongreß der International Society for Folk Narrative Research. Helsinki 1974.

59 Petzoldt, L.: Deutsche Volkssagen. München 1970, [2]1978.

60 Ders.: Historische Sagen 1-2. München 1976/77.

61 Die Kapitel der "Volkssagen" (Petzoldt 1970: a.a.O.): Das Schicksal - Menschen mit übernatürlichen Fähigkeiten - Verwandelte - Der Tod und die Toten - Die andere Welt - Geisterumzüge und -kämpfe - Spukorte und Spukerscheinungen - Frevel und Sühne - Naturdämonen - Wassergeister - Erdgeister und Zwerge - Hausgeister und Kobolde - Riesen und starke Leute - Der Teufel - Krankheit und Krankheitsdämonen - Mythische Tiere und Pflanzen - Schätze und Schatzhebung - Glockensagen - Ursprungs- und Erklärungssagen. Die Kapitel der "Historischen Sagen" (Petzoldt 1976/77: a.a.O.): Antike Erzählstoffe - Ursprungs- und Erklärungssagen - Orakel und Schicksal - Genealogische Sagen - Kaiser und weltliche Herren - Merkwürdige Begebenheiten - Fahrten und Abenteuer - Persönlichkeiten mit magischer Begabung - Tod und Nachleben historischer Persönlichkeiten - Geistliche Herrschaft - Konfessionelle Auseinandersetzungen - Städte und Zünfte - Bauern und Gutsherren - Randgruppen - Volkshelden und starke Leute - Räubersagen - Kriege und Notzeiten - Rechtssagen - Religiöse Sagen.

62 Nur in den "Deutschen Volkssagen" (a.a.O.).

63 Ebenda. S. 377, 469.

64 Vorbildlich sind hierbei die Atlaswerke der deutschsprachigen Regionen. Exemplarisch sei nur auf die umfangreiche Arbeit von G. Grober-Glück: Motive und Motivationen in Redensarten und Meinungen. Marburg 1974 hingewiesen (der Kartenband enthält 49 Tafeln). - Vgl. auch den hier abgedruckten Tagungsbeitrag von G. Grober-Glück: Probleme kartographischer Darstellung von Phänomenen der Volkssage und des Volksglaubens.-Zum Einsatz der Kartographie in Typenkatalogen siehe den friesischen Typenkatalog von Kooi, J. van der: Volksverhalen in Friesland. Proefschrift Groningen 1984.

65 Die "Historischen Sagen" enthalten außerdem parapsychologische Erzählungen neuerer Zeit (z.B. über UFO's, vgl. Kap. VI: "Merkwürde Begebenheiten") und eine Reihe von Schwänken (!), siehe Rezension von G. Burde-Schneidewind in Jahrbuch für Volkskunde und Kulturgeschichte. 23. N.F. 8. 1980. S. 288-290.

66 Deutsche Sagen. Berlin 1961 ff.

67 Deutsche Sagen demokratischen Charakters. Berlin 1960 ff.

68 Vgl. Petzoldt 1970: a.a.O. S. XIV. -
Burde-Schneidewind, G.: Historische Volkssagen zwischen Elbe und Niederrhein. Berlin 1969. S. 6 f.

69 Für diese Lösung scheint zu sprechen, daß die in größeren Archiven entwickelten Systeme ganz und gar unübersichtlich sind: z.B. das Verzeichnis des Zentralarchivs der deutschen Volkserzählung in Marburg mit über 170 Positionen oder , nur auf eine einzelne Person zugeschnitten, W.-E. Peuckerts Zigtausende von Zetteln umfassende Sagendatei im Seminar für Volkskunde Freiburg (Göttingen verfügt nur über die von Peuckert bis 1962 ausgewerteten Bestände).

70 Vgl. Artikel "Frankreich" von Tenèze, M.-L.: In: Enzyklopädie des Märchens 5,1. 1985. Sp. 62-89, hier 80-83.

71 Für diese Forderung setzte sich nachdrücklich H. Gerndt ein, wollte man über die einengende romantische Betrachtungsweise der Brüder Grimm (Sage = Geschichte) hinauskommen: Zur Frühgeschichte der Sagenforschung. In: Dona Ethnologica Monacensia. Leopold Kretzenbacher zum 70. Geburtstag. Hrsg. von Gerndt, H. / Roth, K. / Schroubek, G.R. München 1983. S. 251-266.

72 Vgl. z.B. Fischer, H.: Diffusion der Rattenfängersage. Eine vorbereitende Skizze. In: Aspekte der Vermittlung von Jugendliteratur. Hrsg. von Fischer, H. /Stach, R. Essen 1980. S. 89-125. -
Uther, H.-J.: Die Rattenfängersage und die Brüder Grimm. In: Geschichten und Geschichte. Hrsg. von N.Humburg. Hameln 1985, 19-27.
Beckman, B.: Von Mäusen und Menschen. Die hoch- und spätmittelalterlichen Mäusesagen (...). Zürich 1974.

73 Zum Forschungsstand vgl. die einzelnen Beiträge in Fabula 26. 1985.

74 Z.B. Schenda, R.: Mären von Deutschen Sagen. Bemerkungen zur Produktion von "Volkserzählungen" zwischen 1850 und 1870. In: Geschichte und Gesellschaft 9,1. 1983. S. 26-48. -
Ders.: Volkserzählung und nationale Identität: Deutsche Sagen im Vormärz (1830-48). In: Fabula 25. 1984. S. 296-303. -
Eine vorbildliche Einzelstudie über K.F. Wolff und seine "Dolomitensagen" legte U. Kindl vor: Kritische Lektüre der Dolomitensagen von Karl Felix Wolff. 1: Einzelsagen. San Martin de Tor 1983.

75 Schenda, R.: Volkserzählung und Sozialgeschichte. In: Il Confronto Letterario 1,2. 1984. S. 265-279.

76 Ders. 1983: a.a.O. S. 27. -
Vgl. auch Moser, D.-R.: Plädoyer für eine historische Volkserzählforschung. In: Ethnologia Europaea 11. 1979/80. S. 28-35.

"ERZÄHLFORSCHUNG LIVE" ZUR ERFORSCHUNG DER KOMMUNIKATIONSKULTUR IN DER GEGENWART

Károly Gaál, Wien

Vor einem Vierteljahrhundert begann ich meine Forschungstätigkeit im Burgenland. Dieses östlichste Bundesland Österreichs gehört landschaftlich zum westpannonischen Raum, also jenem Gebiet Mitteleuropas, das an den Alpenostrand grenzt. Zur Zeit der Völkerwanderung sind die Züge der nomadisierenden Reitervölker hier zum Stehen gekommen, und in der Folge kam es zur Herausbildung einer charakteristischen Kulturgrenze in Form einer "Pufferzone" zwischen alpenländischer und pannonischer Kultur. Innerhalb dieser Grenzregion sind alteuropäische Kulturerscheinungen ebenso erhalten geblieben, wie auch bajuwarisch-alpine, südslawische und magyarische Kulturelemente weiterleben, die allesamt durchmischt in organischer Einheit zusammenwirken und solchermaßen das spezifische Kulturgepräge dieses Gebietes ausmachen.

Die Bevölkerung des Burgenlandes ist dreisprachig, d.h. es gibt eine deutsche, eine kroatische und eine ungarische Sprachgruppe. Keine der drei Sprachgruppen lebt in einem großräumig geschlossenen Siedlungsgebiet, sondern es handelt sich im Gegenteil um deutsch-, kroatisch- und ungarischsprachige Dörfer, die - bunt gemischt - in unmittelbarer Nachbarschaft zueinander liegen. Das jahrhundertelange Zusammenleben unter gleichen sozial- und wirtschaftshistorischen Bedingungen, also das Mit- und Füreinander in einer Schicksalsgemeinschaft, spiegelt sich in den kulturellen Verhältnissen des Burgenlandes. Bei unterschiedlicher Sprachzugehörigkeit entwickelte sich eine der gesamten Bevölkerung gemeinsame traditionelle Kultur, die in drei verschiedenen Sprachen zu einheitlichem Ausdruck gebracht wird. (Auf die allenfalls feststellbaren Kulturunterschiede etwa zwischen Dörfern im südlichen und Dörfern im nördlichen Burgenland kann hier nur so weit eingegangen werden, daß die

Ursache dafür keinesfalls in Sprachunterschieden zu finden ist). Die Ausheirat in ein benachbartes anderssprachiges Dorf bedeutet für die betreffende Person also keinen Kulturwechsel, sehr wohl aber verlangt dies von ihr einen Sprachwechsel. In der gemischtsprachigen Region ist nämlich nicht die Muttersprache, sondern die jeweilige Dorfsprache als Kommunikationsmittel verbindlich, und das ist mit ein Grund, weshalb viele Burgenländer zweisprachig sind, manche sogar alle drei Sprachen beherrschen. - Daher wird man sich also schwertun, im Burgenland nach sogenannter "Nationalkultur" im Sinne des 19. Jahrhunderts zu suchen. Freilich, man konnte und kann dergleichen hier finden, wenn man einzelne Kulturerscheinungen wie z.B. die des sprachgebundenen Erzählens selektiv untersucht, also - bewußt oder unbewußt - die jeweils dazugehörigen Elemente des kulturellen Umfelds außer acht läßt. Jede Kulturerscheinung, auch das Erzählen ist aber an den lebendigen Menschen gebunden, ist daher selbst etwas Lebendiges, das so wie der Mensch unter bestimmten Lebensbedingungen existiert. Isoliert man das Erzählgut von der Person seines Trägers, dann reduziert es sich auf bloße Texte, zwar bestimmten Inhaltes und in bestimmter Sprache, aber ohne irgendeine Aussage hinsichtlich ihrer kulturellen Bedeutung. Nicht der Text als Text bezeichnet die Kultur, sondern die Botschaft, die er vermittelt. Und diese Botschaft kann den Erzählforscher nur dann erreichen, wenn er die gesammelten Texte mit Hinblick auf ihre historischen sozioökonomischen Rahmenbedingungen auswertet.

Ursprünglich ging ich mit dem Vorhaben ins Burgenland, dort eine dorfmonographische Geräteforschung durchzuführen. Mehr oder weniger zufällig entdeckten sich mir dabei die Geräte auch in einer "geistigen" Gestalt, die sich in der Form eines spezifischen Erzählgutes niederschlug. Wann immer ich nämlich in engeren menschlichen Kontakt mit meinen Gewährsleuten gekommen war, haben diese buchstäblich über ihre Gerätschaften erzählt. Es wurde ein Beziehungsverhältnis zum Arbeitswerkzeug manifest, das den "toten Gegenständen" regelrecht "Leben" einhauchte, ihnen eine "Sprache" verlieh, deren Aussage mich darauf aufmerksam machte, daß ein Gerät für seinen Benützer weit mehr ist als nur ein technisches Hilfsmittel bestimmter Art und Konstruktion. Diese Entdeckung hat mir zunächst für meine Arbeit als Geräteforscher eine neue Dimension eröffnet, und in der Folge bin ich dann zu der Auffassung gelangt, daß die menschliche Kultur als eine ökologisch geregelte unteilbare Einheit von materiellen und geistigen Kulturerscheinungen zu betrachten und dementsprechend zu untersuchen ist. Aus praktischen Gründen ist die begriffliche Unterscheidung von "materieller Kultur" und "geistiger Kultur" wohl durchaus vertretbar, tatsächlich aber bestehen zwischen den jeweiligen Inhalten nicht zu übersehende Zusammenhänge, so daß eine kategorische Abgrenzung schon bei der Erforschung der einzelnen Kulturerscheinungen an der kulturellen Realität vorbeigeht.

Wenngleich ungeplant, habe ich im Wege der Geräteforschung also auch meine ersten Gehversuche auf dem Gebiet der Erzählforschung gemacht. Bei meinen weiteren Forschungen im Burgenland habe ich aber weder der Aufnahme von Erzählgut noch sonst irgendeiner kulturellen Äußerungsform besonderen Vorrang eingeräumt. Meine Zielsetzung war es, mir von der traditionellen Kultur in ihrer Ganzheit ein Bild machen zu können. Deshalb habe ich ganz bewußt auf einzelthematische Ansätze verzichtet und meine Arbeit in Form einer rein empirischen und umfassenden Grundlagenforschung betrieben.

Der Gastfreundschaft eines Dorfpfarrers habe ich es zu danken, daß nicht nur mein Auskommen gesichert war, sondern mein Leben im Pfarrhaus hat mir auch dazu verholfen, ganz beiläufig den Kontakt mit der Dorfbevölkerung anzuknüpfen. Mit der Zeit wurde ich als "dazugehörig" akzeptiert, und da ein Tonbandgerät hier damals noch völlig unbekannt war, hat auch niemand darauf geachtet, wenn ich die Vorgänge im Dorf sozusagen mit einem dritten Ohr belauschte. Diese technische Einrichtung hat es mir zudem auch erleichtert, mich voll auf das Miterleben und Beobachten des bäuerlichen Dorflebens konzentrieren zu können; auch auf einigen Gutshöfen habe ich zu diesem

Zweck zusammen mit den Gutshoffamilien für einige Zeit gelebt. Als stiller Zuhörer, teils auch in zwanglosen Gesprächen mit einzelnen Personen habe ich es in diesen Forschungsjahren auf rund 10.000 Aufnahmeeinheiten gebracht, die im Phonogrammarchiv der Österreichischen Akademie der Wissenschaften archiviert sind. Aus dem reichhaltigen Material allein die Kommunikationskultur betreffend, möchte ich mich auf die Darstellung jener Erfahrungen beschränken, die ich bezüglich des geschlechtsspezifischen Kommunikationsverhaltens gemacht habe, und ich werde im folgenden also auf die verschiedenen Kommunikationsformen der Männer- und Frauengemeinschaften in den Dörfern und Gutshöfen eingehen.

Das kommunikative Leben der Frauen im Dorf zeigte sich mir, soweit es die arbeitsaktive Generation betraf, schon rein zeitlich als ziemlich eingeschränkt. Mit Haushaltsführung, Kindererziehung, Stallarbeit und Mitarbeit auf dem Feld waren die Bäuerinnen bis an die Leistungsgrenze vollbeschäftigt. Nur am Sonntag, wenn die Feldarbeit ruhte, bestand die Möglichkeit zu unterhaltenden Zusammenkünften im Kreis der jeweiligen Altersgenossinnen und Nachbarinnen. Der Gesprächsstoff bestand aus gegenseitigen Schilderungen von Alltagsproblemen und familiären Sorgen, und natürlich wurde auch darüber geredet, was sonst so alles an Ereignissen im Dorf Anlaß zum "Tratsch" lieferte; Märchen oder andere Erzählstücke habe ich bei derartigen Treffen der Frauen nie gehört. Etwas mehr Zeit für die Kontaktpflege innerhalb ihrer Altersgruppe hatten die aus dem aktiven Arbeitsleben bereits ausgeschiedenen alten Frauen. Im Haus auf wenige Hilfsarbeiten zurückgedrängt, war ihre Hauptaufgabe die Beaufsichtigung der Enkelkinder. Dies hatte übrigens eine ungemein starke **Großmutter-Enkel-Beziehung** zur Folge, die zwar mit dem Eintritt der Kinder ins Schulalter aufhörte, diese aber geistig grundlegend prägte. Gerade bei den besten der männlichen Erzähler, denen ich begegnete, konnte ich immer wieder feststellen, daß die geistigen Grundlagen ihrer Erzählkunst in der Zeit der Bindung des Kleinkindes an die Großmutter entstanden waren. Die Erzählkunst selbst und das Repertoire der männlichen Erzähler kam allerdings immer erst mit Eintritt in die dörfliche Männergemeinschaft zur Entwicklung.

Wenn die alten Frauen zwecks Unterhaltung zusammengekommen waren, so wurden ebenfalls in erster Linie Familienangelegenheiten besprochen. Dabei kam es ganz automatisch auch zum Erzählen von Jugenderinnerungen in Form von beispielhaften Geschichten, wie damals etwa in dieser oder jener Situation gehandelt worden ist. Diese erinnerungsartig vorgetragenen Erzählungen waren ihrem Charakter nach Glaubenssagen, und die ihnen zugrundeliegenden Glaubenserscheinungen sind so direkt auf die zuhörenden Enkelkinder übergegangen. Märchen wurden im Kreis der bäuerlichen alten Frauen höchst selten erzählt. Auch das Märchenerzählen für die Enkelkinder habe ich nur in vereinzelten Fällen angetroffen. In Dörfern mit teilweiser Arbeiterbevölkerung hat es sich bei den Zusammenkünften der familienunabhängigeren Rentnerinnen dagegen weit häufiger ergeben, daß es zum Märchenerzählen gekommen ist. So hatte z.B. Maria Kirisits im kroatischsprachigen Stinatz ihre ständige Zuhörerschaft von Alterskolleginnen, denen sie regelmäßig Märchen und Legenden erzählte.

Der Wegfall der Feldarbeit in den Wintermonaten bedeutete für die Frauen zwar nicht weniger Arbeit, aber das Kürbiskernschälen, das Federnschleissen, auch Näharbeiten waren Aufgaben, die man in Gemeinsamkeit erledigen konnte und zu denen man sich auch extra verabredete. Diese winterlichen Arbeiten waren daher gleichzeitig Kommunikationsereignisse. Männer waren bei solchen Zusammenkünften selten dabei, und schon gar nicht junge Mädchen. Die Gespräche drehten sich hauptsächlich um Alltagsfragen insbesondere um Frauenangelegenheiten, und dabei flossen auch Schwänke und Glaubenssagen in die Unterhaltung ein. Bei letzteren handelte es sich aber nicht um Glaubenssagen im eigentlichen Sinn, sondern sie wurden in Form von Ratschlägen für bestimmte Fallsituationen vorgebracht und ausgetauscht; die Inhalte beruhten auf lebendigem Glaubensgut, das in der bäuerlichen Arbeitswelt eine Rolle spielte. Wenn es sich so ergab, wurde auch gesungen, unter anderem Balladen, die ich übrigens nur bei diesen Kommunikationsanlässen zu Gehör bekommen habe.

Ganz anders gestaltete sich das Kommunikationsleben der Frauen in den Gutshöfen. Hier standen nur die Männer in einem dauernden landwirtschaftlichen Arbeitsverhältnis zum Gutsherrn. Die Ehefrauen der Gutshofknechte nahmen eventuell im Sommer eine sechs- bis achtwöchige Saisonarbeit auf dem Gute an, ansonsten aber waren sie nur im Haushalt tätig. Im Vergleich zu den bäuerlichen Hausfrauen hatten sie also viel Freizeit, die sie unter anderem dazu nutzten, regelmäßig zu lesen. Diese Art der Freizeitgestaltung ist mir bei den Dorfbäuerinnen kaum begegnet. Aus ihrem Lesestoff haben die Frauen einander nur in Ausnahmefällen etwas in erzählender Form weitergegeben; zur Weitergabe gelangte nicht das Gelesene, sondern die Bücher wurden untereinander ausgetauscht. Die bedeutendste Rolle im kommunikativen Leben der Gutshoffrauen spielte die nachbarliche und dabei öffentliche Kontaktpflege. Zur Sommerzeit im Freien vor dem Knechtehaus, im Winter in der Küche einer der Knechtewohnungen haben sich die Frauen regelmäßig zusammengefunden, um sich zu unterhalten. Es wurde viel gesungen, und bei Wortführung einiger als Erzählpersönlichkeiten anerkannter Frauen wurden Glaubenssagen und legendenartige Märchen erzählt.

Die vorhin erwähnte Großmutter-Enkel-Beziehung, die in den Bauerndörfern so wesentlich den Gang der kulturellen Tradierung beeinflußte, hat es bei den Gutshofleuten nicht gegeben. Hier waren es die Mütter, von denen das junge Volk seine geistige Prägung erfahren hat, denn bis zum Austritt aus der Pflichtschule, die noch dazu in der gutseigenen Schuleinrichtung absolviert wurde, wuchsen die Kinder unter ständiger Aufsicht bzw. im Kreise ihrer Mütter heran. Während die Bauernkinder schon frühzeitig zur Mitarbeit im Haus angehalten wurden, hatten die Gutshofkinder nach der Erledigung ihrer Schulaufgaben Zeit zum Spielen. Auch dabei gab es ständigen Kontakt mit der Frauengemeinschaft. Infolge ihres intensiven Kommunikationslebens war das geistige Kulturgut der Gutshoffrauen unvergleichlich größer als das der Dorfbewohnerinnen. Dementsprechend breiter waren die Grundlagen schon bei den Kindern, was sich vorerst in ihren kindlichen Spielen und Liedern äußerte, später - bei einem guten Erzähler - in seinem Erzählgut und in seiner Erzählkunst.

Da die Gutshofknechte eine geregelte Arbeitszeit hatten, waren sie in den Abendstunden frei, und so kam es häufig zu Unterhaltungsrunden, an denen sich Männer und Frauen gemeinsam beteiligten. Ohne Unterschied des Geschlechts führten dabei stets diejenigen das Wort, die von der Gemeinschaft der Gutshofleute als gute Erzähler anerkannt waren. Als Zuhörer waren auch die Kinder mit dabei, nur selten aber die Halbwüchsigen. Burschen und Mädchen galten bis zu ihrer Verheiratung nicht als "vollwertige" Mitglieder der Gemeinschaft. Soweit es die Mädchen betraf, hingen sie zwar etwas länger am Rockzipfel der Mutter als die Buben, die mit etwa vierzehn Jahren in eine Lehre oder direkt in ein Arbeitsverhältnis eintraten, mit frühestens sechzehn Jahren verdingten sie sich aber allgemein als Dienstmädchen in die Stadt. Wenn sie dann nach ein bis zwei Jahren in den Gutshof heimkehrten, hatten sie nicht nur das Geld für ihre Aussteuer im Gepäck, sondern auch neues Erzählgut, das sie später als verheiratete Frauen den anderen Frauen weitergaben, und so wurde der Erzählschatz der Gutshofgemeinschaft ständig bereichert.

Nach der totalen Mechanisierung der Gutshöfe etwa Mitte der 60er Jahre konnten nur ganz wenige Knechte ihren Arbeitsplatz behalten; sie wurden als Traktorführer beschäftigt. Und so ein Traktorführer hat mir einmal gesagt: "Wissen'S, wenn ich so den ganzen Tag auf dem Traktor sitz', dann erzähl' ich mir selber was, da fallen mir alle die G'schichten wieder ein." Einige ältere ehemalige Gutshofknechte haben mir dann bestätigt, daß sie früher in Gruppen von drei, vier Männern zusammengearbeitet haben und daß dabei regelmäßig "Geschichten" erzählt worden sind. "Wir sind ja nicht stumm gewesen. Und was hätten wir sonst den ganzen Tag reden können? So ist die Zeit auch schneller vergangen." Bei der gemeinsamen Arbeit haben die Männer auch die eben aktuellen Alltagsthemen besprochen, vor allem aber war es üblich, Schwänke und andere kürzere Erzählstücke vorzubringen. Auch Glaubenssagen wurden gelegentlich erzählt, aber stets in der Form, daß sich der Erzähler dabei ständig auf seinen Vater oder auf seinen Großvater als Quelle berufen hat. Längere Erzählstücke und überhaupt Märchen haben die Männer während der gemeinsamen Arbeit nie erzählt.

Infolge der völlig anderen Arbeits- und Lebensbedingungen bei den Bauern war in den Dörfern nicht nur die Trennung zwischen Männer- und Frauengemeinschaft weitaus schärfer, sondern die bäuerliche Männergemeinschaft funktionierte auch in einem anderen Rahmen als die der Gutshofknechte. Soweit gemeinsame Feldarbeit überhaupt in Frage kam, war die Arbeitsanstrengung viel zu groß, um dabei noch Lust und Atem zum Erzählen übrigzuhaben. Gelegenheiten zur Kommunikation, bei denen auch Erzählungen vorgebracht wurden, waren in allererster Linie die Zusammenkünfte der Männer bei den örtlichen Handwerkern und beim Müller. Wenn Kunden auf die Fertigstellung der Auftragsarbeit warten, dann werden sie leicht ungeduldig, und so war es geradezu eine Berufsvoraussetzung für einen Dorfhandwerker, seine wartende Kundschaft auch unterhalten zu können. In einer Tischlerwerkstatt habe ich monatelang beobachten können, daß immer einige Männer hier zusammengekommen sind und einen regelrechten Erzählkreis gebildet haben. In der Regel hat zuerst der Tischlermeister eine Geschichte zum besten gegeben, seine Kundschaft hat darauf reagiert, es folgten weitere Geschichten, jeder hat irgendetwas erzählt, wie es sich eben gerade im Verlauf der Unterhaltung ergeben hat. Auch bei einem Schmied habe ich ähnliches erlebt; stets hatte er noch und noch eine Geschichte parat, wodurch wiederum die Kunden zum Erzählen animiert wurden und so die Unterhaltung in Gang blieb. Es ist mir nie untergekommen, daß bei derartigen Zusammenkünften der Männer nur einer von ihnen das Wort geführt hätte; alle haben sich ziemlich gleichmäßig an der Unterhaltung beteiligt.

Anders zeigte sich mir das Kommunikationsverhalten der Müllerkundschaft. Die Mühle war zumeist außerhalb des Dorfes, und wenn eben auch der Wasserstand gering war, dann konnte es schon einen ganzen Tag und eventuell die ganze Nacht dauern, bis man mit seinem Mahlgut an die Reihe gekommen ist. So gab es in der Mühle einen eigenen Raum, in dem sich die Mahlgäste zusammen aufhalten und warten konnten. Der größte Verkehr in der Mühle war im Spätherbst und im Winter, d.h. die Bauern hatten Zeit, es war ihnen nicht allzu eilig, wieder nach Hause zu kommen. Man hat sich vorsichtshalber auf eine längere Wartezeit eingerichtet und zu diesem Zweck auch Wein auf die Mühlenfahrt mitgenommen. Überhaupt wurde der Besuch in der Mühle weniger als Arbeit, denn als eine willkommene Unterhaltungsmöglichkeit betrachtet. In der versammelten Runde von meist acht bis zehn Männern stand am Anfang der Unterhaltung immer das Erzählen von Schwänken. War ein guter Märchenerzähler dabei, oder kam einer dazu, von dem man wußte, daß er gut Märchen erzählen konnte, dann hatte dieser bald die Wortführung. Es wurden Märchen erzählt, die manchmal bis zu einer Stunde dauerten. Der Müller war an der Unterhaltung seiner Kundschaft nicht beteiligt; er hatte sich voll auf seine Arbeit zu konzentrieren, so daß er nicht einmal zuhören konnte.

Im Verlauf meiner Forschungen konnte ich eine verhältnismäßig große Zahl von guten Erzählern, d.h. von ihrer Gemeinschaft diesbezüglich anerkannte Persönlichkeiten aufnehmen. Die besten von ihnen traf ich in den Gutshöfen, oder es waren Mitglieder der untersten sozialen Schicht in den Bauerndörfern. Letztere genossen innerhalb der Dorfgemeinschaft nicht die Spur von sozialem Ansehen, und diese soziale Geringschätzung übertrug sich auf das Erzählen vor allem von Märchen, was ich an zwei Beispielen darlegen möchte. Viele Male war ich mit dabei, wenn Johann Ribarics in Mitterpullendorf seinen ständigen Zuhörern Märchen erzählt hat. Einmal habe ich ihn beim Erzählen photographiert, und auch seinen Zuhörerkreis, der so wie er selbst der ärmsten Schicht angehörte. Da kam ein nach dem Urteil der Gemeinschaft "reicher" Bauer herein; er wollte den Ribarics-Sohn zur Arbeit einstellen. Als er merkte, in welche "Gesellschaft" er da hineingeplatzt war, war ihm das sichtlich peinlich. Stocksteif blieb er bei der Tür stehen, Gesicht und Körperhaltung zeigten deutlich seine Ablehnung. Ich habe ein Photo von ihm gemacht. Einige Tage später hat mich dieser Bauer darauf angesprochen und mir mit einer Anzeige gedroht, falls ich irgendjemandem dieses Photo zeigen würde, auf dem er als "Zuhörer" beim Märchenerzählen zu erkennen ist. - Ein gutsituierter Bauer in Nordslowenien stand im Ruf, ein guter Erzähler zu sein. Also bin ich zu ihm gepilgert. Und er hat mir wirklich eine Menge erzählt, persönliche Erlebnisse, auch Ereignisse, von denen er gehört, und Geschichten, die er gelesen hatte. Als ich ihn dann aber auch nach Märchen fragte, setzte dies meinem Besuch ein ziemlich abruptes Ende. In gröbster Art hat mir der Bauer beigebracht, daß ich ihn tödlich beleidigt hätte. Sein ganzes Leben lang habe er anständig und fleißig gearbeitet - und wer arbeitet, der hat keine Zeit zum Märchenerzählen; das sei Sache von Leuten, die nichts arbeiten, die mit solchen "sinnlosen Sachen" nur die Zeit totschlagen. Nachträglich bin ich dem Mann für meinen spontanen Hinauswurf sehr dankbar, denn hat er mir damit klargemacht, daß der Begriff "Erzähler" mehrdeutig ist, d.h. durch die ungeschriebenen Gesetze der bäuerlichen Dorfgemeinschaft genau festgelegt ist, welcher Erzähler was erzählen darf.

Zu den Erzählerpersönlichkeiten in den Dörfern ist noch anzumerken, daß es sich dabei ausnahmslos um Menschen handelte, die etwas mehr von der Welt kannten als nur ihr Heimatdorf. In den Jahren ihrer Arbeitswanderschaft hatten sie ständigen Kontakt mit den Angehörigen aller drei Sprachgruppen gehabt, haben dabei ihr eigenes Erzählgut weitergegeben und im Austauschverfahren zugleich bereichert. Unabhängig von der persönlichen Muttersprache der einzelnen Erzähler zeigt ein Vergleich des gesamten Erzählschatzes aus den burgenländischen Dörfern, daß die Erzählmotive und sonstigen Erzählelemente oft bis ins Detail übereinstimmen; an sich unbedeutende Unterschiede gibt es nur infolge von sprachbedingten Ausdrucksformen.

Die Kommunikationskultur der Gutshofleute erscheint wesentlich von dem Umstand geprägt, daß jeder Gutshof sozusagen eine Welt für sich war. Ganze Generationsfolgen von Knechten hatten hier ihren ständigen Arbeitsplatz und zusammen mit ihren Familien ihre lebenslange Wohnstätte. Zum Unterschied von der bäuerlich organisierten Dorfkultur haben wir es hier mit einer charakteristischen und in sich geschlossenen ländlichen Arbeiterkultur zu tun. Die soziale Hierarchie innerhalb der Gutshofgemeinschaft war auf der unterschiedlichen Arbeitsverwendung der Knechte begründet, hatte aber keine oder nur kaum Bedeutung für das Kommunikationsverhalten. Letzteres hatte ausgesprochen gesamtgemeinschaftlichen Charakter in Form der geselligen Zusammenkünfte von Familien. Dies begünstigte nicht nur die Profilierung einzelner Erzählerpersönlichkeiten, sondern die Gemeinschaft verlangte es geradezu, daß die Unterhaltung von solchen Wortführern getragen und gelenkt wurde. Dementsprechend hoch waren die Ansprüche der Zuhörer an die Vortragskunst der Erzähler, und insgesamt war auch das Erzählgut ungleich vielseitiger und unterhaltungsmäßig abwechslungsreicher als bei den Bauern.

Noch ein Wort zur **Erzählerpersönlichkeit** ganz allgemein und im besonderen zu den Anforderungen, denen jemand genügen mußte, um von seiner Gemeinschaft als guter Märchenerzähler anerkannt zu werden. Ein Erzählkünstler mußte seine Zuhörer in Bann halten können, indem er sich in seine Märchenfiguren dermaßen hineinlebte, daß diese für das Publikum eine vorstellbare Gestalt annahmen. So erlebte ich z.B. bei der schon erwähnten und hervorragenden Märchenerzählerin Maria Kirisits, daß ihr Gesicht in der Rolle des Märchenhelden tatsächlich männliche Züge angenommen hat, und gleich darauf wechselte ihr Ausdruck zur Darstellung der zugehörigen Märchenheldin. Am Gesicht dieser Frau konnte man das Gehörte regelrecht mitlesen: Freude und Trauer, Liebe und Haß, Erfolg und Mißerfolg der handelnden Märchenfiguren erfuhren eine mimische Verkörperung. Auch Johann Ribarics war ein Musterbeispiel für anerkannte Erzählkunst. Ganz anders als seine Alltagssprache hatte er eine spezielle Märchen-Sprache; Wort für Wort gedehnt kamen die einzelnen Sätze aus seinem Mund, dabei vielfach noch mit bedeutungsvollem Schweigen hinter dem Punkt akzentuiert, was die Spannung bei seinen Zuhörern ungemein erhöhte. Durch die Unterstreichung des gesprochenen Wortes mit nur sparsamen Handgesten, dafür aber einer umso lebendigeren Augensprache, versetzte er seinen Zuhörerkreis in eine Märchenwelt, in der er selbst während des Erzählens aufging. - Die von einem guten Erzähler verlangte schauspielerische und sprachliche Vortragskunst orientiert sich in keiner Weise nach den Anforderungen an einen Bühnenkünstler. "Wissen'S", hat mir einmal Maria Kirisits gesagt, "unlängst hab' ich im Radio ein Märchen gehört. Ich hab' das gekannt. Eine Schauspielerin vom Burgtheater in Wien hat es erzählt. Aber wissen'S, wie schlecht? Es war nicht zum aushalten, ich hab' abgedreht."

Wie ich feststellen konnte, war der Erzählschatz der von mir aufgenommenen Erzählerpersönlichkeiten mehr oder weniger Allgemeingut der Bevölkerung meines Forschungsgebietes. Viele kannten die meisten Erzähltexte und darüber hinaus oft auch noch mehr bzw. andere. Mangels der von der Gemeinschaft geforderten "künstlerischen Erzählbefähigung" jedoch wurde Ihnen das Erzählen im Rahmen kommunikativer Ereignisse sozusagen nicht zugestanden. Zwar hätte ich mittels persönlicher Tonband-Interviews noch eine Menge Geschichten zu Gehör bekommen können, doch war dies nicht der Zweck meiner diesbezüglichen Stoffsammlung. Nicht das vorhandene Erzählgut war für mich von Interesse, sondern der innerhalb der verschiedenen Kommunikationsereignisse lebendige Erzählstoff. Seine sowohl inhaltliche wie auch formale Bindung an bestimmte Personen und Gelegenheiten zum Erzählen unterliegt dem jeweils gültigen Kommunikationsgesetz der betreffenden Gemeinschaft, deren Lebensumstände dieses Gesetz hervorbringen und so die Kommunikationskultur regeln und bestimmen. Die Existenzbedingungen einer wie immer gearteten menschlichen Gemeinschaft sind dem historischen Wandel unterworfen und dementsprechend auch ihre Kultur. In dieser Hinsicht hat sich ab Mitte der 60er Jahre im Burgenland einiges getan. Aus wirtschaftlichen Gründen ist die Zahl der Arbeitsauspendler bis heute stetig angestiegen, und auch die Vorantreibung des Zentralschulwesens hat das seinige dazu beigetragen, daß die früheren dörflichen Kommunikationsformen verändert, die Kommunikationsmöglichkeiten verringert erscheinen. Und die Gutshofgemeinschaften gibt es nicht mehr, sie haben sich infolge der großbetrieblichen Mechanisierung vollständig aufgelöst.

Diskussion

Die wesentlichen Punkte der Ausführungen K. Gaáls werden zu Beginn der Diskussion von S. de Rachewiltz noch einmal hervorgehoben. K. Gaál legt den Schwerpunkt auf Kommunikationsforschung, nicht auf Erzählforschung. Erzählverhalten, Erzählsituation, Kommunikationsgemeinschaft, Erzählerpersönlichkeiten, der Kontext sind ihm wichtiger als das eigentliche Erzählgut. Die Ausführungen Gaáls bestätigen, wie S. de Rachewiltz betont, somit auch ein Ergebnis der vorjährigen Brunnenburg-Tagung, nämlich die notwendige Erweiterung des Begriffes Volkserzählung bzw. des Forschungsgegenstandes überhaupt.
In mehreren Wortmeldungen geht es im folgenden um die Berücksichtigung des Kontextes in der Erzählforschung. Dieser wurde sicher lange Zeit völlig vernachlässigt. H.-J. Uther verweist jedoch auf den internationalen Erzählforscherkongreß in Helsinki mit dem Generalthema "Vom Text zum Kontext", bei dem genau die von Gaál angesprochenen Probleme behandelt wurden; ebenso auf Arbeiten der Schwietering-Schule, auf russische Forscher und auf Dorfuntersuchungen von A. Lehmann und G. Berkenbrink. Diesen Forschern ging es um eben diese Erzählkommunikation, um das gesamte Repertoire eines Dorfes und nicht lediglich um Sagen und Märchen. Uther nennt schließlich noch die entsprechenden Artikel in der Enzyklopädie des Märchens, etwa über "Autobiographie" (L. Röhrich), "Alltägliches Erzählen" (H. Bausinger) oder "Familiengeschichten" (A. Lehmann). Dem hält G. Grober-Glück entgegen, daß andererseits in der EM bei den Abhandlungen zu einzelnen Erzähltypen notgedrungen immer wieder auf schriftlich fixierte Formen zurückgegriffen werde, bei denen der Kontext weitgehend fehle.
L. Petzoldt schlägt deshalb vor, zwischen Erzählerforschung und Motivforschung zu unterscheiden. Während es dieser mehr um das Philologische gehe, stehe bei jener die Erzählsituation, die Biologie im Vordergrund. L. Röhrich gibt schließlich zu bedenken, daß die Publikationen auf dem Gebiet der Erzählforschung nach wie vor als Sammlungen von Sagen, Märchen oder Liedern erscheinen.
Im weiteren wird mehrfach auf die Notwendigkeit genauer räumlicher

Differenzierung hingewiesen. O. Moser warnt vor der Verallgemeinerung der Erzähl- bzw. Kommunikationssituation. Der geographische, historische und soziale Raum schaffe hier große kontextuale Unterschiede. Moser berichtet aus eigenen Forschungen von Erzählsituationen, in denen der Erzähler ausschließlich Sagen erzählt habe. Dazu ergänzt L. Petzoldt, daß man mitunter sogar von eigenen "Märchenlandschaften" und "Sagenlandschaften" sprechen könne.

Ausgehend von seinem Forschungsgebiet, dem Großstadtbereich Köln-Bonn betont auch H. Fischer noch einmal die anthropo-geographische Abhängigkeit der Erzählsituation und der Erzählstoffe, die großen Unterschiede zwischen einem Reliktgebiet und einem Ballungsraum. Die Untersuchungen müßten daher sehr kleinräumig differenzieren. Eine landschaftliche Unterscheidung sei nicht mehr möglich.

Die Begriffe Glaubensmitteilung, Glaubenssage, Glaubenserscheinung bzw. Glaubenssage ohne Glauben werden auf Anfrage L. Petzoldts am Ende der Diskussion vom Referenten noch einmal präzisiert. K. Gaál faßt darunter ein weites Gebiet von Volksglaubens-, z.T. auch magischen Vorstellungen und Ratschlägen zusammen, die von der Heilung von Krankheiten bei Mensch und Tier bis zu Buhl- und Milchhexerei reichen. Von Glaubenssagen ohne Glauben spricht Gaál, wenn diese Ratschläge und Vorstellungen nicht mehr geglaubt, sondern nur mehr erzählt werden. Hier zeigten sich bei den Feldforschungen des Referenten wesentliche Unterschiede zwischen Bauern und Gutshofarbeitern. Während im bäuerlichen Milieu viele solcher Volksglaubensvorstellungen zum Erhebungszeitpunkt durchaus noch ernst genommen wurden, gehörten dieselben bei den Gutshofarbeitern bereits zum nicht mehr geglaubten Erzählgut. Der umgekehrte Fall kam allerdings auch vor. Unterschiedliche soziale und wirtschaftliche, also kontextuale Voraussetzungen bedingten also auf engstem Raum Verschiedenheiten im Erzählgut.

Literaturhinweise zu dem Beitrag von

K. Gaal: Erzählforschung Live ...

Gaál, Károly: Angaben zu den abergläubischen Erzählungen aus dem südlichen Burgenland. Eisenstadt 1965.

Ders.: Spinnstubenlieder. Lieder der Frauengemeinschaften in den magyarischen Sprachinseln im Burgenland. München 1966.

Ders.: Die Volksmärchen der Magyaren im südlichen Burgenland. Ergänzungsreihe der Zeitschrift Fabula, Bd. 9. Berlin 1970.

Ders.: Drei Märchenerzähler aus Pannonien. In: Pannonia. Eisenstadt 1974. S. 19-25.

Ders.: Monographische Erzählforschung und kleinregionale Kultur. In: Minderheiten und Regionalkultur. Wien 1981. S. 15-36.

Ders.: Erzählgut der Kroaten aus Stinatz im südlichen Burgenland, kroatisch und deutsch (zusammen mit Neweklowsky, Gerhard). In: Wiener Slawistischer Almanach. Sonderband 10. Wien 1983.

Ders.: Wer erbt das Jankerl? Über die Kommunikationskultur der Gutshofknechte im Burgenland. Szombathely 1985.

Haiding, Karl: Von der Gebärdensprache der Märchenerzähler. FFC 155. Helsinki 1955/86.

PROBLEME KARTOGRAPHISCHER DARSTELLUNG VON PHÄNOMENEN DER VOLKSAGE UND DES VOLKSGLAUBENS

Gerda Grober-Glück, Bonn

Die kartographische Volkskunde und die darauf basierende Kulturraumforschung wurde - wenn man die Mannhardt-Umfrage von 1865 mitberücksichtigt - in ihrer über hundertjährigen Geschichte durch sehr verschiedenartige wissenschaftliche Anliegen und Vorbilder angeregt. [1] Das mythologische Interesse Mannhardts [2], das Vorbild des Deutschen Sprachatlas, völkerkundliche Arbeiten zur Kulturkreislehre (Gräbner) [3] und Diffusionsforschung (Ratzel) [4], die Frage nach dem Verhältnis von Wörtern und Sachen (Meringer [5], Jaberg und Jud [6], Scheuermaier [7]), die interdisziplinäre Zusammenarbeit des Bonner Instituts für geschichtliche Landeskunde, die 1926 in "Kulturströmungen und Kulturprovinzen in den Rheinlanden" von Aubin-Frings-Müller gipfelte - all dies wirkte zusammen bei der Konzeption von Fragekatalogen für die großen Volkskundeatlanten, die seit 1930 in europäischen Ländern entstanden, und zwar in Deutschland, in der Schweiz, in Österreich, in den Niederlanden, in Schweden und Finnland. Viele Ostblockländer schlossen sich an: Polen, die Slowakei, Ungarn, Rußland, Jugoslawien, Rumänien. 1966 erhielt der übergreifende Atlas der Ethnologie Europas und seiner Nachbarländer seine organisatorische Gestalt. - Schon bei der Erarbeitung des Fragekatalogs des Atlas der Deutschen Volkskunde (ADV) [8] gab es Meinungsverschiedenheiten über Prioritäten einzelner volkskundlicher Bereiche, insbesondere über den Raum, den man Fragen der Sachkultur gewähren sollte. Während in den mittel- und nordeuropäischen Atlanten alle volkskundlichen Bereiche vertreten sind, verlagerte sich nach dem Zweiten Weltkrieg das Interesse immer mehr auf Sachforschung, sei es - wie in den Ostblockländern - aus ideologischen Gründen, sei es, weil man die Sachkultur in den Fragekatalogen für unterrepräsentiert hielt. Der alten, alle volkskundlichen Bereiche umfassenden Konzeption ist es zu danken, daß im ADV auch Themen des Volksglaubens vertreten sind. An einschlägigen Fragekomplexen sind als Karten in der alten und neuen Folge des ADV [9] und auf der Grundlage von Atlasmaterial in Büchern, unveröffentlichten Manuskripten und Zeitschriftenaufsätzen u.a. folgende Themen bearbeitet: Wochentage als Glücks- und Unglückstage (Kt. 1-9); Herkunft der kleinen Kinder (Kt. 18-21, 71-74); Ostereierbringer (Kt. 32); Geschenkbringer der Weihnachtszeit (Kt. 37, 62-65); Kinderschreckgestalten und Korndämonen [10]; Wesen im Mond (Kt. 15 f., 22 f.); feueriger Hausdrache [11]; Vögel, die Tod ankündigen (Kt. 107-109); Glaubensvorstellungen über die Wöchnerin [12]; Todesvorzeichen beim Begräbnis [13]; der Verstorbene als Nachzehrer [14]; Aufhocker [15]; Zweites Gesicht [16]; Erscheinungsform und Weg der Seele beim Sterben [17]; volkstümliche Heiligenverehrung [18]; Deutungen alltäglichen Geschehens (Ohrenklingen, Nasejucken) [19]. Noch nicht bzw. nicht umfassend bearbeitete Fragen, die hier interessieren, betreffen Alp (Fr. 174), Irrlicht (Fr. 178), Wiedergänger (Fr. 170 f.), Hausgeister (Fr. 177), Hexen (Fr. 172 f.), Teufel (Fr. 172). Im Hinblick auf das Thema der Tagung habe ich zwei Komplexe von Volksglaubensvorstellungen ausgewählt, die übereinstimmen in dem reichen Widerhall, den sie in der Sagentradition gefunden haben: Zweites Gesicht und Aufhocker.

I. Das Zweite Gesicht

Kartographische Darstellung komplexer Stoffe muß, wenn sie übersichtliche Verbreitungsbilder geben will, analytisch vorgehen. Die notwendige Zusammenschau kann erst nach der Darstellung der einzelnen Stoffelemente erfolgen. Beim Zweiten Gesicht sind solche Elemente Bezeichnungen des Sehers und seiner Tätigkeit sowie ihm zugeschriebene Geburtstermine und Kennzeichen. Die genannten Teilelemente entsprechen der Frageuntergliederung; weitere sind beigefügten Berichten und sonstigen Spontanangaben zu entnehmen. Außerdem hat der Bearbeiter aber noch die - reizvolle - Möglichkeit, bestimmte Züge aus den vorhandenen Karten zu isolieren oder zu komponieren, um auch die D e u t u n g des Phänomens kartographisch zu unterstützen.

Zweites Gesicht

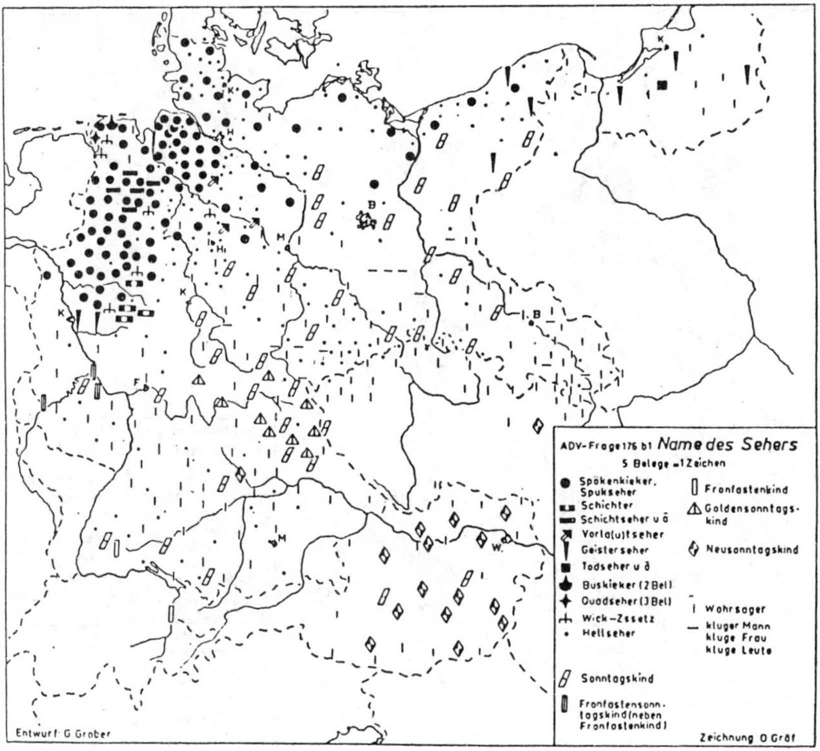

Abb. 1: Name des Sehers

Zweites Gesicht

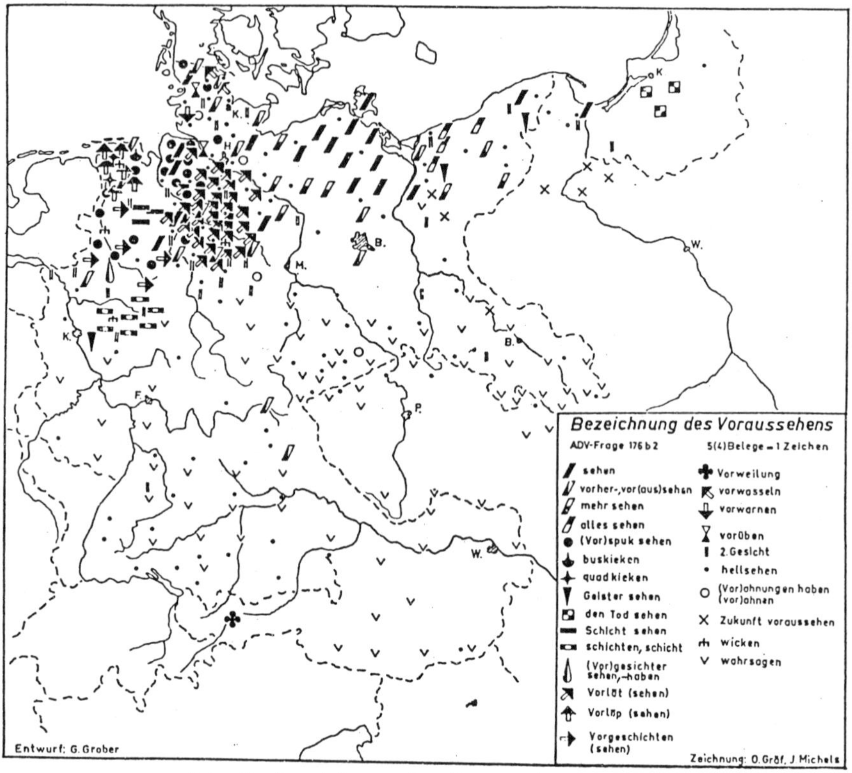

Abb. 2: Bezeichnung des Voraussehens

Auf der Karte "Bezeichnung des Sehers" (Abb. 1) [20] wurde versucht, das Verbreitungsgebiet intensiver visionärer Zukunftsschau optisch hervorzuheben. Erläuterungen der Gewährsleute unterstreichen nämlich, daß Bezeichnungen wie 'Spökenkieker', 'Schichter', 'Geisterseher', 'Wicker', 'Buskieker', 'Quadkieker' u.a. Menschen zugesprochen werden, denen die Gabe der Zukunftsschau dieser Art zu eigen ist. Die Seher werden von den Bildern überfallen - K. Schmeïng hat auf den Zusammenhang mit eidetischen Anlagen hingewiesen -; sie leiden oft unter der Gabe und möchten sie loswerden. Demgegenüber ist die Zukunftsschau der 'Sonntagskinder', der 'Goldenen Sonntagskinder' (Quatembersonntage), der 'Fronfasten- und Neusonntagskinder' (Sonntag bei bzw. nach Neumond) sehr viel schwächer und stärker eingebunden in Spontaneität abschwächende Glaubensvorstellungen. Am Rande sei bemerkt, daß in Beachtung der quellengetreuen Wiedergabe des Materials auch die Bezeichnungen 'Wahrsager', 'kluge Leute' und der inhaltlich variierende 'Hellseher' in die Karte aufgenommen sind: Sie wurden von den Gewährsleuten fälschlicherweise dort genannt, wo das Zweite Gesicht nicht bekannt war, weil auch sie "voraussehen" können.

Die Karte über die Bezeichnung des Voraussehens (Abb. 2) [21] wurde nach dem gleichen Prinzip erstellt wie die über den Seher. Die Bezeichnungen greifen z.T. das Nomen auf - 'buskieken', 'quadkieken', 'schichten', 'wicken' -, z.T. werden mundartliche Substantive wie 'Vörloop', 'Vorgesichte', 'Vorlat', 'Vorspuk' angegeben, z.T. einfach 'sehen' oder Zusammensetzungen wie 'mehr sehen', 'alles sehen'. Für die Bezeichnungen 'wahrsagen' und 'hellsehen' gilt das oben für die Nomina Festgestellte.

Der Vergleich beider Karten ergibt von den Bezeichnungen her für das Phänomen des Zweiten Gesichts eine deutliche Konzentration in Nordwestdeutschland, der sich an der Ostseeküste entlang ein schmäler werdender und weniger intensiv belegter Streifen bis Ostpreußen anschließt. Nach K. Schmeïng ist dieses deutsche Verbreitungsgebiet Teil eines "magischen Ringes", der Holland, Dänemark, Skandinavien, Island, Schottland und die Orkneys zum Teil oder ganz einschließt. [22] Was den deutschen Anteil angeht, scheint dem Verbreitungsbild nach diese Fähigkeit mit den Siedlern der Ostkolonisation aus dem Kerngebiet zwischen Weser und Ems nach Osten gelangt zu sein; Erscheinungen der Laut- und Wortgeographie belegen diese Siedlerbahn. Auffällig ist, daß auf beiden Karten die spontanen Zukunftserlebnisse der Alpenländer, die nach Karl Ilg als "magische Kette" dem "magischen Ring" an die Seite zu stellen sind [23], nicht in Erscheinung treten. Das mag zum einen an dem in Österreich vergleichsweise dünnen Belegnetz liegen, entscheidender ist aber wohl die Tatsache, daß ausdrücklich nach dem Vorauss e h e n gefragt ist, und das ist, wie Sagensammlungen ausweisen, weniger häufig als das Voraus h ö r e n, das sog. "Künden".

Besondere Geburtstermine, die in traditionellen Volksglaubensvorstellungen vielerlei Gestalten - Vampiren, Truden, Werwölfen, Alpdämonen, Hexen z.B. - zugesprochen werden, werden als Erklärung der Sehergabe sehr häufig genannt (Abb. 3). [24] In Nordwest- und Norddeutschland begegnen Weihnachtstermine, die mitternächtliche 12. Stunde, sonntags zur Kirchzeit und die Matthiasnacht. In Süddeutschland sind die Termine außer Advent und Weihnachtszeit von den Bezeichnungen der Seher her bekannt; es fällt auf, daß diese Geburtszeiten - Fronfasten(sonntag), Neusonntag - häufiger sind als die davon abgeleiteten Bezeichnungen der Träger der Sehergabe; das gilt auch für den weiträumig bekannten Sonntagstermin. Der Vergleich von Abb. 3 mit Abb. 1 und 2 ergibt eine Diskrepanz: Im K e r n gebiet des Zweiten Gesichts wiederholen sich die Dichtegebiete nicht, sondern fallen im Gegenteil aus. Dieser Sachverhalt wird uns noch beschäftigen.

Die Antworten auf die Frage nach den Kennzeichen der Seher (Abb. 4) [25] zerfallen in zwei Gruppen. Merkmale wie 'mit Haube' oder 'mit Zähnen geboren', 'zusammengewachsene Augenbrauen' u.ä. werden auch anderen Gestalten des Volksglaubens nachgesagt. Dagegen laufen Angaben wie 'introvertiert', 'blaue Augen', 'blondes Haar', 'blaß' auf einen besonderen Menschentyp hinaus. Es fällt auf, daß sich Antworten dieser Art in Nordwest- und Norddeutschland häufen und sekundiert werden

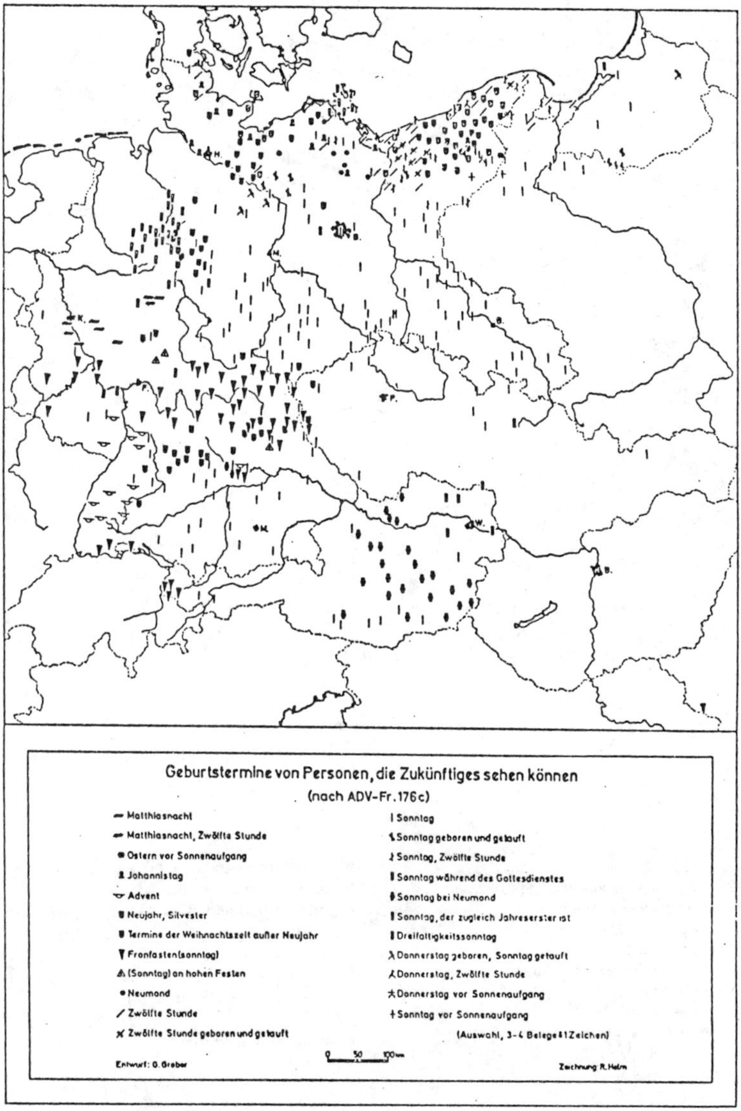

Abb. 3: Geburtstermine von Personen, die Zukünftiges voraussehen können

Zweites Gesicht

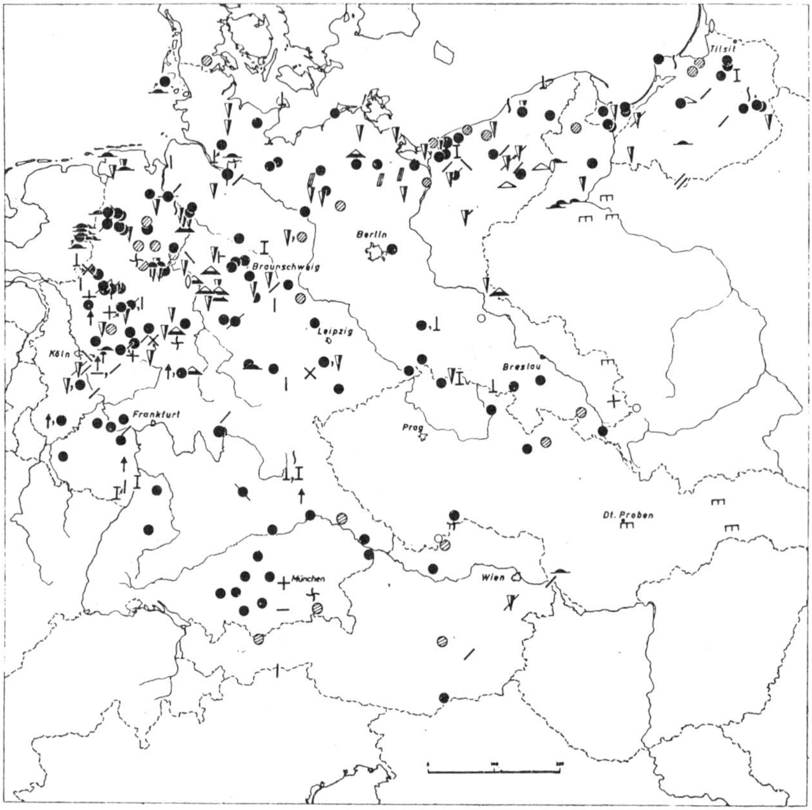

- mit Haube geboren
- Augenbrauen zusammengewachsen
- Augenbrauen fehlen
- zweierlei Augenfarbe
- mit Zähnen geboren
- Besonderheiten des Ohres
- rote (kranke) Augen
- rotes Haar
- rote Augen und rotes Haar

- blaue Augen
- blondes Haar
- blaue Augen und blondes Haar
- tiefliegende Augen
- große Augen
- blaß, kränklich
- hager, dünn

- zu erkennen am ... s. Erl. Bd.
- eigenartig in ... s. Erl. Bd.
- introvertiert nach Blick, Wesen, Verhalten, Aussehen

- Begleitumstände des Sehens werden erwähnt (Last, Unruhe, Zwang usw.)

- unheimliche Wirkung

Abb. 4: Kennzeichen des Sehers (Auswahl).

durch für die Art des Vorhersehens aufschlußreiche Mitteilungen, daß der Seher unter der Last der Gabe leide. Erwähnt sei auch, daß sich im gleichen Gebiet Motive häufen, die über Erwerb und Loswerden der Gabe berichten.

Mit den Mitteilungen über Merkmale der Seher und ihr Schicksal haben wir uns dem Kern der Sagen genähert, nämlich dem Inhalt und der Art der Vorgesichte, die wir, da in der Fragestellung nicht vorgesehen, nur Spontanberichten entnehmen können. Dominierend unter den Motiven (Abb. 5) [26] ist das Vorhersehen eines Todesfalls. Von Häufigkeit kann man sonst nur bei bevorstehendem Brand und Eisenbahnbau sprechen. Selten oder nur einmal belegt sind Motive wie Geburt eines Kindes, Hochzeit, Krieg, Straßenbau u.a. Einen anderen Bereich betreffen die zwei österreichischen Angaben über das Schicksal der Seele nach dem Tode. - Das Verbreitungsbild der Motive entspricht in den Intensitätsgraden den bisherigen Abbildungen. Nordwest- und Norddeutschland treten stark in Erscheinung. Außerdem wird deutlich, daß in Süddeutschland und Österreich das mit Fronfasten- und Neumondterminen verbundene Vorhersehen den bevorstehenden Tod zum Inhalt hat.

Andere Aspekte der Spontanberichte stellt Abb. 6 dar. [27] Es geht hier um die A r t des Voraussehens und seine Voraussetzungen. Wir betrachten beides hier nur beim Menschen mit besonderer Sehergabe (I), auf den die Frage abzielt, und vernachlässigen Voraussetzungen und Art des Voraussehens, das allen Menschen möglich ist (II) als im Sinne der Frage "falsche" Antworten. - Ein Vorgesicht kann als spontanes Erlebnis geschildert werden, das unabhängig von Voraussetzungen und Bedingungen den Seher gleichsam überfällt. Diesem Vorgang entsprechen auf unserer Abbildung alle ganz gefüllten Zeichen. Relativ gering ist die Einschränkung der Spontaneität durch die Abhängigkeit von einem im Bericht mitgeteilten Geburtstermin, stärker schon, wenn das Voraussehen mit bestimmten Orten (z.B. Kreuzweg), bestimmten Praktiken (z.B. jemandem über die Schulter sehen) oder bestimmten Terminen des Jahres (z.B. Neujahrsnacht) in Verbindung gebracht wird. - Ebenso signifikant sind die Unterschiede in der A r t des Wahrgenommenen. Das zukünftige Geschehen kann ganz real erlebt werden, in vielen Zügen oder in einem Hauptzug so, wie es sich später zuträgt. Bemerkenswert sind in diesem Fall Hinweise auf auffällige Fakten - ein anderer Leichenweg als sonst, ein bisher unbekannter Teilnehmer beim Begräbnis -, die in Erfüllung gehen. - Das Zukünftige kann sich zweitens auf geisterhafte Weise andeuten: ein Mensch, der später stirbt, kniet an einem Grab; man sieht den Tod auf ein Haus zugehen. - Und schließlich kann das Zukünftige zeichenhaft wahrgenommen werden, etwa als feueriger Sarg auf dem Dach eines Hauses oder als ein Licht, das sich auf die zukünftige Unglücksstelle zubewegt. - Verfolgt man die eben beschriebenen Möglichkeiten auf der Karte, stellt sich folgendes Ergebnis heraus: Es gibt im Nordwesten ein Gebiet ausschließlich spontanen Vorhersehens realer Ereignisse, das im Osten und Süden umgeben ist von Sehen, das an bestimmte Voraussetzungen gebunden ist und sich geisterhaft vollzieht. Zeichenhaftes Zukunftserleben ist hier selten. Hervorgehoben wird das Gebiet spontan-realen Sehens noch durch die Häufigkeit der hier anfallenden Berichte; auf der Abbildung ist sie durch Schrägstriche gekennzeichnet. Eine methodische Bemerkung zu dieser Karte scheint angebracht. Mit der Kombination von 8 mal 4 = 32 Elementen ist die Grenze der kartographischen Möglichkeiten erreicht. Mehr ist schwer unterzubringen, wenn die Karte noch lesbar sein soll. Der Versuch hat sich meines Erachtens aber gelohnt, weil diese Darstellung verschiedener Elemente den Weg von der Analyse zur Zusammenschau einschlägt, die das Ziel der Untersuchung sein muß und der wir uns nun zuwenden.

Wenn wir alle auf Karten vorgestellten Teilelemente überblicken, treten stets Nordwest- und Norddeutschland als Hauptverbreitungsgebiet des Zweiten Gesichts in Erscheinung. Es gibt aber innerhalb dieses Raumes Unterschiede der Intensität und Qualität. Die Bezeichnungen des Sehers und Sehens und die Motive zum Inhalt der Vorgesichte lassen ein nordwestdeutsches Kerngebiet erkennen, das die Geburtstermine als Einschränkung der Spontaneität weitgehend ausschließt (vgl. Abb. 3). Bei

Zweites Gesicht

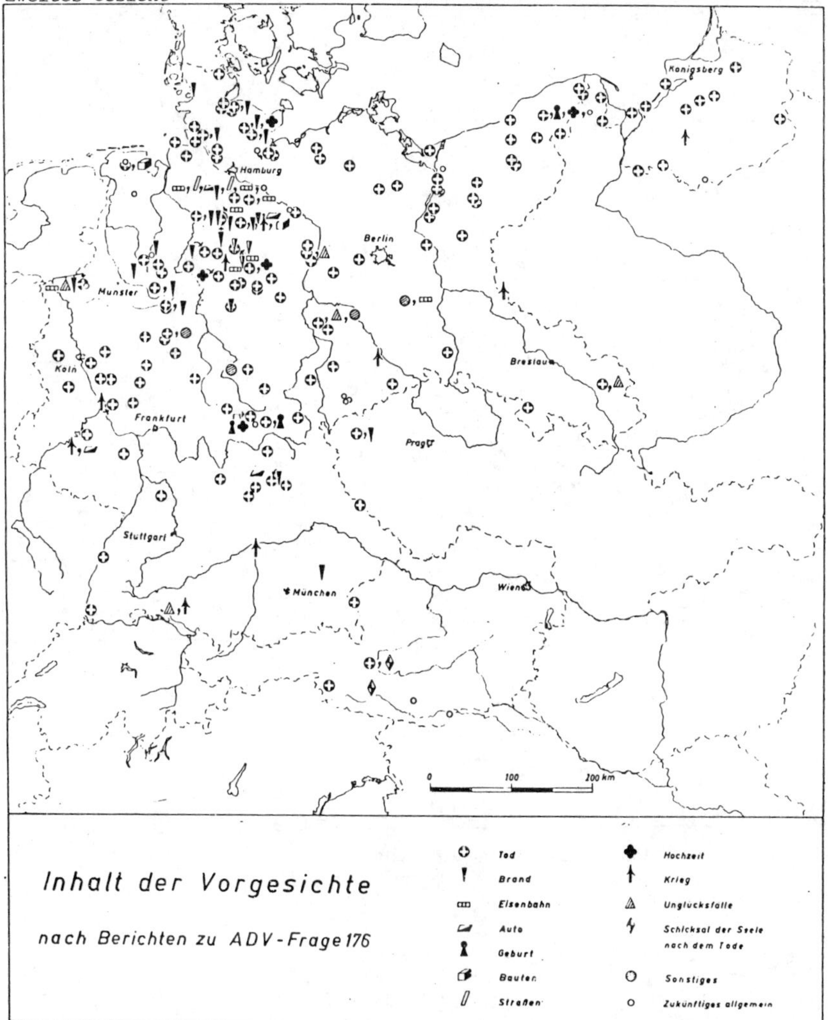

Abb. 5: Inhalt der Vorgesichte

Zweites Gesicht

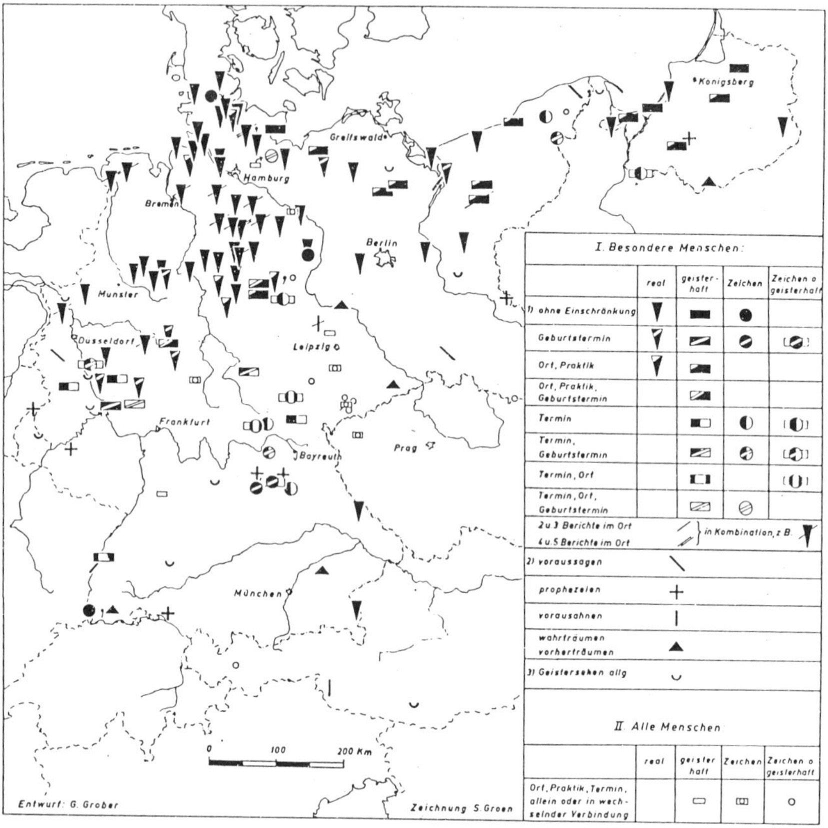

Abb. 6: Wer kann voraussehen

den Merkmalen des Sehers häufen sich im Kerngebiet Kennzeichen, die hinweisen auf eine besondere körperlich-seelische Beschaffenheit der Seher und auf die Last, die ihm das Sehenmüssen bedeutet. Die Karten bestätigen also die Aussage der Abbildung über Voraussetzungen und Art der Vorgesichte. Die Darstellung eines weiteren sprachlichen Elements vermag sie noch zu unterstreichen. Abb. 7 [28] bringt alle Bezeichnungen des Zweiten Gesichts, die die Vorsilbe "vor" enthalten. Optisch unterschieden wurden landschaftsgebundene Bezeichnungen ('Vorlat', 'vorwarseln' usw.) von "vorahnen", das nicht als Sehen in Erscheinung tritt, und umgangssprachlichem "voraussehen". Die Intensität der mundartlichen Zusammensetzungen mit "vor" korrespondiert mit dem Kerngebiet spontanen Voraussehens realen Geschehens und kennzeichnet seine Dringlichkeit.

Die durch Zusammenschau der Elemente gewonnene Erkenntnis vermag auch Einsicht in die parapsychologische Seite des Zweiten Gesichts zu geben, die wir bisher ausklammerten. Im Hinblick auf Anerkennung oder Ablehnung parapsychologischer Phänomene sind die Ansichten gerade auch unter Volkskundlern ausgeprägt kontrovers. Ich selbst neige zur Anerkennung. Setzen wir diese einmal voraus, ist aufgrund der Verbreitungsbilder folgende Deutung möglich: In dem Gebiet, das die Karten als Kerngebiet erkennen lassen, gibt es ein wohl anlagebedingtes paranormales spontanes Vorsehen, das nach Osten und Süden an Prägnanz abnimmt und in stärkerem Maße abhängig wird von traditionellen Volksglaubensvorstellungen, wie sie in der Festlegung auf bestimmte Termine der Geburt und der Sehzeit und auf zu beachtende Praktiken zum Ausdruck kommen. - Lehnt man eine parapsychologische Deutung trotz vieler bezeugter Fälle ab, verhelfen Karl Schmeings Feststellungen über starke eidetische Veranlagung in diesem Gebiet [29] zu einer Erklärung der Verbreitungsbilder.

Zweites Gesicht

Abb. 7: Bezeichnungen des Zweiten Gesichts mit der Vorsilbe "vor"

II. Der Aufhocker

Mit der kartographischen Darstellung der Antworten auf die Frage nach dem Aufhocker stellte sich das Problem, aus Einzelzügen das komplexe Bild einer Sagengestalt zu gewinnen durch die Teilfragen: Gibt es einen Geist, der aufhockt? Wie sieht er aus? Wie heißt er? Wo springt er auf?

Abb. 8 [30] erfaßt alle Angaben, die das Vorkommen eines Aufhockers durch Beantwortung einer oder mehrerer Fragen belegen. Wie die Karte zeigt, ist eine aufhockende Gestalt im gesamten bearbeiteten Gebiet bekannt, wenn auch in unterschiedlicher Intensität. Die geringe Dichte in Österreich ist wohl in der Hauptsache auf das bereits erwähnte dünne Belegnetz zurückzuführen, die große Häufigkeit an der mittleren Weser dagegen auf ein zu hohes.

Abb. 9 [31] schlüsselt dieses Vorkommen auf nach dem Kriterium der Bezeichnung. Unterschieden wird: 1. Die Gewährsleute bejahen das Aufhokken, kennen aber keine Bezeichnung. 2. Die Bezeichnung betrifft umgehende Geister ohne spezifischen Namen, z.B. Spuk, Geist, Gespenst, Waiz u.a. 3. Es wird der den Schlafenden heimsuchende Druckgeist genannt, je nach Landschaft als Mahr, Alp, Trud, Schrat bezeichnet. In diesen Fällen geht aus dem Kontext hervor, daß nur 50 % mit Sicherheit den Aufhocker meinen, und auch bei diesen wissen wir nicht, ob sich nur die Bezeichnungen oder auch die Vorstellungen vermischt haben. 4. Es wird der Name einer bekannten Sagengestalt genannt. 5. Es erscheint die Bezeichnung "Aufhocker" mit ihren Varianten.

Gehen wir diesem schraffierten Kreis zunächst einmal nach! Wenn man mit einigem Recht aus der Bezeichnung auf das Vorhandensein einer Sagengestalt schließt [32], ist solch ein "Aufhocker" besonders in den Küstenländern zwischen Elbe und Weichsel, aber auch sonst in Nord- und Mitteldeutschland und darüber hinaus in der Oberpfalz und in Westböhmen bekannt. Vielfach erscheint sein Name in mundartlicher Gestalt als

Aufhocker

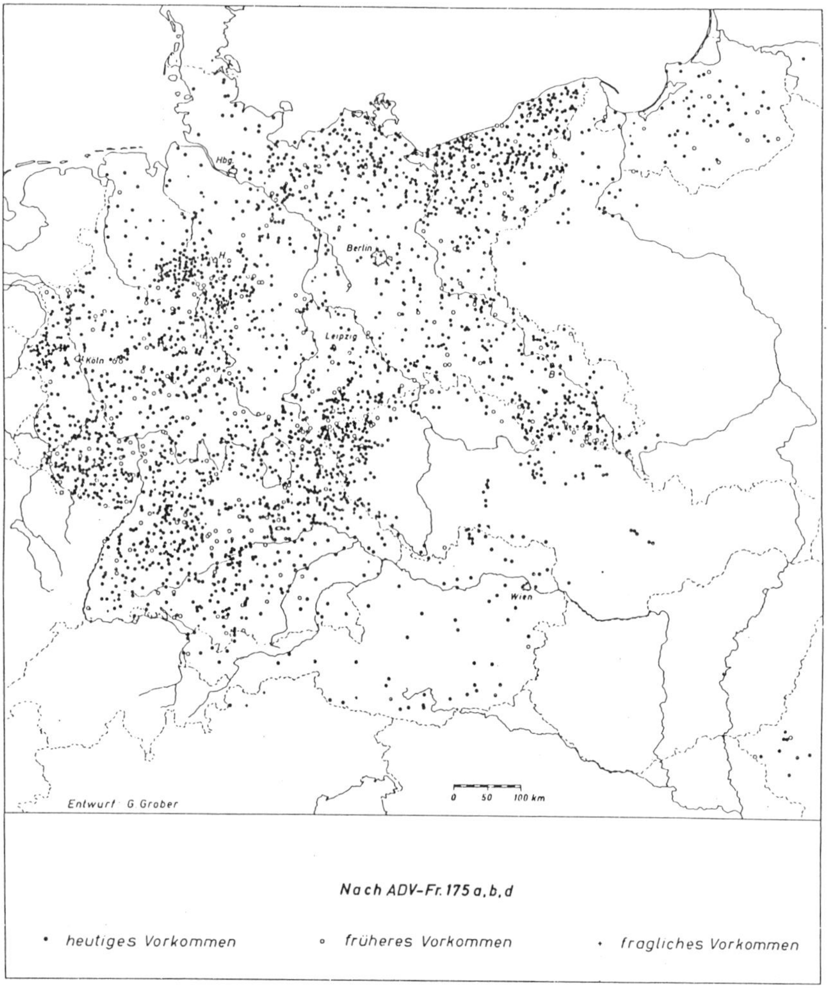

Abb. 8: Vorkommen des Aufhockers

Aufhocker

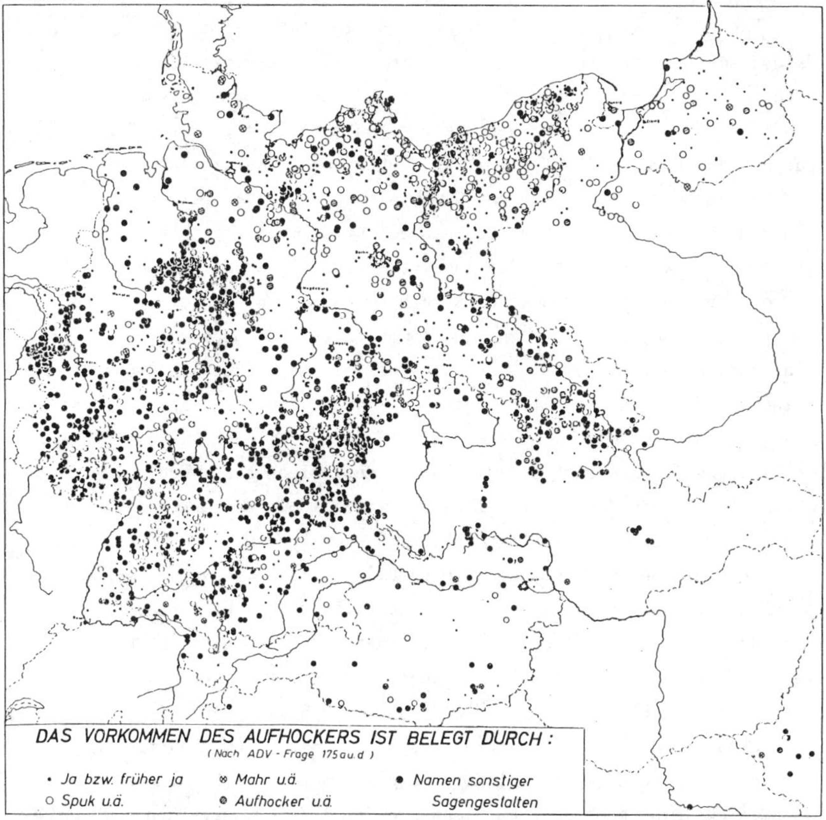

Abb. 9: Das Vorkommen des Aufhockers ist belegt durch:

'Huckup', 'Hackup', 'Huckoff', 'Huckuff', 'Uphucker', 'Affhucker' u.a. Als "Huckup" begegnet er in Friedrich Rankes Aufsatz von 1922, der zur klassischen Sagenliteratur gehört. Die koboldartige Gestalt, die Ranke schildert und der in Hildesheim ein Denkmal gesetzt ist, erscheint nur in 14 % der Angaben; 29 % beschreiben Menschen- und Tiergestalten oder nennen andere Charakteristika; 55 % geben gar keine Auskunft. Die Tatsache, daß über die Hälfte der Gewährsleute keine Vorstellung vom Aufhocker hat, läßt den Schluß zu, daß es auf den erlebten Vorgang sehr viel mehr ankommt als auf die ihn verkörpernde Gestalt. Und der gehört in der Tat zu den eindrucksvollsten Handlungen von Geistern, die in den Sagen beschrieben werden, und nimmt in unserem Material einen entsprechend breiten Raum ein. Für die Darstellung auf einer Atlaskarte sind die Mitteilungen allerdings zu disparat: die einen charakterisieren den Vorgang selbst, andere beschreiben die Wirkung auf den Träger, einige beschränken sich auf die Folgen des Erlebnisses. Regionale Ergebnisse bringen daher nur Teilzüge, die in Kommentarkarten dargestellt wurden: Der Aufhocker springt auf Wagen oder Pferde. - Der Aufhocker springt auf den Tragkorb oder die Last des Holzsammlers.[34] - Das Aufhocken wird durch Handlungen ausgelöst (z.B. durch Ruf, Anrede) oder beendet (z.B. durch Beten, Gelübde, Fluchen).[35] - Das Aufhocken beginnt[36] und endet an bestimmten Stellen der Flur.[37] - Das Aufhocken hat Folgen (z.B. Verirren).[38] - Eine große Rolle spielt in den Beschreibungen die Schwere der Last, die z.B. mit einem schweren Sack, mit Blei, mit einem Scheffel Korn verglichen wird. Der Aufhocker verhält sich im allgemeinen ruhig, aber er teilt auch Ohrfeigen und Schläge aus, kneift oder kratzt. Letzteres gilt vor allem für aufhockende Tiere, die sich auf den Rücken hängen, die Vorderpfoten über die Schultern legen, sich einkrallen. Am häufigsten und eindrucksvollsten wird die Wirkung auf den Träger geschildert: Die Haare stehen ihm zu Berge; er ist kreideweiß; er zittert; er verliert alles, was er bei sich trägt; die Atemnot wird unerträglich; er geht immer langsamer und bricht beinahe zusammen; Pferde können nicht von der Stelle. Aber auch das Gegenteil tritt ein: Der Aufhocker jagt den Menschen, hetzt ihn, treibt ihn zu rasender Eile an. - Das Erlebnis bleibt nicht ohne Folgen: Krankheit,

Tod, Buckel, Sprachverlust werden u.a. genannt. Friedrich Ranke hat das Aufhocken erklärt als das psychologische Erlebnis der Brustangst: seelische Angstzustände setzen sich körperlich um. Die Intensität des Vorgangs läßt verständlich erscheinen, daß die Handlung für den Erlebenden wichtiger ist als die aufhockende Gestalt, daß der Begriff 'Aufhocker' ein echtes Nomen agentis, eine sekundäre Ableitung von einer primären Tätigkeit ist. Viele Gewährsleute schreiben: "Es hockt auf" und bringen damit nicht nur Anonymität, sondern auch Abstraktion von Gestalthaftem zum Ausdruck. Auch heißt es häufig, man s e h e den Aufhocker nicht, weil er ja von hinten aufspringe, sondern fühle ihn nur oder spüre die Last. Es ist anzunehmen, daß Begründungen ähnlicher Art hinter den zahlreichen Kurzangaben 'unsichtbar', 'unbestimmt' stehen. Den Primat des Vorgangs unterstreicht auch die Bedeutung der spukauslösenden und spukbeendenden Orte. Sie sind in stärkerem Maße mit dem Spukgeschehen verflochten als in vielen anderen Sagen und begrenzen deutlich Beginn und Ende einer großen Angst.

Wenden wir uns nun den schwarzen und leeren Kreisen zu, hinter denen Sagengestalten der verschiedensten Art stehen. Ihre im Vergleich mit den schraffierten Kreisen hohe Zahl sagt aus, daß in der deutschen Sage die Gestalt des Aufhockers weit weniger häufig ist als aufhockende Sagengestalten und aufhockender Spuk sonstiger Art. Abb. 10 [39] schlüsselt diese Kreise auf. Wir können hier nicht auf alle Gestalten eingehen. Nur soviel sei gesagt: In Erscheinung treten Gestalten, die den Sagensammlungen zufolge in ihrer Region gut bekannt sind und sich auf vielfältige Weise, u.a. auch durch Aufhocken, bemerkbar machen. Hervorgehoben seien Puk bzw. Rotjack, Werwolf, Okerhund, Stüpp (ein Hund mit Stummelschwanz), koboldartige Männchen in der Eifel, Hehmann, Feuermann, Wassermann und die vielen, nur örtlich bekannten Sagengestalten, aber auch Erscheinungen ohne besonderen Namen, die als Spuk, Geist, Gespenst u.a. bezeichnet werden. Abb. 11 [40] erschließt in den schraffierten Zeichen solchen namenlosen Spuk, soweit er Hunde allgemein, Pudel und Katzen betrifft. Selten hocken auch andere Tiere wie Fuchs, Gans, Hahn, Hase, Kalb, Pferd auf; sie sind hier nicht dargestellt.

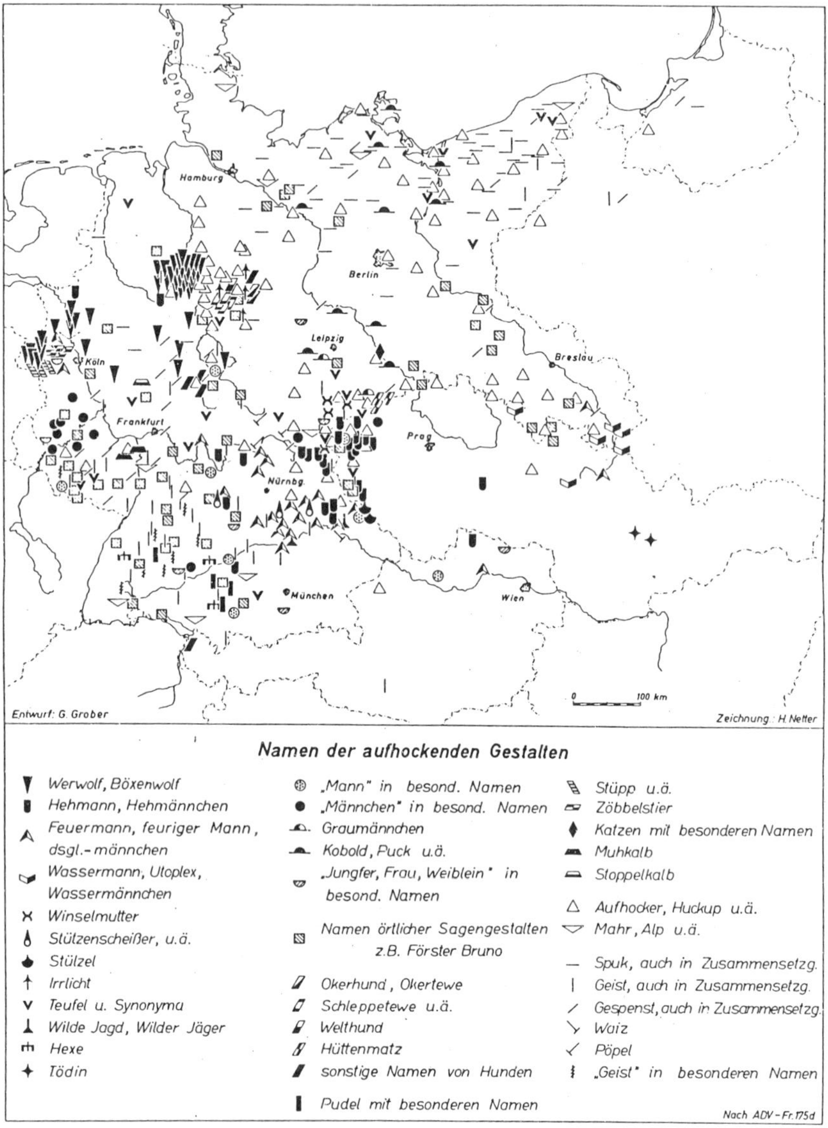

Abb. 10: Namen der aufhockenden Gestalten

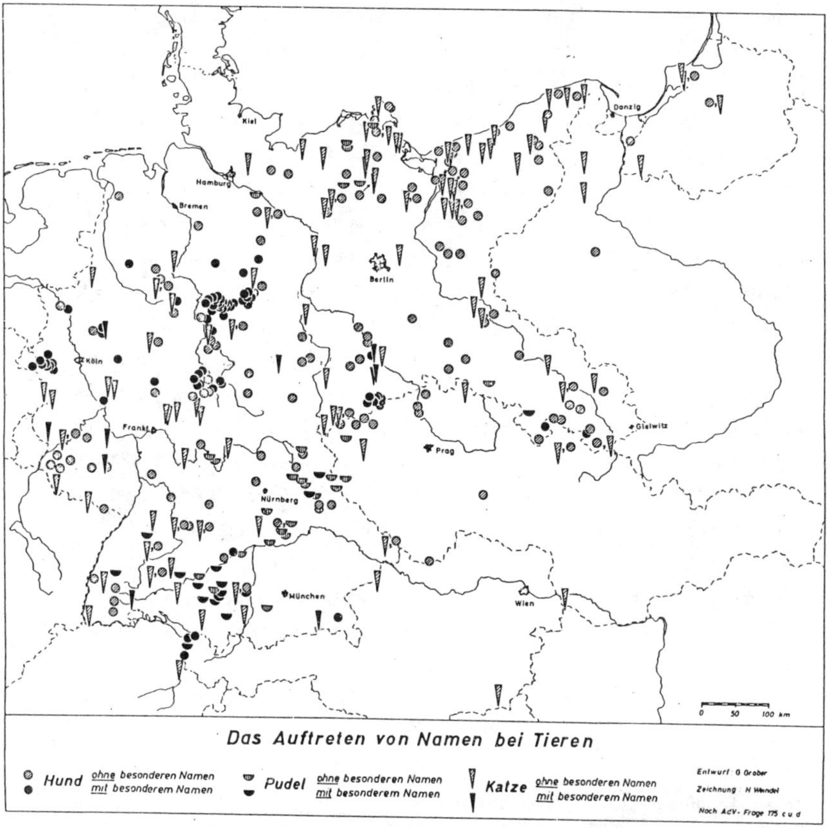

Abb. 11: Das Auftreten von Namen bei Tieren

Wenn das Verbreitungsbild der aufhockenden Sagengestalten die Verbreitung regional dominanter Sagengestalten erkennen läßt, liegt die Frage nahe, wieweit es für die deutsche Sagenlandschaft als repräsentativ gelten kann. Fest steht, daß gutartige, dem Menschen hilfreiche Geister wie Holzweiblein, Heinzelmännchen u.ä. selten oder nicht aufhokken. Das gleiche gilt für Geister, die wie Zwerge,die Wilde Jagd im Verband auftreten. Nur gelegentlich wird auch von aufhockenden Hexen berichtet, obwohl Hexensagen in einigen deutschen Landschaften sehr bekannt sind; hier dominiert wohl das zauberische Tun. Etwas häufiger als Hexen hockt der Teufel auf; aber auch hier ist der Unterschied zum Vorkommen in den Sagen groß. Andererseits wird man aber sagen dürfen, daß so gut wie alle nächtlich umgehenden gefürchteten Dämonen auch aufhocken können. Besondere Affinitäten gibt es wahrscheinlich beim Werwolf, bei Hund und Katze, aber auch die bei vielen Geistern mögliche Männchen-Gestalt scheint bevorzugt zu sein. Allerdings muß man sich hüten vor allzu rationalen Erklärungen; auch die überlebensgroße Tödin springt auf - ein Argument mehr, daß die örtlich oder regional bekannte Sagengestalt nur das auslösende Moment für den Vorgang ist. Wie beim Aufhocker selbst verdeutlichen das auch hier manchmal Mitteilungen der Gewährsleute: "Beim Aufhucken ist der Vogelhannes unsichtbar, sonst wandert er als Holzknecht durch den Wald" (Schlesien). "Der Pschitullara sieht aus wie ein Mensch; man sieht ihn aber nicht, weil er ungesehen auf- und niederspringt" (Westböhmen).

Wenn die Annahme zutrifft, daß die Verbreitung der aufhockenden Sagengestalten ein - wenn auch stark gefiltertes - Bild der deutschen Sagenlandschaft darstellt, können aus diesem Verbreitungsbild sie charakterisierende allgemeine Erkenntnisse abgeleitet werden. So ist aufmerksam zu machen auf den Verbreitungsunterschied zwischen namenlosem Spuk und Sagengestalten, die unter einem bestimmten Namen erscheinen und als solche regional begrenzte Vorkommen aufweisen. Hier unterscheiden sich Deutschland westlich der Elbe und Deutschland östlich der Elbe sehr deutlich in der Dominanz der einen oder anderen Gruppe. Die Antworten auf die Frage nach dem Erscheinungsbild ergeben: Im Unterschied zu den mehr oder weniger fest umrissenen Vorstellungen von benannten Sagengestalten sind östlich der Elbe, besonders in Mecklenburg und Pommern, Beschreibungen wenig deutlich. Es heißt hier z.B.: 'Bald ein Hund, bald ein Hahn'; 'unförmig'; 'wie ein Mehlsack'; 'wie ein Heuhaufen'; 'Schatten'; 'wie Nebel'. Angaben wie 'verschieden', 'unbestimmt', 'unsichtbar' sind hier häufiger als sonst. Dem Kartenbild der Sagengestalten entsprechen also innerhalb der deutschen Sagenlandschaft unterschiedliche Erlebnisformen, und es erscheint verständlich, daß die vorstellungsmäßig wenig klar umrissene Gestalt des Aufhockers gerade in dem Gebiet gut bekannt ist, wo Sagengestalten seltener durch einen festen Namen und ein bestimmtes Erscheinungsbild geprägt sind.

Eine Erkenntnismöglichkeit anderer Art bietet das Sagenfilter in bezug auf Sagengestalten, die mit namentlich genannten Flurteilen in Verbindung stehen. Wie die Legende von Abb. 12 [41] zeigt, sind die Grundwörter der Zusammensetzungen Gattungsbegriffe aus dem Menschen- und Tierbereich. Beispiele lauten: 'Schalkenbuschmännchen', 'Scheidbachmann', 'Bahrenreiter', 'Grievelsfrau', 'Grubweible', 'Bauernwäldlesgeist', 'Okerhund', 'Salenpudel'. Die Durchsicht repräsentativer deutschsprachiger Sagensammlungen bestätigte das hier zutage tretende Verbreitungsbild mit eindeutigen Zahlen. In meinem Beitrag zur Festschrift Zender, "Lokalnamen in deutschsprachigen Bezeichnungen von Sagengestalten, Verbreitung und Deutung" [42], beschäftigte ich mich mit der Hypothese, daß in diesen Flurgeistern keltische Naturverehrung nachlebt, die man als Ortsheiligheit bezeichnen kann. Verehrt wird nicht ein Gott des Waldes, ein Gott der Quellen, sondern ein bestimmter Baum, Stein, Wald, Fluß, eine bestimmte Quelle, d.h. also der konkret gegebene spezifische Ort selbst. Das Verbreitungsbild der Flurgeister zeigt, das versuchte ich nachzuweisen, auffällige Übereinstimmung mit keltischen Siedlungsgebieten. Ich muß mich hier mit diesem Hinweis begnügen.

Nur andeuten möchte ich noch einige weitere Möglichkeiten, Erkenntnisse allgemeiner Art aus Verbreitungsbildern abzuleiten. Sie betreffen das Aussehen der aufhockenden Sagengestalten, das auf ADV-Karte

Aufhocker

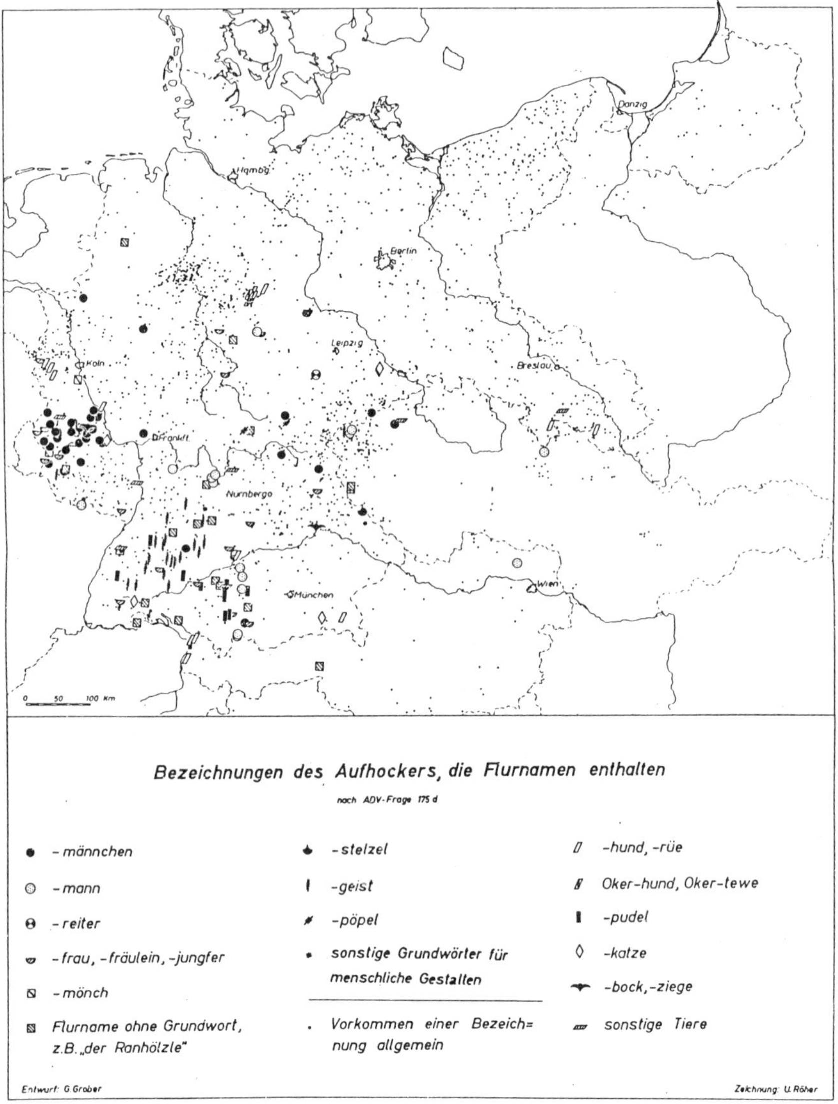

Abb. 12: Bezeichnungen des Aufhockers, die Flurnamen enthalten

NF 42 dargestellt wurde. Wir griffen im Vorangehenden wiederholt auf diese Karte zurück, ohne sie hier in verkürzter Darstellung zu bringen. Bei genauem Vergleich dieser Karte mit der Karte der Bezeichnungen (NF 41) können Aufschlüsse gewonnen werden über die unterschiedliche Polymorphie der Sagengestalten wie auch über mehr oder minder große Diskrepanzen zwischen Namengebung und Aussehen.

Lassen Sie mich zum Schluß die Leistungen der kartographischen Methode für die Sagenforschung zusammenfassend charakterisieren! Gegenüber der Auswertung von Sagensammlungen bietet das bearbeitete Atlasmaterial einen unbestreitbaren Vorteil: Es beruht auf mündlichen Mitteilungen, die relativ unbeeinflußt vom Bearbeiter sind; es ist synchron und erstrebt räumlich eine gleichmäßige Verteilung der bearbeiteten Orte; die Zahl der Mitteilungen ist ungleich größer, als Sagensammlungen sie bieten können.

Methodisch gingen wir so vor, daß zunächst Teilzüge der Vorstellungen und Sagen in Antwort auf die Teilfragen, aber auch Spontanangaben der Gewährsleute entnommen, kartiert wurden. Im Unterschied zur finnischen geographisch-historischen Methode, die die Verbreitung einzelner Typen - Märchen, Sagen, Legenden, Redensarten - und ihrer Varianten über die ganze Welt verfolgt, beschränkt sich die Untersuchung auf ein bestimmtes, durch die Atlaskarte festgelegtes Areal, Deutschland und Österreich. Ziel ist auch nicht die Erkenntnis einer Urform, sondern die Gewinnung von Teilverbreitungsbildern, aus deren Zusammenschau für den gesamten Sagenkomplex Erklärungen abgeleitet werden können. Hilfskarten, wie sie in der Kulturraumforschung häufig herangezogen werden - z.B. territoriale Gliederung, bestimmte Wirtschaftsformen wie etwa Hirtenkultur, Verteilung der Konfessionen - wurden bei den hier besprochenen Phänomenen nicht verwendet. Erklärungshilfen dieser Art sind aber auch bei der Sage durchaus möglich.

Leistungsfähig erweist sich die kartographische Methode auch für Erkenntnisse, die über den behandelten Sagentyp hinausgehen. Beim Aufhocker ergaben sich Aufschlüsse über die Gliederung der deutschen Sagenlandschaft und Hinweise auf ein keltisches Substrat. Erwähnt sei aber auch, daß sowohl die Geburtstermine beim Zweiten Gesicht (NF 39) wie die Spukorte beim Aufhocker regionale Gliederungen erkennen lassen, die für viele andere volkskundliche Komplexe - natürlich nicht gleich, aber ähnlich - gültig sind.

Diskussion

Der Beginn der Diskussion zum Vortrag von G. Grober-Glück wendet sich den für die Erhebungen zum ADV verwendeten Fragebögen zu. L. Röhrich führt an, daß die vorgefertigten Fragestellungen auf den Fragebögen aus den zwanziger Jahren stammen und insofern auch schon wieder historisches Material darstellen. Man ist aber auf die damaligen Fragestellungen angewiesen, obwohl sicher manches rückgefragt oder manche Frage anders formuliert zweckmäßiger und zielführender wäre.
Dieser Einwand sei, laut G. Grober, zwar berechtigt, man habe dieses Problem jedoch im Kommentar zum ADV durch Quellen- bzw. Fragenkritik wettzumachen versucht. Dabei wird gezeigt, was die jeweilige Frage leisten kann und was nicht. Die Fragen seien aber durchaus nicht alle schlecht formuliert, sodaß sehr viel positive Ergebnisse bleiben, doch muß man das Material eben selbstverständlich als historische Quelle behandeln.
In der Folge wendet sich die Diskussion dem von G. Grober im Vortrag als Beispiel verwendeten Thema "Zweites Gesicht" zu. L. Röhrich weist darauf hin, daß hierbei die deutsche Verbreitung nicht gleichzusetzen ist mit der europäischen. In der Regel habe die Verbreitung meist historische Gründe, etwa Konfessionsgrenzen, politische Grenzen u.ä., dies treffe jedoch auf das Phänomen "Zweites Gesicht" nicht zu. Seiner Meinung nach gibt es aber bezüglich dieses Motivs ganz bestimmte oikotypische Unterschiede und man könne nicht von einem anlagebedingten Vorkommen sprechen.
Darauf wendet G. Grober ein, daß es doch eine Tatsache sei, daß die Kennzeichen für das Phänomen "Zweites Gesicht" deutlich auf einen bestimmten Menschentyp hinauslaufen. Es setze eine gewisse introvertierte Haltung voraus, daß jemand zum Zweiten Gesicht begabt sei. Die Landschaft in Norddeutschland und der magische Ring, den W.-E. Peuckert beschreibt, würden darauf bezogen passen. Jedoch sind dies Vermutungen, die nicht bewiesen werden könnten.
L. Röhrich bringt zu dem Gesagten ein Beispiel für einen solche Oikotyp aus der Schweiz. Es handelt sich dabei um todvorausschauende Sagen,

worauf L. Petzoldt einwendet, daß seiner Meinung nach diese Sagen mit dem Phänomen Zweites Gesicht nicht vergleichbar seien, da es sich beim einen eben um eine Sage, beim anderen jedoch um ein reales psychisches Erlebnis handelt.
G. Grober fügt einen weiteren unterscheidenden Gesichtspunkt hinzu, die "Art des Sehens". Während die im ADV erfaßten Personen mit dem "Zweiten Gesicht" reale Dinge sehen, sind die in den Sagen geschilderten Visionen geisterhaft bzw. real nicht möglich.
Im weiteren wird auf die ebenfalls im Vortrag beispielhaft gebrachte Gestalt des Aufhockers und deren Verbreitung eingegangen, wobei L. Röhrich erwähnt, daß die Verbreitung dieses Phänomens wesentlich weniger differenziert sei als die des Zweiten Gesichts.
L. Röhrich nennt "aufhocken" auch eine der häufigsten Funktionen von Sagengestalten überhaupt, sodaß die unterschiedlichsten Gestalten damit verbunden sind. Dies müsse wohl auch einen psychologischen Grund haben. Die psychologische Formel dabei ist das Bedrückende, das man aber nicht real erkennen kann. Entsprechend interessant aber ist auch die Art und Weise, wie sich die Bedrückung löst.
Ergänzend führt er noch an, daß man den Aufhocker deutlich vom Alb trennen müsse, da ersterer vor allem abends von hinten "aufhockt", im Freien, auf dem Weg und letzterer im Schlaf von vorne kommt und auf die Brust "drückt".
G. Grober weist aber darauf hin, daß es dabei auch Kontaminationen geben kann, bei denen nicht feststellbar ist, ob sich die Vorstellung oder nur der Name übertragen hat.

Anmerkungen zu dem Beitrag von

G.Grober-Glück: Probleme kartographischer Darstellung ...

1 Vgl. dazu Wiegelmann, Günter: Ertrag und Aufgaben volkskundlicher Kulturraumforschung. In: Volkskundliche Kulturraumforschung heute (Beiträge zur Volkskultur in Nordwestdeutschland, H. 42). Münster 1984. S. 1-12, hier S. 5.

2 Beitl, Richard: Wilhelm Mannhardt und der Atlas der deutschen Volkskunde. In: Zeitschrift für Volkskunde 1933. S. 70ff. -
Weber-Kellermann, Ingeborg: Erntebrauch in der ländlichen Arbeitswelt des 19. Jahrhunderts. Marburg 1965. S. 25-46.

3 Graebner, Fritz: Ethnologie (Kultur der Gegenwart, Reihe 3, Bd.V). Leipzig 1922. -
Ders.: Methode der Ethnologie. Heidelberg 1911. insbsd. S. 104-170.

4 Ratzel, Friedrich: Anthropogeographie oder Grundzüge der Anwendung der Erdkunde auf die Geschichte. 2 Bde. 1882, 1891.

5 Meringer, Rudolf (Hrsg.): Wörter und Sachen. Kulturhist.Zs.für Sprach- und Sachforschung. Bd. 1-23,1. Heidelberg 1909-1943/44.

6 Jaberg, Karl / Jud, Jakob: Sprach- und Sachatlas Italiens und der Schweiz. Bd. 1-8. Zofingen 1928-1943. Index: Bern 1960.

7 Scheuermeier, Paul: Bauernwerk in Italien, der italienischen und rätoromanischen Schweiz. 2 Bde. Zürich 1943, Bern 1956.

8 Abgedruckt in: Erläuterungen zur 1. Lieferung des Atlas der deutschen Volkskunde. Marburg 1959. Kap. III. S. 22-32.

9 Atlas der deutschen Volkskunde. Hrsg. von H. Harmjanz und E. Röhr. Lief. 1-6. Leipzig 1937-1939. -
Atlas der deutschen Volkskunde. Neue Folge. Hrsg. v. M. Zender in Zusammenarbeit mit H.L. Cox, G. Grober-Glück, G. Wiegelmann. Lief. 1-7. 1958-1979; Erläuterungen 1959-1985. Marburg.

10 Beitl, Richard: Korndämon und Kinderscheuche. Untersuchungen zur Mythologie des Kindes. Habil. Berlin 1933 (unveröffentlicht).

11 Knopf, Reinhold: Der feuerige Hausdrache im deutschen Volksglauben. Mit besonderer Berücksichtigung der Ergebnisse des Atlas der deutschen Volkskunde. Berlin 1934 (unveröffentlicht).

12 Grober-Glück, Gerda: Volksglaubensvorstellungen über die Wöchnerin. In: ADV N.F. Karten 65-69c. Erläuterungen 4. Lief. Teil 3. Marburg 1982. Kap. XXII. -
Zender, Matthias: Beerdigung und Grabschmuck bei der toten Wöchnerin. ADV N.F. Karte 69d. Erläuderungen ebenda. §§ 156-183.

13 Grober-Glück, Gerda: Todesvorzeichen bei Tod und Begräbnis. In: ADV N.F. Karten 70-72c. Erläuterungen 4. Lief. 2. Teil. Marburg 1981. Kap. XX.

14 Dies.: Der Verstorbene als Nachzehrer. In: ADV N.F. Karten 73-76a,b. Erläuterungen 4. Lief. 2. Teil. Marburg 1981. Kap. XXI.

15 Dies.: Aufhocker und Aufhocken. In: ADV N.F. Karten 41,42. Erläuterungen 4. Lief. 1. Teil. Marburg 1966. Kap. XIV. -
Dies.: Aufhocker und Aufhocken nach den Sammlungen des Atlas der deutschen Volkskunde. In: Rhein.Jhb. 15. und 16. Jg. 1965/1966. S. 117-143.

16 Dies.: Zweites Gesicht und Wahrsagekunst. In: ADV N.F. Karten 37-40. Erläuterungen 4. Lief. 1. Teil Marburg 1966. Kap. XIII. -
Dies.: Zur Verbreitung und Deutung des Zweiten Gesichts nach den Sammlungen des Atlas der deutschen Volkskunde. In: Zeitschrift für Volkskunde 55. 1959. S. 227-258. -
Dies.: Das "Zweite Gesicht" - traditioneller Volksglaube und Präkognition. In: Zeitschrift für Parapsychologie und Grenzgebiete der Psychologie Nr. 2/3. 1972. S. 102-129.

17 Dies.: Volksglaubensvorstellungen über die scheidende Seele. In: Jahrbuch für Volkskunde. Würzburg 1983. S. 149-181.

18 Zender, Matthias: Volkstümliche Heiligenverehrung. In: ADV N.F. Karten 9-12. Erläuterungen 1. Lief. Marburg 1959. Kap. VII.

19 Grober-Glück,Gerda: Motive und Motivationen in Redensarten und Meinungen (ADV, Beiheft 3). 2 Bde. (Textband und Kartenband) Marburg 1974.

20 Dies. 1972: a.a.O. Abb. 1. S. 107.

21 Ebenda. Abb. 2. S. 108.

22 Schmeing, Karl: Das Zweite Gesicht in Niederdeutschland. Leipzig 1937. S. 14.

23 Ilg, Karl: Über das Verkünden und das Zweite Gesicht in den Alpenländern. In: Ammann-Festgabe. II. Teil (Innsbrucker Beiträge zur Kulturwissenschaft. 2 Bde. Innsbruck 1954. II S. 137).

24 Grober-Glück 1972: a.a.O. Abb. 3. S. 110.

25 Dies. 1966: wie Anm. 16. Abb. 6. S. 69.

26 Ebenda. Abb. 8. S. 79.

27 Ebenda. Abb. 9. S. 80.

28 Ebenda. Abb. 13. S. 93.

29 Schmeïng: a.a.O. passim.

30 Grober-Glück 1966: wie Anm. 15. Abb. 1. S. 120/121.

31 Ebenda. Abb. 2. S. 124/125.

32 Röhrich, Lutz: Der Dämon und sein Name. Sprachgeschichtliche und namenkundliche Studien über schwäbische Sagengestalten. In: Beiträge zur Geschichte der deutschen Sprache und Literatur 73. 1951. S. 456 f.

33 Grober-Glück 1966: wie Anm. 15. Abb. 23. S. 140.

34 Ebenda. Abb. 22. S. 138.

35 Ebenda. Abb. 24. S. 141.

36 Ebenda. Abb. 26. S. 208 f.

37 Ebenda. Abb. 27. S. 212 f.

38 Ebenda. Abb. 21. S. 134.

39 Grober-Glück 1965: a.a.O. Abb. 3. S. 128/129.

40 Ebenda. Abb. 4. S. 138/139.

41 Ebenda. Abb. 6. S. 142/143.

42 In: Festschrift Matthias Zender. Studien zur Volkskultur, Sprache und Landesgeschichte. Bonn 1972. S. 144-168.

MARGARETHE MAULTASCH IN DEN SAGEN KÄRNTENS

Oskar Moser, Graz

Nicht nur im Umkreis des alten Burggrafenamtes in Südtirol, auch in Innerösterreich und hier nicht zuletzt im heutigen Kärnten gewinnt ein in Landeskunde und Geschichte halbwegs bewanderter Beobachter rasch und oft recht unvermittelt den Eindruck, den man etwas vorlaut-journalistisch mit dem Aufhänger versehen könnte: "Maultasch, und kein Ende!" In der Tat steht allein schon dieser merkwürdige Name rundum im Raum und fordert seit mehr als hundert Jahren die Historie wie auch die Sagenforschung immer wieder zu Klarstellungsversuchen und Stellungnahmen heraus.

In seiner Einleitung zum ersten Band der "Historischen Sagen" faßt nun Leander Petzoldt das hier unmittelbar anstehende Problem nach den tatsächlichen Hintergründen solcher sagenhafter Überlieferung in einer sehr treffenden Allgemein-Formulierung folgendermaßen zusammen:

> "Historische Sagen geben (...) kein objektives Charakterbild historischer Persönlichkeiten, aber sie sind Chiffren für die Bedeutung dieser Persönlichkeiten und zugleich für ihre soziale Position, die sie vom Erzähler trennt." [1]

Man kann also gewiß nicht einfach sagen, wie dies etwa noch Georg Graber (1882-1957) in der Einleitung zu seinen "Sagen und Märchen aus Kärnten", seiner zweiten und allgemein maßgebenden Sammlung von Kärntner Volkserzählungen, formuliert: Die Sage sei eigentliche bäuerliche Geschichtsschreibung, da sie nur Erlebnisse seelischer oder sinnlicher Art in volkstümlich einfacher Weise berichte und ausdeute. Ihr Stil sei dadurch auf trockenen Bericht eingestellt. Sie steuere mit einer natürlichen und kindlichen Rücksichtslosigkeit auf den Kernpunkt der Erzählung los. [2] Soweit wir nämlich überhaupt an unseren seit den Grimms so benannten "historischen Sagen" populäres Geschichtswesen zu fassen und zu prüfen vermögen, liegen die Dinge zweifellos wesentlich komplizierter. Ich möchte daher versuchen, das an dem relativ überschaubaren Beispiel der sogenannten "Maultaschsagen" wenigstens für den Bereich des Landes Kärnten etwas deutlicher herauszustellen und verständlich zu machen. Es sollte, knapp und vereinfacht gesagt, darum gehen, nicht bloß zwischen dem, was tatsächlich im Sinne der Fachhistorie geschehen und gewesen ist, den geschichtlichen Tatsachen also der letzten Vertreterin des Geschlechtes der Meinhardiner, Margarethe von Tirol (1318-1369), und dem Niederschlag populär gewordener Meinungen, Berichte und Erzählungen über sie (nach sehr unterschiedlichen Quellen und Äußerungen dazu übrigens!), die bekanntlich mit der historischen Persönlichkeit der Genannten bis auf den Namen meist nur noch wenig gemeinsam haben, zu differenzieren, wie es denn auch schon seit langem geschieht und geschehen ist, sondern vielmehr die Frage nach dem gerade hier besonders deutlichen Fehlen der Koinzidenz zwischen Geschichte und Sage zu stellen oder, anders gesagt, dieses so oft feststellbare Abweichen sagenhafter Überlieferungen von den Realitäten historischer Fakten kritisch zu prüfen und wenn möglich näher abzuklären.

Schon vor einiger Zeit ist Hildegunde Prütting diesem Problem auf der Grundlage pfälzischen Sagenmaterials näher nachgegangen. Sie hat gezeigt, daß Geschichtswissen und Geschichtsauffassung zwei recht verschiedene Seiten möglicher Geschichtsbetrachtungen sind, und kommt dabei auf die sehr deutliche Eigengesetzlichkeit des "Geschichtsbildes" bei solchen Volksüberlieferungen zu sprechen. [3] Diese Eigengesetzlichkeit populärer Geschichtsvorstellungen komme nach Prütting gerade dort am deutlichsten zum Vorschein, wo die Geschichtswissenschaft der Volksüberlieferung die gröbsten Mißverständnisse und Fehler, Abweichungen oder Ungenauigkeiten vorhält. [4] Aber gerade sie, eben diese Abweichungen sind - so Prütting - in Wirklichkeit eben Zeichen einer ausgeprägten Eigengesetzlichkeit. Entscheidend und ausschlaggebend sei dafür immer das jeweils geltende Geschichtsbild und nicht die eigentlich maßgebenden historischen Umstände oder Ereignisse. [5] Und da dieses eben ein "Bild", eine Art Formel der Vergangenheit oder, wie L. Petzoldt sagt, eine Chiffre auf sinnhaft erlebbarem, deutbarem Hintergrund sein muß, um sich überhaupt zu halten, so können (und werden in der Tat auch) durchaus geschichtsfremde oder im Sinne der Historie "unrichtige" Erzählmotive mehr oder weniger beliebig zu seiner Abrundung, Abstützung oder Ausgestaltung herangezogen werden, soferne sie nur eben zu dem beteffenden Bild dazupassen. Hildegunde Prütting hebt diese prägende Kraft solchen Bilddenkens besonders hervor, das Bild gleichsam als "Ausdrucksformel", die vieles tiefer erklären und darstellen kann als die strenge Analytik des Wissenschaftlers, der wohl die Teile findet und festlegt und sie als Merkmale zusammenstellen und aufzählen kann, sie aber nicht immer und überall in einen ursächlichen Zusammenhang bringen und im letzten erklären kann. So kommt H. Prütting zu dem Schluß:

> "Das Geschichtsbild des Volkes ist gleichzeitig die volkseigene Form der geschichtlichen Erinnerung und zugleich eine volkstümliche Geschichtsphilosophie, gewachsen aus dem Erlebnis der Geschichte." [6]

Will-Erich Peuckert hat versucht, diesen Prägungsvorgang bei der Findung einer solchen historischen "Ausdrucksformel" an Hand einer Reihe von ihm vertrauten Sagenbeispielen nachzuvollziehen. Er kommt dabei zusammenfassend zu einer Präzisierung auch der bei Georg Graber aufgestellten These von der "eigentlich bäuerlichen Geschichtsschreibung" durch die Sage: "In unseren Sagen werden geschehene Fakten und Ereignisse mitgeteilt, ist von auf irgendeine Art beglaubigten Personen oder Orten, von Vettern und Wettern und Wundern und von Ich-Erlebnissen, die als geschehen und länger oder kurz vergangen sind, die Rede; mit einem Wort, die Sagen haben historischen Charakter. Sie handeln von einzelnen mit oder ohne Namen noch bekannten Menschen, von Typus gewordenen Schichten oder Klassen, von auffälligen Abenteuern, die für das Dorf wert waren, angemerkt zu werden ... Das wäre die erste Veränderung, welche an der Überlieferung geschehen ist; man suchte eine Tendenz in ihr, fand möglicherweise die Tendenz oder hat sie - im Schluß wohl auf analoge Fälle - jetzt hineingesehen, hineingelassen. Man machte die Sage zum 'Gedicht' - aber der Historiker wird wissen müssen, daß sie den Typus geben will, daß 'Bradenkierl' (bei Peuckert der Typ des Raubritters und Junkers einer 'antifeudalen' Sage!) ein Name ist, der - als zwar singuläre Erscheinung - nunmehr Wort oder Zeichen für ein Komplexes ist. Er ist der Name, die Gestalt geworden für den Typus 'Junker', ist die in einem Namen, einem 'Zeichen' ausgesprochene Meinung einer Gruppe, um die zu wissen der Historiker wie Politiker gezwungen ist." [7] Eine solche Gestalt, ein solches "Zeichen" aus ferner Vergangenheit ist für unsere Menschen offenbar bis herauf in die Gegenwart auch "Margarethe Maultasch" geworden.

Wer war nun Margarethe von Tirol, zubenannt als Margarethe Maultasch, in Wirklichkeit?

Es muß auffallen, daß diese historische Persönlichkeit des Spätmittelalters in den Ländern Tirol und Kärnten die Historiographie immer wieder beschäftigt hat, obwohl sie selbst, wie bereits der Innsbrucker Historiker Alfons Huber um 1864 feststellt, nur "dreizehn Tage regiert hat und ihre ganze Tätigkeit während dieser Zeit nur in Schenkungen an die hervorragendsten Mitglieder des tirolischen Adels bestand". [8] Margarethe war als zweite Tochter von Herzog Heinrich von Kärnten und Graf von Tirol aus dessen zweiter Ehe mit Adelheid von Braunschweig geboren. Neben ihrer um ein Jahr älteren und - wie es heißt - "blöden und kranken" Schwester Adelheid blieb sie die einzige rechtmäßige Erbin der Meinhardiner und geriet daher schon als Kind in das politische Kräftespiel der Großen und Mächtigen ihrer Zeit, vor allem in die Machtkämpfe, in die schon ihr Vater Herzog Heinrich zwischen den Luxemburgern in Böhmen, den bayerischen Wittelsbachern und den aufstrebenden Habsburgern verwickelt war; zudem gab es Streit zwischen Kaiser und Papst und zwischen den verschiedenen Adelsgeschlechtern und -familien im ganzen Raum zwischen Böhmen und Oberitalien. Margarethe selbst betraf namentlich der Erbstreit um das Herzogtum Kärnten zwischen den Luxemburgern und den Habsburgern, vor dessen

Hintergrund ja auch ihre beiden Ehen mit Johann-Heinrich von Luxemburg, dem Sohn des Königs von Böhmen (1330-1342), und nach deren Scheitern mit Ludwig von Brandenburg (1342-1361) gesehen werden müssen, wobei die letztere allein schon 17 Jahre unter kirchlichem Bann und Interdikt stand. Nimmt man dazu noch die äußeren historischen Zeitumstände mit ihren wilden und blutigen Fehden und sonstigen schweren Heimsuchungen: Heuschreckenplagen, Erdbebenkatastrophen (1348!) und Seuchen wie die sogenannte Pestepidemie, so wird einem der mehr als bedenkliche Ruf dieser zweifellos tragischen historischen Gestalt Margarethens schon eher verständlich, um welche die Geschichtsforschung bis herauf in unsere Tage unentwegt rätselt und, wie es doch scheint, vergebens nach einer endgültigen Klärung forscht. [9] Das gilt zuvörderst für ihren merkwürdigen Namen, gilt aber auch für die Frage ihres Äußeren und für dessen bildliche Überlieferung, und das gilt ebenso für den merkwürdig zwielichtigen Ruf als herrschsüchtige und mannsnärrische Fürstin, die nicht nur in einer wildbewegten Zeit lebte, sondern die dieser wohl auch ihrerseits manchen Tribut zollte.

Unter den vielen Margarethe von Tirol gewidmeten historischen Untersuchungen besonders im Zusammenhang mit den Erwerbungen Kärntens (1335) und Tirols (1363) durch die Habsburger darf hier vielleicht nur auf die jüngste zusammenfassende Studie von Franz Brzoska (Erlangen) im "Schlern" über "Margarethe, Gräfin von Tirol (Maultasch)" hingewiesen werden. [10] Sie bietet nicht nur eine neuerliche geschichtliche Übersicht zu deren tatsächlichem Leben, sondern untersucht auch deren Beinamen, den aus Sagen und Geschichten immer wieder genährten ungünstigen Ruf und das ähnlich mystifizierte Schicksal ihrer bildlichen Darstellungen, die hier zum Vergleich zusammengetragen wurden, und behandelt schließlich die Widerspiegelung alles dessen in der neueren belletristischen Literatur,und zwar in einer Serie von romanhaften Darstellungen dieser "häßlichen Herzogin" (Lion Feuchtwanger). [11]

In dieser immerhin umfassenden und recht weit ausgreifenden Thematik bei Franz Brzoska fehlt jedoch auffallenderweise das Kapitel "Sage", obschon darauf immer wieder Bezug genommen wird, und zwar sowohl hinsichtlich des Beinamens "Maultasch" wie auch bezüglich des "Rufes" und des vermeintlichen und des tatsächlichen "Bildnisses" dieser Frau. Besteht nun auch bei Margarethe von Tirol hinsichtlich ihres historischen Entschlusses und Schrittes vom 26.1.1363 "... das Fürstentum der Grafschaft Tirol, das Land und die Gegend an der Etsch und im Inntal mit der Burg zu Tirol und allen anderen Burgen und Leuten ..." dem Habsburger Rudolf IV. und seinen Brüdern zu übergeben, völlige Klarheit (ebenso übrigens wie auch bezüglich des Verlustes ihres Hauses von Kärnten schon beim Tode ihres Vaters 1335 an die Habsburger), so faßt auch noch Franz Brzoska seine Studie über die Maultasch bezüglich der sonstigen vorgenannten Fragen in folgendes Gesamtergebnis zusammen:

> Margarete, Markgräfin von Brandenburg, Herzogin von Bayern und Kärnten, Gräfin von Tirol, genannt Maultasch, wird - was ihren Beinamen, ihren Ruf und ihr Bildnis betrifft - wohl immer eine zwischen Geschichte und Geschichten angesiedelte historische Persönlichkeit bleiben. [12]

Wie aber verhält es sich nun mit diesen "Geschichten"? Kann die Sagenforschung, kann die Volkskunde dazu vielleicht Näheres aussagen?

Nun hat dazu, heute schon fast vergessen, Gottlieb Freiherr von Ankershofen in der General-Versammlung des Historischen Vereins für Kärnten vom 12. Oktober 1847 einen sehr aufschlußreichen öffentlichen Vortrag "Über den historischen Anlaß zur Sage von den Verheerungszügen der Margaretha Maultasche in Kärnten" gehalten. Dieser wurde im 1. Band der Zeitschrift des innerösterreichischen Historischen Vereins für Steiermark, Kärnten und Krain mit Beigabe sehr ausführlicher Citationen der damals edierten Quellen und historischen Urkunden abgedruckt. [13] Ankershofen wählte diesen damals offenbar schon aktuellen Themenkreis, "... weil - wie er sagt - an dieser Sage ein Theil unserer (Kärntner) Landsleute wie an einer Ehrensache fest hält, während andere dieselbe geradezu als eine von Megiser (bzw. von dessen "Annales Carinthiae" aus dem Jahre 1612) erfundene Fabel erklären".[14] Er nimmt hier offensichtlich Bezug auf die tatsächlich seit Megiser immer wieder, nicht zuletzt auch von den Brüdern Grimm[15] abgedruckten oder nachgedruckten drei Sagen in Kärnten:

(1) "Margaretha Maultasch" (Grimm, Deutsche Sagen II: Nr. 508) (ein kombiniertes Memorat über die Maultasch als Gespenst und Ortsspuk);
(2) "Dietrichstein in Kärnten" (Grimm, deutsche Sagen II: Nr. 509) (Belagerung und Zerstörung von Schloß Dietrichstein bei Feldkirchen durch die Maultasch);
(3) "Die Maultasch-Schutt" (Grimm, Deutsche Sagen II: Nr. 510) (vergebliche Belagerung der Burg Hochosterwitz mit der bekannten Schwankgeschichte von der List der Belagerten durch Abwerfen der letzten Lebensmittel ("ein dürrer Stier und zwei Vierling Roggen"), Abzug der Belagerer, wobei jeder "seine Sturmhaube voll Erde" zur sogenannten 'Maultasch-Schütt' häufen sollte).

G. v. Ankershofen weist nun nach, daß bereits Jakob Unrest, Pfarrer von St. Martin am Techelsberg ob Velden a.W., Ende des 15. Jahrhunderts in seinem "Chronicon Carinthiacum" davon erzählt, daß sich Margarethe die ihr durch Erbe zugefallenen Länder Kärnten und Krain mit großer Gewalt unterworfen und diesen großen Schaden zugefügt hätte, viele gute Schlösser gebrochen und zerstört hätte; von letzteren führt Unrest nicht weniger als 18 mit Namen an[16]; allein es fehlen bei Unrest doch noch alle Einzelheiten oder besonderen Motive bzw. Motivzüge der späteren Sagen[17].

Ungleich ausführlicher schildert später der kärntnerisch-ständische Historiograph Hieronymus Megiser, der von Graz kommend, 1593 bis 1601, d.h. bis zur Durchführung der Gegenreformation in Innerösterreich, als Rektor der protestantischen, ständischen Schule in Klagenfurt gewirkt und der noch im Einvernehmen mit den Kärntner Ständen die "Annales Carinthiae" im Jahre 1612 zu Leipzig herausgegeben hat, ebenda diese Vorgänge mit den

Details der späteren Sagentexte, wobei hier argumentiert wird: "Margarethe befahl den Tyroler Landherren ... zu rüsten, um sich mit ihr auf den Weg zu machen, indem sie sich an Erzherzog Otto (von Habsburg) rächen, das kärntnerische Land heimsuchen und dem Landvolke mit dessen Schaden genug empfinden lassen wolle, wie schwer selbes durch seinen Abfall die angeborene Fürstin und Frau zu solchem Zorne bewegt habe". [18] Auf ihrem Feldzug belagert und bricht nun nach dieser Überlieferung Margarethe zunächst Hafnerburg, dann Dietrichstein bei Feldkirchen und zieht über St. Veit vor Osterwitz, wo sich dann die bekannte Geschichte von der Belagerung mit der List der Belagerten von Hochosterwitz abspielt. Als die Maultasch von den Belagerten getäuscht abzieht, heißt es bei Megiser dann (nach Grimms etwas modernisiertem Text):

> "Hat von Stund an darauf ihren Kriegsleuten geboten, daß ein jeder insonderheit seine Sturmhaube voll Erde fassen und solches auf einem ebenen Felde, gleich gegen Osterwitz über, ausschütten sollte. Welches, als es geschehen, ist aus der Erde ein ziemlich groß Berglein worden, daß man lange Zeit im Land zu Kärnthen die 'Maultasch-Schutt' genannt hat. Noch vor Kurzen, im Jahre 1580, hat Herr Georg Khevenhüller, als Landeshauptmann von Kärnthen, der Frau Maultasch Bildniß in schönem weißem Stein ausgehauen (sic) lassen, welche Säul das Kreuz mit der Maultasch-Schutt genannt worden." [19]

Ankershofen weist nun nach, daß alle diese Berichte bei Unrest wie bei Megiser in ihren Details historisch und laut den ihm damals zugänglichen Quellen- und Urkundeneditionen schon nicht stimmen. Wohl hätte Graf Johann (von Böhmen), Margarethes erster Gemahl, bis um 1338 Versuche gemacht, nach Kärnten über das Pustertal vorzudringen; er scheiterte aber schon an der Lienzer Klause gegen die Grafen von Görz. Und seit dieser Zeit wurden von Seiten Tirols nie wieder Ansprüche auf das Herzogtum Kärnten erhoben. Zwar fand Margarethe Parteigänger unter dem Kärntner Adel, und auch die Habsburger Herzoge Otto und Albrecht II. brauchten einige Zeit, bis sie von den Kärntnern anerkannt wurden, wobei sich Otto (12..-1339) am 2. Juli 1335 dem feierlichen Huldigungsakt der Herzogeinsetzung auf dem Kärntner Zollfeld unterzog. Und Ankershofen meint, es könnten wohl solche Anhänger der Meinhardiner und Tiroler Partei, d.h. von Margarethe, gewesen sein, die auf ihren Burgen und Schlössern von den Österreichern bzw. Habsburgern niedergezwungen wurden und so den historischen Kern für die späteren Berichte bei Unrest und Megiser bildeten: "Was im Kampf f ü r Margarethe geschehen, das wäre also dieser selbst zugeschrieben worden".[20] Daß jedoch alles das und die Überlieferung von einem "dem Gesichte und Gemüthe nach gleich unergötzlichen Mannweibes" hier so tiefe Wurzeln geschlagen habe, dürfte - wie ebenfalls bereits Ankershofen vermutet - auf die gegen ihren Ehemann geführten Eheprozesse, auf deren lange Jahre unter kirchlichem Bann stehende zweite Ehe mit dem Bayernherzog Ludwig von Brandenburg, außerdem aber wohl auch auf einen weiteren, erst in jüngster Zeit greifbar gewordenen Umstand in der hier einschlägigen historiographischen Überlieferung zurückzuführen sein.

Wir wissen heute - und G. v. Ankershofen scheint das auch bereits vermutet zu haben oder deutet es zumindest an[21] -, daß H. Megisers "Annales Carinthiae" in Wirklichkeit auf den ständischen Kärntner Historiographen Michael Gothard Christalnick und seine "Historia Carinthiaca" von 1578 zurückgehen.[22] Dieser war unter anderem protestantischer Burgkaplan in Diensten Georg Khevenhüllers auf der Burg Hochosterwitz. Die Khevenhüller aber waren als Erbauer der neuen Burg auf Osterwitz besonders an deren Reputation und Ruhm interessiert. Ihr besonderer Einfluß scheint es gewesen zu sein - wie auch Ankershofen vermutet -, der diesen Ruf und die sagenhafte Ausschmückung desselben zu ihrer Ehrensache werden ließ, nämlich nicht nur die Gestalt Margarethas im Bilde festzuhalten, sondern auch die vergebliche Belagerung ihrer Höhenburg durch die aitiologische Geschichte von der Maultasch-Schütt zu verewigen.[23] Nach der Auffindung zweier Codices mit der "Historia Carinthiaca" des Mich. Goth. Christalnick von 1578 und der "Historiae Carinthiacae ... Extract" mit 14 Büchern von Christalnick selbst aus der ersteren ausgezogen in der Stiftsbibliothek von St. Florian /OÖ durch Karl Großmann[24] scheinen sich auch für unsere Maultaschsagen, die M. G. Christalnick übrigens ähnlich wie Jakob Unrest bereits [25] nur im "Extrakt" (Buch 10, fol. 147a-174b) niedergeschrieben hat, die Fragen nach der tatsächlichen Herkunft dieser Sagenüberlieferung deutlicher zu klären. Glücklicherweise hatte ich mir schon um 1955 die Texte im Florianer Codex Hs XI, 561, fol. 150b-151a ("Wie Frauw Margareth, die Maultasch, das Gschlos Dietrichstain belagert vnd einnimmt"), fol. 151a-152a ("Wie fraw Maultasch das gßloß freyburg vberzogen, belagert vnd zerstöret hatt") und fol. 152a-153a ("Wie Fraw Maultasch fur Osterwitz gezogen, das mit grosser macht belagert vnd es doch nit gewinnen können, auch vngeschaffter sachen abziehen müssen") abgeschrieben. Dabei zeigt sich nun zu den zuletzt von Karl Großmann und Wilhelm Neumann [26] aufgezeigten Zusammenhängen in der historiographischen und handschriftlichen Überlieferung und zu den Vermutungen G. v. Ankershofens ziemlich eindeutig, daß M. G. Christalnick (1530/40-1595) gegenüber den älteren Chronisten Kärntens, vor allem auch gegenüber Jakob Unrest (?-1500), in der Ausformulierung dieser drei Maultaschsagen aus Kärnten die entscheidende Rolle, wenn nicht überhaupt die Urheberschaft zufällt. Die Fachhistorie, vor allem Wilhelm Neumann, haben diesen Sagen gegenüber seit längerem Klarstellungen angeboten. Schon der Originalwortlaut in Christalnicks "Extract" läßt nicht nur die Vorlage für Hieronymus Megiser eindeutig erkennen, sondern liefert für diese Geschichten von der Maultasch auch inhaltliche Beweise für einen terminus a quo. Das zeigt unter anderem auch der Schlußteil der Sage von Hochosterwitz durch die Anführung des Jahres 1580. Im Florianer Codex XI, 561 lautet der Schlußteil dieser sehr ausführlich erzählten und bei den Historikern längst als "Fabel" [27] entlarvten Geschichte von der vergeblichen Belagerung der Burg Hochosterwitz in buchstabengetreuer Wiedergabe des Textes folgendermaßen (fol. 153a):

> Als nun solches die fraw Maultasch gesehen, ruffte (korrigiert über: 'schreyet') sie mit heller stimme ('aus' gestrichen) sprechend:

ORATIO: Ha, das seind die halsstärrigen Laus [28] Raben, so eine gute zeit ire nahrung in die klufft zusammen getragen vnd auff den hohen felsen sich versteckt haben, die wir nun nicht so leichtlich in vnsern Leben werden fassen können; darumb wir sie in irem tiefen Netze [29] sitzen (gelassen) vnd andere gemeste vögel suchen wöllen. Darauff hat alsbald auff irem beuelhe ein ieder kriegsmann seine sturm hauben mit Erden angeschütt vnd die auff dem feldt /: gegen Osterwitz über gelegen :/ nidergeworffen, daraus dann ein grosses Berglein worden, ('ist' gestr.) die Maultasch Schütt iezt genannt.

Auff dieser Schütt hat zu diser vnser Zeit der Wolgeborne Herr Herr Georg Keuenhüller, Freyherr zu Landskron vnd Wernberg, weyland Landshaubtmann in Kerndten, deme Hochen Osterwitz /: dann also wirt es iezund genennet :/ zustendig gewesen, im Jar Christi 1580 zu ewiger gedachtnis der Maultasch Bildnis in einem schönen weißen stein /: nach der lebhafften figur, so ich auch offtmals in meinen henden gehabt :/ artlich aushauwen vnd darauff einsetzen lassen, das man nun das Creuz an der Maultaschschütt nennet, welches dann ein feines vnd schönes Monumentum Antiquitatis ist.

Also ist nun die frauw Maultasch von Osterwitz mit irem heer abzogen vnd das Kerndten zu verwüesten auffgehört, welcher abzug sich eben damals zugetragen, als Kayser Ludwig sich mit König Johannes zu Böhem /: Kerndten betreffent :/ so viel vereiniget, daß die Fraw Maultasch des Kerndtens /: Weil solches der Kayser dem Haus Osterreich nun schon verliehen hette :/ sich genzlich enthalten, das hinfurter vnbekümmert lassen, vnd allein mit Tyrol solt ver(g)niegt sein. Damit verlies sie das Kerndten vnd kam mit den iren wider in Tyrol; liesse die verwuesten heuser eine ewige gedechtnis ires Nahmens also sein, dauon man noch singt vnd sagt.

Michael Gothard Christalnick hat das alles wohl nicht erfunden oder erdichtet; die Ausformulierung freilich und der deutlich spürbare Bezug auf seine Zeitverhältnisse, er stand in Diensten der Khevenhüller auf Osterwitz, wohnte später in der Stadt St. Veit, hatte enge Beziehungen auch zu den Ungnads auf Sonnegg usw., sind sicher ihm anzurechnen. Ob Christalnick jedoch die Hauptmotive der Osterwitz-Geschichte, nämlich die List der Belagerten und die eigenartige Setzung eines Wahrzeichens durch sukzessive Erdanhäufung zur sogenannten "Maultasch-Schütt" nach einem ganz bestimmten Ritual ihrer Mannschaft, der zeitgenössischen (mündlichen?) Überlieferung nacherzählt hat oder sie überhaupt der Maultaschüberlieferung erst eingefügt hat, das muß freilich offen bleiben. In jedem Fall steht zumindest für diesen Teil der Kärntner Maultaschsagen ein wesentlicher Anteil so oder so nunmehr fest.

Eines ist jetzt also sicher: Der als Chronist bedeutende Predikant Michael Gothard Christalnick schuf in seinem als Autograph neu entdeckten "Extract vnd Summarischen Bericht", dem "Historiae Carinthiae Compendium", das er selbst im Vorwort mit dem Jahr 1592 abgeschlossen haben muß [30], die Textgrundlage zu den drei bekanntesten Maultaschsagen in Kärnten, nicht H. Megiser, der spätere Herausgeber von Christalnicks Geschichtswerk und den auch die Grimms als Hauptquelle benutzten. Auf Christalnick geht daher auch die gekürzte Fassung der Sage von Osterwitz bei Johann Weichard Valvasor in dessen "Topographia Archiducatus Carinthiae antiquae et modernae completa etc." (Nürnberg 1688) zurück. [31] Offen bleibt freilich vorerst noch, woher M. G. Christalnick die Vorwürfe zu seinen Maultaschsagen genommen hat. Wilhelm Neumann, der sich zuletzt mit Christalnick, seiner Persönlichkeit, seinem neuaufgefundenen Werk und seiner Arbeitsweise sowie seinen Quellen und Vorläufern auseinandergesetzt hat, setzt den Eigenanteil des Kärntner Chronisten aus "selbst erfarniß und besichtigunge" sowie als Empfänger mündlicher Traditionen nicht zu gering an [32] und meint: "Schwerer bis ins einzelne genau zu sondern ist dann der Anteil dessen, was Christalnick aus einer anonymen mündlichen Tradition zugewachsen sein mag. Hierher gehört vor allem der Komplex der Maultaschsagen, an dem er aber selbst am meisten (!) mitgestaltet hat." [33]

Ich bin mir dessen weniger sicher, wenngleich sich vor Christalnick nur im "Chronicon Carinthiacum" des Jakob Unrest aus dem späten 15. Jahrhundert "die Fabel von den Verwüstungszügen der Maultasche" nachweisen läßt, und zwar - wie bereits G. v. Ankershofen ausführlicher nachweist - in einer eher summierenden Art im Anhange von dessen Kärntner Chronik. Wenn schon Heinrich Hermann später meinte und dabei Erasmus Fröhlichs "Archontologia Carinthiae" zitiert: "Diese Lukubration (sc. im Anhange von Unrests Kärntner Chronik) hat ... wenig Werth und hat insbesonders die Fabel von den Verwüstungszügen der Maultasche, welche er (Unrest) jedoch in der Geschichte selbst nicht erwähnt (!), dadurch in Schwung gebracht, daß er in jenem Anhange nicht weniger als 14 Schlösser von ihr zerstört werden läßt" [34], so wird dadurch ja ähnlich wie später bei M. G. Christalnick die Existenz einer sagenhaften Tradition um Margarethe Maultasch immerhin spurenhaft angedeutet und bezeugt. Bis hierher sind im übrigen die Dinge quellenmäßig und historiographisch neuerdings von Wilhelm Neumann abgeklärt worden, der sehr entschieden schon bei Jakob Unrest auf Wiedergabe von "Volksüberlieferung" erkennt [35] und der bei M. G. Christalnick weiteres über Margarethe Maultasch als dessen "Phantasieprodukt" und "Erfindungen" nachweist [36]. Jenseits aller "Christalnickschen Dichtungen um Margarethe Maultasch" (Wilhelm Neumann) muß es also doch auch einschlägige Überlieferungen gegeben haben, die nicht nur im gemeinen Volk umliefen, sondern die eher noch dem Denken und den Vorstellungen des von diesen Darstellungen unmittelbar betroffenen Landesadels und der Stände überhaupt nahestanden. Nur hier konnte auch der Geschichtsschreiber Christalnick mit seiner Chronik für Kärnten auf ein gewisses Interesse zählen und nur hier konnte auch die Wirkungskraft seiner Darstellung auf Dauer ansetzen. Es erscheint überhaupt notwendig, hinsichtlich des gesamten Umgrundes und der tragenden Schichten vor allem bei solchen "historischen Sagen" zeitlich, sozial wie gesamtkulturell zwischen dem Zeitalter der Renaissance und des Vorbarock und der Sagenrezeption der Nachromantik genauer, als dies meist geschieht, zu differenzieren. Dort sind solche Geschichten weithin Selbstbestätigung, man könnte fast sagen, eine Art "orale

Heraldik" für die maßgebenden Schichten in Stadt und Land, vor allem für den Adel; hier dagegen mußte man erst seit Giambattista Vico und mit der Aufklärung den "kleinen Mann" des Volkes als Mitträger der Geschichte und als Überlieferungsträger entdecken und ihn so zum Rezipienten auch der sogenannten "Volkssagen" machen. Beides sollte man nicht kurzerhand miteinander verwechseln oder gar vertauschen. Wie auch in der "Volkskunst" spielte noch im späten Mittelalter die Feudalschicht anteilsmäßig sicher auch in der "oralen Tradition" eine wesentliche Rolle, und zwar eben als "Volksüberlieferung".

Erst von da ausgehend, sehe ich einige Möglichkeiten für die volkskundliche Erzählforschung, auf die anstehenden offenen Fragen einzugehen. Immerhin zeigt es sich, daß ja diese Maultaschsagen auch geläufige Erzählmotive aufweisen und bis auf gewisse rein historische Angaben über Belagerungen von "Häusern" und Burgen oder Verheerungen bekannte Sagenstoffe enthalten. Schon die bekannteste dieser Sagen aus Kärnten, die erst bei Christalnick mit großer Ausführlichkeit erzählte Geschichte von der Belagerung der Höhenburg Hochosterwitz scheint auf einer sogenannten "Wandersage" mit dem schwankhaften Topos von der Kriegslist unter Aufbietung des letzten Proviants der Belagerten zu beruhen. Solche Erzählungen von Belagerungen spielten im Hoch- und im Spätmittelalter wohl immer wieder eine gewisse Rolle. Ich bringe hier nur ein Gegenbeispiel von der Belagerung der Burg Güssing im südlichen Burgenland durch Sultan Soliman im Jahre 1532. Auch hier ließ der Burgherr in letzter Not "den letzten Stier hoch auf die Festungsmauern binden und mit Lanzen stechen, bis er zu brüllen begann. Gleichzeitig gab er den Rest des Mehles auf die Rückseite eines umgestürzten Fasses, formte es hoch auf und stelle es ebenfalls auf die Festungsmauer ... und die List führte zum Erfolg".[37] Nach Anton Mailly (Sagen aus dem Burgenlande, Wien 1931) handle es sich, wie auch J. K. Homma hinzufügt, um eine "Wandersage".

Besonders bemerkenswert ist das zweite Motiv der Sage von Hochosterwitz mit der sogenannten "Maultasch-Schütt". Es verweist uns auf einen sehr archaischen Zug von der sogenannten "sukzessiven Häufung" oder "Steinhäufung", mittels der es besonders in Verbindung mit Wallfahrten zur Errichtung bleibender Anhäufungen an bestimmten Orten kommt. In der Maultaschtradition wird sie auch aus dem Gailtal überliefert. Dort läßt die Maultasch, als ihr liebster Kriegsknecht stirbt, jeden Soldaten einen Helm voll Erde auf dessen Leichnam schütten, wodurch der sogenannte "Waidegger Büchel" entstanden sein soll. [38] In der Christalnickschen Version von der "Maultaschschütt" fehlt allerdings die Motivation für dieses eigenartige Ritual, das wir indessen in weiterer Umschau zu verschiedenen Anlässen und Zwecken wiederfinden. Als bekannter Wallfahrerbrauch begegnet die "Steinhäufung" nicht zuletzt auch in Südtirol etwa aus Riffian [39], Burgeis [40], Unterrain bei Taisten [41] und am bekanntesten wohl aus Maria Weißenstein ("Büßersteine") [42]. Marie Andree-Eysn hat den Brauch auch sonst aus den bayerisch-österreichischen Alpenländern als "Steine tragen" vermerkt. [43] Auf zahlreiche weitere Parallelen bis zu den sogenannten Obo-Haufen in Afrika kann hier nur kurz hingewiesen werden; Lászlo Vajda (Budapest) hat darüber ausführlicher gearbeitet. [44] Er bezeichnet sie als eine "manaistische Sitte", eine Art Orenda. [45] Die Maultaschsage vom "Totenhügel" wäre natürlich erst noch genauer zu untersuchen. Etwas Ähnliches berichtet Johann Gabriel Seidl um 1880 aus der Gegend von Cilli/Celje in der historischen Untersteiermark. [46]

Weniger deutlich profiliert scheint der Motivbestand der übrigen Sagen aus Kärnten um Margarethe Maultasch zu sein. Doch stammen auch sie im Gegensatz zur rein chronistischen, literarischen Überlieferung unverkennbar aus oraler Volkstradition und weisen sehr bekannte, freilich auch recht verallgemeinerte und wenig detailreiche Züge mit dämonologischen Hintergründen auf. So erscheint die Maultasch einmal als Riesin ähnlich wie in Tirol [47], als Gespenst oder Wiedergängerin [48] oder als Schatzweiserin [49]. Auch das Bademotiv scheint von Südtirol bis Kärnten gewandert zu sein. [50] Selbst legendhafte Züge und Kontaminationen mit typischen "Türkenmotiven" in Verbindung mit einem Gnadenort tauchen da auf. [51]

In alldem hat sich die letzte Vertreterin aus dem Geschlecht der Görz-Tiroler Grafen und Herzoge unter dem Namen "Maultasch" zu einer typischen Sagengestalt unserer Länder anverwandelt, die weitab von jener historischen und in gewissem Sinne tragischen Margarethe von Tirol des 14. Jahrhunderts steht, freilich lebte sie ja auch an einem entscheidenden Wendepunkt in der Geschichte von Kärnten wie von Tirol, eine Gestalt, die deutlicher als anderswo jene Mythisierung ins Klischeehafte eines populären Geschichtsbildes erfahren mußte. Gewiß gibt es darin auch Reflexe des Historischen. Aber vieles andere, ja das meiste davon ist reine "Volksdichtung" geworden, wenn man mir diesen Rücktritt aus einem allzu modischen Sozialpositivismus von heute gestattet.

Diskussion

Der Beginn der Diskussion zum Vortrag von O. Moser wendet sich vor allem dem angesprochenen Motiv der Schuttaufhäufung durch die abziehenden Belagerer (hier "Maultasch-Schütt") zu.
K. Gaál weist hierbei auf historische Parallelen bei Hunnen, Awaren und Madjaren sowie auf die Belagerung Wiens durch die Türken hin, wo bei Altenburg ein solcher Hügel durch die abziehenden Soldaten, von denen jeder einen Helm voll anschüttete, errichtet wurde.
In diesem Zusammenhang regt L. Röhrich an, daß man sich überhaupt einmal viel näher mit derartigen Belagerungssagen befassen sollte. Dabei gehe es nicht um die Historizität dieser Geschichten, sondern um die Feststellung und Analyse bestimmter philologischer Modellstrukturen, die den Erzählungen gemeinsam sind. Es ist auffallend, daß beispielsweise von 150 verschiedenen Burgen die Erzählung von der Weibertreue überliefert ist, ebenso von List der Belagerten und Großmut des Belagerers die Rede ist. Dem fügt L. Röhrich hinzu, daß ja wirklich Belagerung und Aushungerung jahrhundertelang zum Schicksal der Menschen gehörten, also für diese etwas Bewegendes waren. Und Sagen seien ja, im Sinne G. Islers, bewegende Geschichten.
In der Folge wendet sich die Diskussion dem Motiv der "männermordenden", "männernaschenden" Maultasch zu.
W. Heissig spricht hierzu die Möglichkeit an, daß zur Entstehung dieses Motivs im Volk die Kenntnis des Berichts des Hofschreibers darüber beigetragen haben könnte, daß sich die Maultasch über die nichtvollzogene Ehe beschwert habe.
L. Petzoldt weist überhaupt auf das negative Image Margarethes von Tirol hin. Sagen vermitteln ja das Weltbild der Herrschenden, das sie verinnerlicht haben. Deshalb ist anzunehmen, daß hier die Kirche, Margarethe war ja 14 Jahre wegen ihrer zweiten Heirat gebannt, über die Volksprediger dazu beigetragen hat, ihr ein so schlechtes Ansehen im Volk zu verschaffen.
Die nächste Frage von G. Grober-Glück schließt unmittelbar an das eben gesagte an und betrifft die Ursachen, die dazu führten, daß sich ein

solcher Sagenkomplex an Margarethe Maultasch anheften konnte. L. Petzoldt nennt Margarethe Maultasch diesbezüglich eine der Kristallisationsfiguren, die, wie L. Schmidt es gezeigt hat, irgendwie interessant war, vielleicht durch ihren ungewöhnlichen Namen, dessen Etymologie nicht geklärt ist und an die sich aufgrund dessen viele Wandermotive angeheftet haben.
K. Gaál verweist auch auf andere Figuren wie Maria Theresia und Katharina die Große, von denen es z.T. die motivisch gleichen Erzählungen gibt.
Entscheidend für L. Petzoldt ist jedoch die bereits gestellte Frage, wer für das schlechte Image Margarethes verantwortlich sei (Geistlichkeit, Politik etc.), da die Motive an sich völlig personen unspezifisch-seien.

Anmerkungen zu dem Beitrag von
O.Moser: Margarethe Maultasch ...

1 Petzoldt, Leander: Historische Sagen I. München 1976. S. X-XI.

2 Graber, Georg: Sagen und Märchen aus Kärnten. Graz 1935. S. XV.

3 Prütting, Hildegunde: Zur Geschichtlichen Volkssage. Erscheinungsform und psychologische Struktur der volkstümlichen Geschichtsüberlieferung untersucht an den Sagen der Pfalz. In: Bayer. Jb. f. Volkskunde. Regensburg 1953. S. 16-26.

4 Ebenda. S. 21.

5 Ebenda. S. 24.

6 Ebenda. S. 25.

7 Peuckert, Will-Erich: Sagen - Geburt und Antwort der mythischen Welt (Europäische Sagen - Einführungsband). Berlin 1965. S. 19-20.

8 Huber, Alfons: Geschichte der Vereinigung Tirols mit Österreich und der vorbereitenden Ereignisse. Innsbruck 1864; hier zitiert nach
Brzoska, Franz: Margarete, Gräfin von Tirol (Maultasch). In: Der Schlern 56. Bozen 1982. S. 11.

9 Stolz, Otto: Geschichte des Landes Tirol, 1. Band. Innsbruck 1955. S. 471 f. -
Neumann, Wilhelm: Eine vergessene Kärntner Invasion in Tirol? In: Troger, Ernest / Zwanowetz, Georg (Hrsg.): Beiträge zur geschichtlichen Landeskunde Tirols. FS für Franz Huter (Schlern-Schriften 207). Innsbruck 1959. S. 265-268. -
Brzoska, Franz: a.a.O. S. 5-12. -
Aelschker, Edmund: Geschichte Kärntens, 1. Band. Klagenfurt 1885. S. 473-497. -
Jaksch, August von: Geschichte Kärntens bis 1335, 2. Band. Klagenfurt 1929. S. 195-237. -
Braumüller, Hermann: Geschichte Kärntens. Klagenfurt 1949. S. 132-136.
Ehrfeld-Fräss, Claudia: Geschichte Kärntens, 1. Band. Klagenfurt 1984. S. 397-406.

10 Brzoska, Franz: a.a.O. S. 5-24 (mit 17 Abb.).

11 Ebenda. S. 19-24. -
Vgl. dazu noch Nußbaumer, Erich: Geistiges Kärnten. Literatur- und Geistesgeschichte des Landes. Klagenfurt 1956. S. 265-268. -
Feuchtwanger, Lion: Die häßliche Herzogin. Roman. Berlin 1923.

12 Brzoska, Franz: a.a.O. S. 19.

13 Ankershofen, Gottlieb Frhr. von: Über den historischen Anlaß zur Sage von den Verheerungszügen der Margaretha Maultasche in Kärnten. In: Schriften des Historischen Vereins für Innerösterreich 1. Graz 1848. S. 111-131.

14 Ebenda. S. 111.

15 Brüder Grimm: Deutsche Sagen, 2. Band. [3]Berlin 1891. S. 117-121. Nr. 508-510.

16 Ankershofen, G.v.: a.a.O. S. 111 f. -
Den Originalwortlaut bei Unrest zitiert Neumann, Wilhelm: a.a.O. S. 265 f.

17 Dazu sagt Neumann, W.: a.a.O. S. 266: "Die knappe Form dieser Erwähnung und die auf das nördliche Mittelkärnten um St. Veit begrenzte Lage lassen den jüngst (von Karl Großmann, dem Herausgeber von Unrests "Österreichischer Chronik" in den Monumenta Germanica Historica, XI. Weimar 1957. S. XVI) geäußerten Gedanken, erst Unrest habe die Maultaschsagen erfunden, als wenig glaubhaft erscheinen. Wären sie seine persönliche Erfindung gewesen, hätte er mehr daraus gemacht; die auffallende lokale Begrenzung, wenn sie nach seinen eigenen Worten auch nicht vollständig sein muß, läßt auf Wiedergabe einer Volksüberlieferung schließen. Diese ... beschäftigte auch die adelige Führungsschicht des Landes."

18 Megiser, Hieronymus: Annales Carinthiae. Das ist Chronika des löblichen Ertzhertzogthumbs Khärndten, II. Leipzig 1612. S. 965. -
Hier zitiert nach Ankershofen, G.v.: a.a.O. S. 112.

19 Brüder Grimm: a.a.O. S. 120 f.

20 Ankershofen, G.v.: a.a.O. S. 123.

21 Ebenda. S. 131. Anm. 55.

22 Dazu vgl. Großmann, Karl: Megiser, Christalnick und die Annales Carinthiae. In: MIÖG 57. Graz 1949. S. 359-373. -
Neumann, Wilhelm: Michael Gothard Christalnick. Kärntens Beitrag zur Geschichtsschreibung des Humanismus (Kärntner Museumsschriften XIII). Klagenfurt 1956. -
Moro, Gotbert: Die Kärntner Chronik des Paracelsus. In: Goldammer, Kurt u.a. (Hrsg.): Theophrast von Hohenheim, genannt Paracelsus. Die Kärntner Schriften. Ausgabe des Landes Kärnten. Klagenfurt 1955. S. 327-347 (mit kritischer Angabe der historiographischen Literatur Kärntens in der Frühneuzeit).

23 Zu Michael Gothard Christalnicks Stellung Geschichtsauffassung vgl.
Neumann Wilhelm 1956: a.a.O. S. 17-29, 98-117. -
Ders. 1959: a.a.O. S. 267 f.

24 Großmann, Karl: a.a.O. S. 360 f.

25 Dazu vgl. Hermann, Heinrich: Handbuch der Geschichte des Herzogthumes Kärnten II.4. Klagenfurt 1859. S. 506.

26 Siehe Anm. 22 oben.

27 Vgl. Ankershofen, G.v.: a.a.O. und Hermann, Heinrich: Handbuch der Geschichte des Herzogthumes Kärnten II.1. Klagenfurt 1859. S. 55: "So möge dann jenes Gespenst aus der Geschichte Kärnten's verschwinden, welches Unrest und nach ihm Megiser geraufbannten, um durch selbes Burgen in Menge zertrümmern und Felder mit Leichen und Blut erfüllen zu lassen, und welches eine ebenso lächerliche Sage um Mitternacht aus dem ständischen Zeughause von Klagenfurt ausziehen ließ, den Ritt zu machen als furchtbare Männin um das steinerne Ungethüm des Lindwurm's am Hauptplatze."

28 Seit Megiser und Valvasor bzw. Grimm steht hier "Klaus-Raben", bei Grimm (S. 120) sogar "Klausrappen".

29 Bei Megiser und später "Neste"; die Partizipialergänzung "gelassen" schon bei Valvasor (1688), fehlt jedoch wieder bei Grimm (S. 120).

30 Neumann 1956: a.a.O. S. 23: "Christalnick beendete den Extrakt auf Burg Sonnegg im Jauntal am 7. Dezember 1592."

31 Valvasor, Johann Weichard: Topographia Archiducatus Carinthiae antiquae et modernae completa etc. Nürnberg 1688. S. 158 ("Osterwitz").

32 Neumann 1956: a.a.O. S. 89 f.

33 Ebenda. S. 90. -
Ders. 1959. S. 266: "Durch die Auffindung der lange verschollenen Handschrift Christalnicks bzw. der noch von ihm selbst 1592 vollendeten Kurzfassung des 'Extract' ist ein Vergleich mit der in den 'Annales Carinthiae' (von Megiser) vorliegenden ersten Fassung möglich. Er ergibt bedeutende sachliche Unterschiede im Bereich der Maultascherzählung und erweist, daß Christalnick die im guten Glauben aus Unrest und der Volkstradition (!) übernommenen Motive frei weitergebildet, ja den größten Teil der von ihm erzählten Episoden selbst erfunden und nach Art eines Ritter- und Abenteuerromans geformt hat. Das stimmt mit dem Gesamtcharakter des Werkes Christalnicks überein, das in humanistischer Art weite Partien der Geschichte durch erfundene, angeblich neu entdeckte Quellen bereicherte."

34 Hermann, Heinrich: a.a.O. II.4. S. 506.

35 Neumann (1956: a.a.O.) resümiert S. 115 f.: "Die Leitlinie hatte (sc. bei Christalnick) für die Frühzeit Aventin vermittelt, oder sie stammte, wie die Erzherzogstheorie, aus der Auseinandersetzung mit einem längst ausgebildeten Gedankenkomplex. Das erdichtete Material lag wie

in den Maultaschsagen u.a. auch längst bereit, es war in diesem Fall nur mit dem Zeitgedanken adeliger Loyalität gegenüber dem Herrscherhaus zu erfüllen."

36 Neumann 1959: a.a.O. S. 268: "Christalnick hat zum Teil aus Landespatriotismus, aber auch aus seiner humanistischen Überzeugung, daß ein Geschichtswerk kein Torso bleiben dürfe, große Strecken unzureichender Überlieferung der Geschichte durch solche Erfindungen überbrückt ... Bleibt die Frage nach dem Sinn solcher Erfindung. Er läßt sich aus dem (Schau)Platz (Innsbruck) dieser (erdichteten) Episode erkennen. Sie schließt die lange Reihe der Christalnickschen Dichtungen um Margarete Maultasch ab." (Klammertext vom Verfasser ergänzt!)

37 Homma, Josef Karl: Das Güssinger Land. In: Volks und Heimat 12. Eisenstadt 1959. Nr. 14. S. 13. -
Nach Mailly, Anton / Parr, Adolf / Löger, Ernst: Sagen aus dem Burgenlande. Wien 1931. S. 137, Nr. 88. A.Mailly notiert dazu S. 159: "(Diese Sage) Gehört in den Kreis der schon im Altertume bekannten meist sagenhaften Kriegslisten, deren Lokalisierung sehr verbreitet ist. " Vgl. Leeb: Sagen Niederösterreichs 136/7 (Wiener-Neustadt); Mailly: Friaul 143.

38 Pogatschnigg, Valentin: Margaretha Maultasche in der Volksüberlieferung der Alpenländer. In: Carinthia 52. Klagenfurt 1862. S. 74. -
Rappold, J.: Sagen aus Kärnten. Augsburg/Leipzig 1887. S. 63, Nr. 43. -
Graber, Georg: Sagen aus Kärnten. Leipzig 1914. S. 399, Nr. 552.

39 Menghin, Oswald: Eine verschwundene Steinopferstätte bei Riffian (Südtirol). In: Zs.f. Österr.Vkde 17. Wien 1911. S. 46.

40 Zingerle, Ignaz V.: Sitten, Bräuche und Meinungen des Tiroler Volkes. ^{2}Innsbruck 1871. Nr. 1758 (956).

41 Fink, Hans: Verzaubertes Land. Innsbruck 1969. S. 18.

42 Klebelsberg, R.v.: Höhen um Bozen. In: Zs.d.Dt.u.Österr.Alpenvereines 1936. S. 143. -
Dazu vgl. die Abb. bei Tschurtschenthaler, Paul: Es lebt ein Volk an Rienz, Eisack und Etsch. Innsbruck 1936. S. 53, Abb. 12.

43 Eysn, Marie: Reisichthäufung in Nieder-Österreich. In: Zs.d.Verb.d. Ver.f.Vkde 8. Berlin 1898. S. 455 f. (mit Taf. III und weiterer Literatur) -
Andree-Eysn, Marie: Volkskundliches. Aus dem bayrisch-österreichischen Alpengebiet. Braunschweig 1910. S. 13 f.

44 Vajda, Lászlo: Obo-Haufen in Afrika. In: Acta Ethnographica IV. Budapest 1955. S. 277-312 (mit Bibliographie zum europäischen Material S. 295 f.).

45 Ebenda. S. 299 f.

46 Vgl. Seidl, Johann Gabriel: Sagen und Geschichten aus Steiermark. Hrsg. von Schlossar, Anton. Graz 1881. S. 74 ff. ("Die Todtenhügel"). -
Weiters die Angaben von Barb, Alfons A.: Zur "Hüttelberg"-Sage. In: Unsere Heimat 38. Wien 1967. S. 234: "... wo ein Feldherr im Kampfe gefallen war, trugen seine Soldaten an Ort und Stelle über seinem Grab mit ihren Schilden oder Helmen Erde und Steine zu einem großen Hügel zusammen." Barb hebt die Verbreitung dieser Sitte in Westeuropa, in der Tartarei wie auch in der Antike hervor. -
Vgl. weiters Schmidt, Leopold: Probleme der Volkskunde von Ostniederösterreich. In: Unsere Heimt 31. Wien 1960. S. 197 f. ("Hütelberge").

47 Für Tirol siehe Zingerle, Ignaz V.: Die Sagen von Margaretha der Maultasche. Innsbruck 1863. -
Weitere Literatur dazu notiert Dörrer, Anton: Tiroler Umgangsspiele (Schlern-Schriften 160). Innsbruck 1957. S. 117. Anm. 2. -
Pogatschnigg, Valentin: a.a.O. S. 73, faßt für Tirol nach Beda Weber, I.V. Zingerle u.a. folgende Kennzeichnung zusammen: "Sie war ein sehr großes Weib, wie eine Riesin und hatte ein überworfenes Maul. Daher heißt sie auch die Maultasch. Dabei war sie sehr grausam und kriegerisch. Ihre Unterthanen behandelte sie wie Knechte, und Feinde flohen vor ihr wie Spreu. Wo sie hinkam, zerstörte und verwüstete sie alles, sobald sie Widerstand fand. Fast von den meisten älteren verschollenen Burgvesten, die nun kaum mehr sichtbar sind, sagt das Volk, die Maultasch habe sie zerstört ..." - In Kärnten erscheint sie in einer Kontamination mit der Sage vom Riesenspielzeug als "Riesenweib" am sogen. Prosekstein im Gurktal: Pogatschnigg, V.: a.a.O.; Graber G.: Sagen aus Kärnten. Leipzig 1914. S. 400.

48 Brüder Grimm: a.a.O. S. 118, Nr. 508 (nach einer gedruckten Quelle von Frankfurt 1737!). -
Rappold, J.: Sagen aus Kärnten. Augsburg/Leipzig 1887. S. 63 f. -
Graber, G.: Sagen aus Kärnten. Leipzig 1914. S. 396, Nr. 548.

49 Ebenda. S. 400 (Die Maultasch badet an einer Quelle nahe der Wallfahrtskirche von Maria Höfl im Metnitztal; in der Nähe sollen Schätze vergraben sein).

50 Die Maultasch als Badende am Proseggerfelsen im Gurktal und bei Maria Höfl im Metznitztal: Graber, G: a.a.O. S. 400. -
Vgl. dazu den Bericht über den jährlichen Badebesuch der Gräfin von Tirol im Bad Grins (Etschtal) bei Zingerle, Ignaz V.: Sagen aus Tirol. [2]Innsbruck 1891. S. 552, Nr. 966.

51 Pogatschnigg, V.: a.a.O. S. 7.. . -
Rappold, J.: a.a.O. S. 63, Nr. 43. -
Graber, G.: a.a.O. S. 400, Nr. 552.

LUMEN NATURAE. ZUM 'WISSEN' VON NATURWESEN IN DEN SAGEN DES ALPENGEBIETES

Gotthilf Isler, Küsnacht

Wie Ihnen bekannt ist, gibt es zahlreiche Sagen von irgendwelchen Naturwesen - Wildleuten, Saligen, Fänggen, Zwergen usf. - oder auch von anderen 'jenseitigen' Wesen wie z.B. armen Seelen oder auch dem Teufel, die über ein Wissen verfügen, das in gewisser Hinsicht größer ist als das der Menschen. [1] Es geht mir heute nicht darum, eine Übersicht über solche Sagengruppen zu geben, sondern ich möchte als Psychologe mit einigen volkskundlichen Kenntnissen einigen wenigen dieser Sagen nachgehen mit der ausdrücklichen Fragestellung, was sie uns angehen, was sie uns zu sagen haben. Es besteht für mich kein Zweifel darüber, daß in den Sagen Inhalte des kollektiven Unbewußten zum Ausdruck kommen, die als solche noch nie und niemandem bewußt waren. Diese Inhalte haben für uns genau solche Gültigkeit und sind von uns genau so ernst zu nehmen, wie sie für die 'einfachen' Leute aus dem Volke gültig waren und von ihnen ernst genommen worden sind.

Schauen wir uns eine solche Erzählung näher an, die ARNOLD BÜCHLI in seiner 'Mythologischen Landeskunde von Graubünden' aufgezeichnet hat. Ein 83-Jähriger erzählte 1934 in Arosa (ich übertrage aus der Mundart):

> "Es war einer da, der hieß Bartli Jeger. Das war ein guter Jäger. Der sei einmal in die 'Haschpelgruobä' hinaus auf die Hasenjagd. Und am Abend kam der Nebel schon in alle (Fels-) Türme, und er hätte noch einen sehr weiten Weg gehabt bis 'în uf ds Gspân'. Und da habe er gedacht: er wolle gerade im Walde bleiben in dieser Nacht. Verpflegung und Milch in einer Flasche habe er bei sich gehabt. Und da habe er dürre Äste zusammengesucht und Feuer geschlagen und habe ein Feuerchen angefacht und sich auf eine lie-

gende kleine Tanne gesetzt. - Und dann so gegen Mitternacht sei auf einmal so eine große Helle gekommen (en grûsegi Lüütri), daß man Stecknadeln und Nadeln hätte auflesen können. Und da seien zwei weiß gekleidete Jungfrauen gekommen und hätten sich auf die Tanne gesetzt, eine links von ihm, die andere rechts von ihm, und seien still gesessen bis gegen Morgen. Er habe nichts gesagt zu ihnen die ganze Nacht, er hatte Angst vor ihnen, und sie hätten nichts zu ihm gesagt.

Und dann am andern Morgen, als es in Peist Tag läutete, seien die beiden Jungfrauen aufgestanden und hätten gesagt:

'Hetteschit du uns etwas gfragt,
so hetten wir dir vil gsagt!'

Und seien gegangen, und es sei wiederum dunkel geworden. Er hat dann gesagt: er sei gesessen am Feuerlein und habe nicht geschlafen, er wisse es, und er habe auch nicht wagen dürfen, mit ihnen zu reden. Bartli Jeger war ein rechter Mann, nicht etwa nur ein Schwätzer. Sein Sohn hat mir das oft erzählt." [2]

Der Erzähler war also überzeugt, von einem echten Erlebnis dieses Jägers zu berichten. Es ist auch durchaus möglich, daß dieser wirklich etwas erlebt hat, daß ihm etwas erschienen ist. Geboren war er 1796; hätte er etwa im Alter von 40 Jahren ein solches Erlebnis gehabt, lägen doch 100 Jahre bis zur Aufzeichnung durch BÜCHLI dazwischen. In einer so langen Zeit kann sich manches in eine Sage hineinschieben. Irgendwann in dieser Zeit hat auf jeden Fall die kleine Strophe in die Erzählung Eingang gefunden; wir finden dieses 'Hättest du uns etwas gefragt, so hätten wir dir viel gesagt', geringfügig variiert und auch in längerer Form in mindestens 30 vergleichbaren Sagen vor allem in Nord- und Südtirol, soweit ich sehe auch in Wälschtirol, in Kärnten, der Steiermark, der Gottschee, stärker verändert in Bayern. In der Schweiz kommt die Strophe nur noch einmal in einer wesentlich ärmeren Variante aus Chur vor; dort wird einem Hans Jeger, ebenfalls aus Arosa, das Erlebnis zugeschrieben, von der Helligkeit wird nichts erzählt. [3] Es ist auch möglich, daß keiner dieser beiden Männer wirklich etwas erlebt hat, daß sich die Sage einfach als ganze an diese Jäger 'gehängt' hat. Entscheidend ist allein, daß die späteren Erzähler überzeugt waren, eine wahre Begebenheit weiterzugeben.

Die beiden weißgekleideten Frauen, die zusammen mit der Helligkeit nachts dem einsamen Jäger erschienen, waren offenbar keine armen Seelen; im Vergleich mit den andern Sagen dieses Typus waren es Naturwesen, Wildfrauen. Für mich ist es eine großartige Erzählung, weil die Frauen nicht nur über ein offenbar besonderes Wissen zu verfügen schienen, sondern weil diese ihre bewußtseinserhellende Funktion einherging mit dem Licht, der 'Lüütri', die mit ihnen kam. Wenn wir den Sinn dieser Sage auf eine kürzeste Form bringen, so wäre ihre Botschaft etwa diese:

> Ein Mensch war in der Verfolgung eines Zieles (hier waren es Hasen) in den Nebel und die Dunkelheit geraten. (Sie können das symbolisch als eine undurchsichtige Lebenssituation verstehen, wo manch einer in den Nebel und die Finsternis gerät und nicht mehr weitersieht.) In dieser Dunkelheit ging ihm ein Licht auf, und geheimnisvolle, nichtmenschliche Wesen hätten ihm mit ihrem Wissen weiterhelfen können, wenn er nicht zu ängstlich gewesen wäre.

In psychologischer Sicht sind solche Naturwesen in den Sagen archetypische Gestalten des kollektiven Unbewußten, und dieses 'weiß' in gewisser Hinsicht mehr als das Ichbewußtsein. Es ist die dem Ich als Objekt gegenüberstehende autonome Psyche, die Seele selber, die mehr weiß.

Wir sind meist überzeugt, daß nur das Ich etwas weiß. Wer sollte denn noch etwas wissen, wenn ich mit meinem Witz am Ende bin? Und doch gehört das Nicht-mehr-weiter-Wissen des Menschen zum täglichen Brot des Psychologen. Wenn ein Leidender Hilfe sucht beim Analytiker, so kann dieser vielleicht aufgrund seiner Lebenserfahrung oder aufgrund seines Bücherwissens einige Ratschläge geben: 'Sie sollten eben ...!' oder: 'Haben Sie es noch nie auf diese oder jene Art versucht?' Manchmal gelingt es, der Rat schlägt ein, wird befolgt und allen ist geholfen.

Aber meistens liegen die Dinge viel schwieriger. Wenn der Analytiker ehrlich ist, muß er oft sagen: 'Ich weiß auch nicht, wie Ihnen geholfen werden kann. Ich weiß nicht, wie Ihr Leben weitergehen soll. Wir müssen darauf achten,was Ihr Unbewußtes von Ihnen will, was Ihre Seele von Ihnen will. Vielleicht weiß ein Traum mehr. Wir müssen warten, bis uns - durch Ihre Träume - ein Licht aufgeht.' Dann beginnt das Abenteuer, und es ist meistens ein leidensvoller Prozeß. Manch einer muß dann durch die Depression, durch die Dunkelheit hindurch, von der er sich durch den Therapeuten hat befreien lassen wollen. Aber das Unerhörte ist, daß das Unbewußte mitmacht, daß tatsächlich das Licht, die neue Lebensmöglichkeit im Unbewußten sich zeigen kann, wenn einer nur demütig genug sich tief genug bückt.

Das Unbewußte weiß tatsächlich in gewisser Hinsicht mehr als das Bewußtsein. Es ist, wie wenn eine unbewußte, instinktive Instanz den Lebensprozeß gleichsam überblicken könnte und einen Ausweg aus der Krise zeigen würde. Es ist dies keineswegs eine irgendwie mystische Angelegenheit, an die man glauben müßte, sondern es handelt sich um erfahrbare Tatsachen. Es ist der gleiche menschliche Instinkt, der dem Menschen in seiner Entwicklungsgeschichte von abermillionen Jahren schon unzählbare Male aus unlösbar scheinender Notlage weitergeholfen hat, längst bevor sich irgendeiner je bewußte Gedanken über einen solchen Übergang hat machen können, und ohne den unsere Spezies schon längst ausgestorben wäre.

Wenn wir in den Volkssagen 'wissenden' Wesen begegnen, so können wir natürlich mit der Überlegenheit des Aufgeklärten und Gebildeten über die Naivität der Ungebildeten lächeln, die noch an Geister, Feen, Zwerge und dergleichen Gelichter geglaubt haben. Wir können auch sagen, die Leute hätten wohl gerne gehabt, es gäbe solche Wesen, diese beruhten wohl auf ihren naiven Wunschvorstellungen. Ich halte im Gegenteil dafür, diese Wesen als seelische Realitäten auch in den Fabulaten ernst zu nehmen. Sie verkörpern den gleichen naturhaften Geist, das Wissen des kollektiven Unbewußten, wie es uns in den Träumen selber entgegentritt. In einem kurzen Vortrag kann ich Ihnen das nicht zeigen, es wäre dazu eine eingehende psychotherapeutische Falldarstellung nötig. Aber es gibt auch in Sagensammlungen besondere Wahrträume und Visionen, meist im Zusammenhang mit einem künftigen Unglücks- oder Todesfall, in denen dieses 'Wissen' des Unbewußten klar zum Ausdruck kommt.

1961 erzählte eine damals 80jährige Frau aus Önsingen (Solothurn):

> "Es war am 30. November anno 1895. Wir waren so junge, übermütige Mädchen, Frieda, Hulda und ich. Wir wären gerne mit andern Mädchen des Dorfes an eine 'Stubete' (Abendsitz) gegangen, zum Andreslen."

Sie kennen den Brauch: die ledigen Mädchen vollführen in der Andreas-Nacht, bevor sie zu Bett gehen, ein bestimmtes Ritual, das örtlich stark variieren kann. Sie hoffen dann, in einer Vision oder im Traum ihren Zukünftigen zu sehen.

> "Aber unsere Mutter verbot uns das rundwegs, das sei Aberglaube und bringe Unglück. Unsere Frieda, sie war damals einundzwanzig, sieben Jahre älter als ich, machte es dann heimlich trotzdem, bevor sie ins Bett ging. Am andern Morgen erzählte sie dann uns und den andern Mädchen im Dorf ihren Traum:
> 'Mir träumte nichts von einem Schatz. Ich war in der Kirche und ging zur Kommunion. Da war ich in der Kommunionbank die siebte. Neben mir wollte eben Pflugers Seppi niederknien, da drückte sich des Lingge Lorenz Frau, das Roseli, dazischen und kniete neben mich. Da war der Traum aus, und ich erwachte.'
> Im folgenden Jahr im Sommer bekam unsere Frieda die Kopfkrankheit, die Hirnhautentzündung. Innert ein paar Tagen starb sie daran, das kerngesunde Mädchen, mit 22 Jahren. Etwa vier Wochen später blähte es im Haus neben dem Pfarrhof eine Kuh. Sie holten den jungverheirateten Pfluger Seppi, der Metzger gelernt hatte, um sie zu stechen. Das Tier tat furchtbar dumm, und Seppi steckte rasch das Messer in den Hosensack, damit er beide Hände

> gebrauchen konnte. Da drückt ihn die Kuh an den Gartenhag, und das offene Messer sticht ihn in den Leib, gerade in die Milz. Man brachte Seppi sofort nach Solothurn in das Spital. Dort ist er am folgenden Morgen gestorben, am Bettag 1896. Er ist innerlich verblutet. Pflugers Seppi wäre auf dem Kirchhof neben unsere Frieda zu liegen gekommen, wenn nicht in der gleichen Nacht auf den Bettag des Lingge Lorenz Frau, eine Rosa von Arx, gestorben wäre."

Ich kürze hier. Diese starb auf tragische Art an einem Unglücksfall.

> "Jetzt war auf dem Friedhof in der ersten Reihe unsere Frieda die siebte. Neben sie kam des Lingge Roseli und dann der Pfluger Seppi, genau so, wie es unsere Frieda beim Andreslen im Traum gesehen hatte. Uns Mädchen schauderte es, und keines von uns traute sich jemals wieder zu andreslen." [4]

Wie Sie sehen, war in dieser Träumerin zum voraus ein Wissen vorhanden um einen eigentlich unwißbaren, später eintreffenden Tatbestand. Nicht sie selber wußte, daß sie sterben mußte, aber etwas in ihr, eine unbekannte Instanz, wußte um ihren und der andern Tod. Wenn Sie sagen wollen, daß Gott diese Instanz ist und diesen Traum geschickt hat, so kann und will ich Ihnen nichts entgegnen. Es ist immer wieder so, daß man bei eindrucksvollen Träumen den Eindruck hat, Gott habe sie geschickt. Wissenschaftlich sprechen wir vom Unbewußten. Ganz sicher ist es nicht ein Wissen des Ich. C.G. JUNG hat in diesem Zusammenhang vom 'absoluten Wissen' des Unbewußten gesprochen. 'Absolut' heißt hier: losgelöst vom Bewußtsein.

Dieses 'Wissen' kommt in den Sagensammlungen in sehr vielen Erzählungen vom 'Zweiten Gesicht' vor - in der Schweiz nennen wir es 'Künden'. Es handelt sich nicht immer um Träume, oft sind es Visionen, manchmal spielt auch die Materie mit: zur Zeit des Todes zerspringt z.B. ein Glas [5], oder ein Spiegel zerbricht [6], oder eine Uhr bleibt stehen, oder ein Bild fällt von der Wand usf.

Zur Erfassung solcher sinnvoller Zusammenhänge, die nicht kausal verstehbar sind, hat JUNG den Begriff der Synchronizität vorgeschlagen. [7] Er postuliert die Synchronizität als ein Prinzip akausaler Zusammenhänge. Es ist in unserem Beispiel vom Andreslen kein kausaler Zusammenhang zwischen den drei Todesfällen und dem Kommuniontraum des Mädchens möglich, ganz einfach, weil ein zeitlich späteres Ereignis nicht ein vorangehendes bewirken kann. Trotzdem gehören die beiden Ereignisse zusammen, sie sind nicht bloß zufällig. Das verbindende Glied bei den Synchronizitätsereignissen ist der Sinn, und meistens ist ein gemeinsamer Archetyp erkennbar. [8] In unserem Beispiel scheint es der Archetyp der Todeshochzeit gewesen zu sein. [9]

Wenn man selber Synchronizitäten erlebt, hat man immer das Gefühl, Gott oder das Schicksal habe das Zusammentreffen so gefügt. Synchronizitäten vermitteln den Eindruck eines sinnvollen Zusammenhanges der Welt. Man erlebt ja so viel Unsinn, und manchen beschleicht angesichts der Furchtbarkeiten unseres Jahrhunderts das Gefühl einer vielleicht gigantischen Sinnlosigkeit allen Lebens. Synchronizitäten sind die seltenen Ereignisse im Leben, in denen sich ein objektiver, an sich bestehender Sinn manifestiert. Ich glaube, solche Ereignisse sind kein Beweis für die Existenz Gottes, aber sie legen Gott nahe, machen ihn wahrscheinlich. Eigentlich hat JUNG mit der Formulierung des Synchronizitätsprinzips die Frage nach dem Sinn wieder der naturwissenschaftlichen Betrachtung zugänglich gemacht.

Selbstverständlich gibt es Synchronizitäten, die überhaupt nichts mit dem Tod zu tun haben. Meistens sind aber auch sie von starken Emotionen begleitet, das heißt, es handelt sich wie beim Tod um archetypische Situationen. In den Sagen spielen Erlebnisse um den sogenannten 'Wettergeist' eine wichtige Rolle. Der Alphirt und Senn Kaspar Engel aus St. Antönien (Graubünden) erzählte 1938 als 57-Jähriger, wie er mit einem zwölfjährigen Knaben im Oberberg der Alp Gafien 80-90 Stück Vieh gehütet hatte.

"... Einmal an einem Abend, als es ganz dunkel geworden war, faßte ich mit einem Kessel Wasser am Trog. Es regnete. Ich kochte zu Nacht, ein Mus, Grieß oder Reis. Der Bub lag im Nest. Da hörte ich etwas. 'Was ist da los? Was hört man da noch?' sagte ich. Ich ging hinaus und hörte einen rufen (hoojen), sammeln. 'Komm heraus, Hans!' sagte ich. Der Bub trat mit mir hinaus. 'Was für ein verdammter Narr treibt da das Vieh aus?' sage ich.
Unser Vieh war ein bißchen (weiter) weg von der Hütte. Es lauschte, wie der sammelte. Man hörte nichts, kaum eine Schelle, so lauschte das Vieh. 'Kümmere dich nicht um den, der da sammelt! Den kennst du doch nicht. Aber morgen gibt's dann Schnee. Rüste die Stiefel!' sagte ich. Und am Morgen um vier luftete es schon so stark, daß ich die Hüttentüre fest mit einem Sparren vermachen mußte. Und als es tagte, lag der Schnee." [10]

Der Wettergeist ist auf vielen Alpen traditionell bekannt; auch dieser Senn wußte, daß die Erscheinung Schnee ankündete. Der Geist wird meistens nur gehört, ganz selten gesehen, während beim Todankünden häufig der Sterbende gesehen wird, gelegentlich als leuchtende Erscheinung. Manchmal hört man vom Wettergeist Schritte bis zur Alphütte kommen, manchmal hört man ihn wie hier das Vieh sammeln oder treiben. Es sind echte parapsychologische Erlebnisse. In der reichen Sammlung von ALOIS SENTI, 'Sagen aus dem Sarganserland' [11], sind mehrere Erlebnisse bezeugt, in welchen ein sehr schönes, hohes Jauchzen gehört wurde. Im 'Schweizerischen Archiv für Volkskunde' 1984 habe ich die wichtigsten Zeugnisse zusammengestellt und versucht, sie als Synchronizitäten zu interpretieren: einem geisterhaften, vermutlich psychischen Erleben folgt in der physischen Außenwelt als synchronistisches Ereignis ein Wetterumsturz mit Schneefall oder schwerem Regen. [12] Um mich nicht zu wiederholen, möchte ich hier nicht weiter darauf eingehen.

Dagegen ist der Übergang von den parapsychologischen Erlebnissen zu den Fabulaten sehr interessant. Wo die Erlebnisse weitererzählt werden, verändert sich mit der Zeit ihr Charakter. Die Berichte werden langsam etwas märchenhafter. Man hört den Geist nicht nur mit den Holzschuhen daherklappern oder jauchzen oder das Vieh treiben, sondern er drückt sein Wissen um den Wetterumsturz mit Worten aus. So heißt es in einer Erzählung aus Wangs (St. Gallen):

"Der Großvater hat am Berg oben Schafe gehütet. Es muß im Herbst gewesen sein. Jetzt an einem Abend sei er auf das Nachtlager hinauf liegen (gegangen). Und kaum droben gewesen, habe es gerufen: 'Ihr solltet herunterkommen!' So gesungen wie in der Kirche. Er sei nachschauen gegangen, habe aber nichts gefunden. Kaum sei er wieder oben gewesen, habe es wieder gleich getönt. Und sehr laut. Da habe er überlegt, wer hält mich jetzt da für einen Narren? Er sei nochmals hinunter und in den andern Berg hinüber nachschauen gegangen. Sei alles in Ordnung gewesen. Da sei er halt wieder zurück. Und das dritte Mal über die Leiter hinauf, und es rufe das gleiche: 'Ihr solltet herunterkommen!' Stets im (gleichen) singenden Ton. Jetzt habe es ihm nicht mehr gefallen. Er habe gedacht: man betet. Und am Morgen habe es knietief Schnee gehabt vor der Hütte draußen. Die Schafe habe er kaum mehr herunter gebracht, soviel Schnee habe es gehabt. Da habe er dann gewußt, wer gerufen habe. Sie meinen, es sei der Mugger Senn, der warnen kommen müsse." [13]

In der Alp Surenen (Uri) waren sie im Frühling einmal gar beizeiten aufgefahren. Am ersten Abend hörten die Älpler eine Stimme rufen: "'Vill z'frieh, vill z'frieh!' Wirklich, am folgenden Tage gab es Schneewetter und wurde so kalt, daß sie von Alp fahren mußten." [14] Einem Muotataler (Schwyz) rief zur Herbstzeit am Abend eine Stimme: 'Ich rate dir, mit den Geißen abzufahren!' Beim dritten Mal nahm er den Anruf ernst und stieg mit den Tieren ins Tal hinunter. [15] Auf der Mütschenalp im Muotatal sahen die Älpler jedesmal, wenn gutes Wetter im Anzug war, eine Gestalt über die Weiden hinaufgehen und hörten sie oben jauchzen. Kam schlechtes Wetter, so hörten sie den Geist, den sie Mütschenbueb nannten, oben jauchzen und sahen ihn talwärts marschieren. [16] Es gibt viele ähnliche Sagen. Sie sehen an diesen Beispielen den Übergang vom echten parapsychologischen Erlebnis zu den fabulierten Erzählungen, in denen die wetterkündenden Gestalten langsam zu fast 'mythischen' Wesen werden. Es ist von diesem 'Mütschenbueb' nicht mehr weit bis etwa zum 'Wilden Mun', dem Wilden Mann im Navistal (Nordtirol), der jeden Frühling aus der Wildnis seiner Berge tauchte und den Bauern mit weithinschallender Stimme zurief: 'Bau'rn! s'ist Zeit zum Haud'n und Baud'n!', worauf sie dann zu pflügen und anzusäen begannen. [17] Es ist auch nicht mehr weit bis zur geheirateten wetterkundigen Saligen oder Fee oder etwa bis zur Dienstmagd in einer Variante vom Typus 'Tod des Pan' aus dem Wälschtirol. Da "wollte der Bauer mit seinen Leuten pflügen oder säen oder mähen oder die Reben aufbinden gehen, aber die Magd sagte: 'Nein, nicht heute, sondern morgen, nicht zu dieser Stunde, sondern zu einer anderen sollt ihr das thun und nicht so, sondern so müßt ihr es machen.' Der Bauer folgte ihr in allen Stücken, und es war nicht sein Schaden; denn er heimste die reichsten Ernten ein, hatte Glück in allem und wurde in wenigen Jahren ein reicher Mann." [18]

Allen diesen Gestalten ist ein Wissen eigen, über das der Mensch nicht verfügt. In allen diesen Sagen ist entscheidend, wie sich der Mensch dem Naturwesen gegenüber verhält. Wo einer mit einer solchen Wilden Frau verheiratet ist, verläßt sie ihn meistens, wenn er mehr seiner Vernunft vertraut als ihrem sicheren Wissen um die Naturzusammenhänge.

Im Wallis ist ein Sagentypus verbreitet, in dem eine Fee geheiratet wird. Bei JEGERLEHNER lautet eine Variante so:

> "Ein junger Mann, der in Nendaz wohnte, hatte unter der Bedingung eine Fee zur Frau erhalten, daß er ihr nie zurufe, 'Fee, je länger du lebst, desto dümmer wirst du!' Jahre glücklicher Ehe verstrichen,und die Kinder wuchsen heran. Eines Tages, wie der Mann abwesend war, drohte ein schreckliches Hagelwetter auszubrechen. Auf dem Felde stand im saftigen Grün die Roggensaat. Die Frau ging hin, mähte den Acker und versorgte das Futter in der Scheune, noch bevor

das Unwetter losbrach. Als der Mann heimkehrte und das abgemähte Feld sah, rief er voller Entrüstung aus:'Fee, je länger du lebst, desto dümmer wirst du!' Bei diesen Worten verschwand die Frau. Der Hagel aber zerhackte alles rings herum, und das geborgene Futter kam dem Manne nun sehr zu statten.
Wenn die Kinder allein zu Hause waren, kehrte die Mutter zurück, wusch und kämmte sie. Da fragte sie der Vater, wer denn das besorge, und als sie erwiderten, die Mutter, gebot er ihnen, sie doch zu bitten, sie möge wieder zurückkommen. Die Kinder richteten die Bitte aus, und die Mutter versprach, wieder ins Heim zu kommen, nur müsse der Vater den küssen, der anklopfe.
Nach geraumer Zeit pochte es an die Türe. Der Vater öffnete und fand auf der Schwelle eine häßliche Schlange. Er versuchte mehrmals, sie zu küssen, konnte aber den Ekel nicht überwinden. Die Schlange verschwand, und die Frau zeigte sich nie wieder." [19]

Es gibt nur ganz wenige Varianten, in denen einer die verlorene Gattin wiederfindet, nach langer Suchwanderung. In einer Variante aus dem Oberhalbstein (Graubünden) gab der Mann seiner 'Wilden Jungfrau', die seiner Meinung nach zu früh Korn und Emd geschnitten hatte, eine Maulschelle mit der (verbotenen) umgekehrten Hand. "Sie hat noch die Kinder besorgt, aber vor dem Mann ließ sie sich nie wieder blicken ... Wenige Tage nachher ist der Winter eingezogen und hat alles mit Schnee zugedeckt. (Sie hatte also mit Recht zu früh geerntet.) Und der Mann ist vor Verdruß von Sinnen gekommen." [20] Er hatte tatsächlich seine Seele verloren.

Es gibt viele Sagen, in denen der Mensch die Beziehung zum Naturgeist verliert. Auch vom Wilden Mun, der jeweils im Frühling die Bauern zum Haud'n und Baud'n aufforderte, wird erzählt, daß er einmal im Frühling einfach nicht erscheinen wollte. Schließlich verloren sie die Geduld und pflügten und säten an. "Aber wieder wurde es Winter und das Korn erstickte unter der weißen Schneelast. Nun erst erschien der Wilde Mun und als er sah, daß die Bauern auf sein Kommen nicht gewartet hatten, schrie er zornig: 'Habt's mi g'fragt! Hatt i's g'sagt!'" Dann verschwand er für immer. [17] Ähnliches wird von der Magd in Wälschtirol gesagt, dank deren guter Ratschläge der Bauer "Glück in Allem" hatte. Diese Sage gehört dem Typus vom Tod des Pan an. Als die Magd die Todesbotschaft vernahm, stand sie "auf und sagte traurig: 'Nun muß ich gehen, denn es (die Verstorbenen) sind meine Ältern!' Dem Bauer that es leid und er sagte: 'Aber sag mir doch, was soll ich dir zum Lohne geben?' Sie aber erwiderte: 'Wenig habt ihr mich gefragt und wenig hab' ich euch gelehrt; hättet ihr mich mehr gefragt, so hätt' ich euch mehr gelehrt!' Darauf sprang sie beim Fenster hinaus und ward nicht wieder gesehen." [18]

Es ist so viel leichter, klug und vernünftig zu sein, als auf den Naturgeist zu vertrauen oder ihn zu befragen, also z.B. die Träume ganz ernst zu nehmen. Darum präsentiert uns heute die geschändete Natur nicht nur innerpsychisch, sondern auch in der zerstörten Umwelt ihre Rechnung. Es ist erschütternd zu sehen, wie in einer solchen Sage vom Verschwinden des Naturwesens schon vor über hundert Jahren der Straßenbau schuld war. Im Jahre 1857 veröffentlichte ALPENBURG in seinen 'Mythen und Sagen Tirols' eine Sage vom gleichen Typus. Ein Bauer hatte im Urgenthal bei Landeck im Urwald ein ganz behaartes Mädchen gefunden und, als es größer geworden war, als Magd gebraucht. Auf die Botschaft hin: 'Saget der Stutz-Färche (Föhre), die Rohrinde sei gefället und todt!' fängt "die Dirn an zu schreien und zu heulen und zu jammern, und lauft eilig der Urgenwildniß zu,und ist nie mehr gesehen worden. Man hatte damals einige Urbäume zum Straßenbau gefällt und will den Tod der Rohrinde mit dem Baume in Verbindung bringen. Später wurde der Wald gänzlich niedergehauen, und alle Fangginnen waren verschwunden." [21]

Wir sind heute tatsächlich weltweit in einer Situation, wo alles schief geht, weil wir die Rechnung ohne die Natur gemacht haben. Es ist ein grundlegendes Lebensprinzip verletzt, wenn wir glauben, alles mit dem Kopf und dem Willen machen zu können. Ich möchte Sie hier auf eine Dissertation hinweisen: THEODOR ABT, Entwicklungsplanung ohne Seele? Bern 1978. - ABT, der von der Eidgenössischen Technischen Hochschule Zürich den Auftrag hatte, Projekte zur Entwicklungsplanung für zwei von der

Auswanderung bedrohte Berggebiete - das Lötschental (Wallis) und den Kanton Uri - auszuarbeiten, sah nach Beginn seiner Arbeit an Ort und Stelle, daß er mit seinem technisch-rationalen Rüstzeug nicht weiterkommen konnte. Er begann daraufhin, darauf zu achten, was seine Träume zu dieser unlösbaren Situation zu sagen hatten. In seinem Buch hat er die Träume, ihre Deutung und die auf dieser beruhenden Entscheidungen dokumentiert. Er führt übrigens einen Traum an, der genau zu unserem Thema paßt: im Traum (den ich hier kürze) gelangt er mit einem Freund und drei Lötschentalern tief hinunter wie in die Erde hinein an einen Ort, der ein ehrfurchterregendes Heiligtum zu sein scheint. Es hat dort ein gefährliches Loch in die Tiefe, bei dem sie aufpassen müssen, nicht hinunterzufallen. Sie wundern sich "über den großen, dunklen, runden Stein hinter dem Loch, dem eigentlichen Gottesbild des Heiligtums. Wir fragen uns eben, was das zu bedeuten hat, als der große Stein beginnt, sich bemerkbar zu machen: Er lebt! Und er beginnt zu sprechen! Er sagt, er würde uns auf alle Fragen die Antwort sagen". - THEODOR ABT hat dann für seine Arbeit tatsächlich das Unbewußte befragt mittels der von JUNG entwickelten Methode der Aktiven Imagination. Darauf kann ich hier nicht weiter eingehen. [22]

Das Unbewußte, die Seele möchte befragt und berücksichtigt werden! Manchmal führt die 'Hättest gefragt!'-Strophe weiter. In einer Sage aus der Sammlung von HERMANN HOLZMANN aus dem Wipptal (Nordtirol) heißt es:

> "Auch im Sandestal hat sich eine seltsame Frauengestalt herumgetrieben, die einsamen Hirten erschien und sie traurig angeschaut hat."

Das Naturwesen wollte und sollte offenbar erlöst oder mindestens anerkannt werden, die Frau suchte die Beziehung zum Mann.

> "Die Hirten jedoch fürchteten sich und gingen davon, ohne sie zu grüßen. Da hat sie ihnen nachgeschrien:
>
> 'Hätt ihr viel gefragt,
> Hätt ich viel g'sagt!
> Und ich hätt euch gelernt,
> aus Jute Gold zu spinnen!'" [23]

Die Frau würde also die Hirten gelehrt haben, aus dem fast wertlosen Käsewasser Gold herzustellen. Diese Vorstellung klingt beinahe alchemistisch, da nämlich auch im alchemistischen opus die Ausgangssubstanz, die materia prima, als unansehnlich, billig, chaotisch (sie sprachen von der massa confusa), als wertlos usf. galt. Diese Bezeichnungen für die materia prima drücken einerseits einen chaotischen Geisteszustand zu Anfang des Werkes aus, weisen aber mehr noch darauf hin, daß das große Werk aus Dingen hervorgeht, die als wertlos und verworfen galten. So hieß es, der Stein der Weisen werde "in sterquilinio invenitur", auf dem Misthaufen gefunden, also der höchste Wert liegt dort, wo ihn niemand vermutet. Das hängt damit zusammen, daß die Erneuerung, die neue Lebensmöglichkeit einer Kultur oder eines einzelnen immer dort beginnt und dorther kommt, wo niemand sie vermutet. Die Erneuerungsmöglichkeit liegt nicht vor aller Augen an der Sonne, sondern sie ist verborgen im Schatten, im Unbewußten, am verachteten Ort. Christus, damals das neue Licht der Welt, wurde im armseligen, schmutzigen Stall geboren, zwischen Tieren. [24]

Auch in unserer Sage spielt der Mist eine Rolle. Ein Wilder in einer Sage vom Tod des Pan schied mit den Worten: "'Hätt'st mich viel gefragt, hätt ich viel gesagt. Und wann's wissen tat, zu was der Mist gut ist ...' Das ist das letzte Wort gewesen". [25] Ein Zwerglein hätte u.a. gewußt, wie aus dem Misthaufen Gold kommt. [26] Im Wipptal hätte der Wilde Mun den Bauern, wenn sie gefragt hätten, zeigen wollen, wie man aus Kuhdreck Butter mache oder aus Käsewasser Wachs. [17] Wachs kommt in mehreren Varianten vor, am häufigsten aber sind die Sagen, in denen aus dem Käsewasser Gold gewonnen werden könnte, wobei in vielen Erzählungen die Fragestrophe fehlt.

Es ist klar, daß es sich bei diesem Gold, wie überhaupt beim Gold in den Sagen, nicht um das gewöhnliche Edelmetall handelt. Das Gold der Alchemisten war auch nicht gewöhnliches Gold, es war das 'aurum non vulgi', nicht das Gold des Volkes, sondern das 'aurum philosophorum', von dem sie sich alles Höchste erhofften: ewige Gesundheit, ewiges Leben, ewigen Frieden. Das Gold der Sage ist auch nicht einfach Gold, seine Substanz hängt von der Moral und geistigen Haltung des Menschen ab, der sich ihm nähert oder in seinen Besitz gelangt. Einer hebt mit Mühe eine Schatztruhe. Er darf dabei kein Wort reden. Kaum öffnet er den Deckel, entfährt ihm ein 'Au wieviel!' - und schon verschwindet die ganze Herrlichkeit, poltert in die Tiefe. Ein anderer sollte den Schatz teilen, will aber alles für sich behalten und den Fund verheimlichen. Das Gold 'riecht' gleichsam die böse Absicht und ist weg. Oder die Bäuerin, die bei der Zwergengeburt geholfen hat, ärgert sich über die Schürze voll Kohle oder Laub, die sie als Lohn bekommt und wirft alles weg. Erst am nächsten Tag, wenn das letzte übriggebliebene Laubblatt in ihrer Schürze reines Gold ist, wird sie gewahr, was sie verscherzt hat. Unser Bewußtsein ist meistens zu verblendet, um in den kleinen Winken und Hinweisen des Unbewußten den hohen Wert erkennen zu können. "Träume sind Schäume!" ist solcher Weisheit letzter Schluß, oder man 'erklärt' mit Tagesresten: "Ich habe das ja nur geträumt, weil gestern das und das geschehen ist ..." usf. Auf die gleiche Weise erledigt man die Sagen: man leitet Motive geographisch und historisch von irgendwo her - was an sich sehr interessant sein kann - aber man meint dann, damit die Sage genügend erklärt zu haben. Es kommt einem dann nicht in den Sinn, final zu fragen: Wozu werden denn diese Geschichten erzählt? Welch lebendigstes seelisches Wesen will hier Gehör finden?

Gold hat viele Aspekte; einer der wichtigsten neben dem des hohen Wertes ist wieder der des Lichtes, der Erleuchtung. Sonne und Gold entsprechen sich; astrologisch ist das Zeichen für Sonne ein Kreis mit einem Punkt in der Mitte: ☉ Das war auch das chemische Zeichen für aurum, Gold. Ein gelehrter Alchemist, MICHAEL MAIER (um 1600), hat im Gold das Bild Gottes gesehen, den 'Gott in der Erde', den deus terrenus. Er hat geschrieben: "Durch millionenfache Rotation um die Erde hat die Sonne in der Erde das Gold gesponnen. Die Sonne hat allmählich ihr Bild der Erde eingedrückt. Das ist das Gold. Die Sonne ist das Bild Gottes, das Herz ist das Abbild der Sonne im Menschen, wie das Gold in der Erde, auch als deus terrenus bezeichnet, und

Gott wird im Golde erkannt".[27] Das Gold, das die seltsame Frauengestalt im Sandestal die Hirten aus der Schotte spinnen lehren könnte, hat also eigentlich mit dem Gottesbild im Menschen zu tun und entspricht psychologisch wieder der Erleuchtung aus dem Unbewußten, die auf dessen 'absolutem Wissen' beruht.

Dieses 'Erleuchtende' aus dem Unbewußten entspricht dem lumen naturae, dem 'Liecht der Natur' des PARACELSUS. Die Frage nach der Erkenntnis der Natur aus ihr selber, aus einem ihr innewohnenden Geist, bewegte seit dem Mittelalter die philosophischen Alchemisten wie auch gelehrte Theologen. Wie MARIE-LOUISE VON FRANZ schreibt, erfaßte PARACELSUS mehr als seine Vorgänger und Nachfolger, daß dieses 'Licht der Natur' nicht im Körper des Menschen verborgen ist, sondern in seinem 'inwendigen Leib'. Es ist angezündet vom Hl.Geist.[28] Der Mensch findet es in seinem inneren Gestirn, es ist der Traumgeist und spricht aus seinen Träumen zu ihm.[29] Nach JUNGs Ausführungen ist es "das große Verdienst des PARACELSUS, das 'Licht der Natur' in prinzipieller Weise und in viel höherem Maße betont zu haben als sein Vorgänger AGRIPPA. Das lumen naturae ist der natürliche Geist, dessen seltsames und bedeutendes Wirken wir in den Äußerungen des Unbewußten beobachten können, seitdem die psychologische Forschung zur Einsicht gekommen ist, daß das Unbewußte nicht bloß ein 'unterbewußtes' Anhängsel oder gar eine bloße Abfallgrube des Bewußtseins, sondern vielmehr ein weitgehend autonomes psychisches System ist, das die Irrgänge und Einseitigkeiten des Bewußtseins zum einen Teil funktionell kompensiert, zum anderen Teil, und gegebenenfalls gewalttätig korrigiert."[30] So, wie ich die Sagen verstehe, kompensieren sie die bei den Erzählern geltende (christliche) Weltanschauung. Das 'Licht der Natur' steht in einem gewissen Gegensatz zur Offenbarung aus der Hl.Schrift. Es handelt sich um eine Offenbarung aus dem 'Buch der Natur', um eine Offenbarung aus der unteren Natur, die auch die Tierseele des Menschen und die Materie, den Körper,umfaßt. Die Offenbarung von unten konfrontiert uns denn auch mit dem Problem des Bösen, mit der dunklen Seite Gottes. Es geht in den Sagen, soweit ich sehe, nie um eine

Ersetzung des christlichen Gottesbildes, sondern um eine Wandlung im Sinne einer Erweiterung.

In der Walliser Sage von der verschwundenen Fee [19] wird deutlich, was einer tun müßte, der wahrhaft seine Seele gewinnen wollte: er müßte die Schlange küssen! Das ist eine schwierige Aufgabe, die in vielen Sagen gefordert ist, in denen es um die Erlösung des Archetyps des Weiblichen geht, die aber kaum je einer lösen kann. Die Deutung der Schlangenkuß-Sagen ist ein Thema für sich, für das hier keine Zeit ist. [31] Das Küssen der Schlange bedeutet das Annehmen der Instinktnatur in ihrem erschreckenden Aspekt. Das 'Wissen' der Natur umfaßt eben auch die dunkle Seite Gottes und des Schicksals. In einer Sage aus der alten Untersteiermark, die heute zu Jugoslawien gehört, tötete eine geheiratete Vila ihre zwei Kinder gleich bei der Geburt. Ihr Mann ließ sie gewähren, weil sie ihn nur geheiratet hatte, wenn er ihr nie einen Wunsch abschlage und sie immer gewähren lasse. Später schnitt sie die Gerste, als die Halme noch grün und ohne Frucht waren. Zur Rede gestellt, sagte sie: "Hast du nicht versprochen, mir nichts abzuschlagen und mich immer gewähren zu lassen? Doch sollst du wissen, warum ich das alles getan habe: Das Mädchen wäre eine feile Dirne geworden und der Bub ein Dieb, und über die Gerste wäre noch vor dem Sommer ein Hagel gekommen, daß nicht einmal die Halme als Futter übriggeblieben wären!" Damit verschwand die Vila und mit ihr auch alle anderen Vilen im Gebirge.[32]

Diese Sage erinnert an das Kidhr-Motiv in der 18. Sure des Korans. Kidhr (oder El Chadir), d.h. der Grünende, ist im islamischen Volksglauben der erste Engel an Allahs Thron. Er gilt als eine Gottheit, welche unerkannt die Menschen auf der Erde besucht. In dieser 18. Sure traf Moses auf Kidhr und wollte ihm folgen, um von ihm einen Teil seiner Weisheit zu lernen. Kidhr aber erwiderte: "Du wirst bei mir nicht geduldig ausharren können; denn wie solltest du bei Dingen, die du nicht begreifen kannst, geduldig ausharren?" Moses antwortete: "Du wirst mich, wenn Allah will, geduldig finden, und ich werde dir in keiner Hinsicht ungehorsam sein." Darauf sagte jener: "Nun, wenn du mir folgen willst, so darfst du mich über nichts fragen, bis ich dir von selbst die Deutung geben werde." Sie gingen miteinander, Kidhr schlug in ein Schiff ein Loch, daß es am Ufer auf Grund sank, erschlug später einen Jüngling und richtete zuletzt eine Mauer auf, die einzustürzen drohte. Wie erwartet, begehrte Moses nach jeder der unverständlichen Handlungen auf, und Kidhr verließ ihn. Vorher aber gab er Moses noch die Deutung der Dinge, die dieser nicht mit Geduld erwarten konnte: Das Schiff wäre von Seeräubern geraubt worden, wenn Kidhr es nicht vorher versenkt hätte; der Jüngling war der ungläubige Sohn gläubiger Eltern, und er hätte diese mit seinem Unglauben anstecken können; die Mauer gehörte zwei Jünglingen, Waisen, und barg einen Schatz, den sie erst heben sollten, wenn sie volljährig geworden seien. Kidhr schloß: "Ich habe also nicht nach Willkür gehandelt. Siehe, dies ist die Erklärung dessen, was du nicht in Geduld zu ertragen vermochtest." [33]

Im Grunde genommen steht auch hinter dem Wissen der 'Naturwesen' in unseren Sagen eigentlich Gott selber. Es ist nicht Gott im christlichen Sinn, es ist der deus absconditus, der verborgene Gott, nämlich die Seite des Göttlichen, welche im Christentum keine Aufnahme gefunden hat. Die Vila in unserer Sage ist ein Aspekt Gottes.

Ich muß zum Schluß kommen. "In Navis soll der Wilde Mun bei seinem Verschwinden gesprochen haben:

> 'Hättet ihr mich viel g'fragt,
> Hätt ich viel g'sagt!
> Ich hätt euch gelernt,
> aus der Jutte Wachs machen,
> und ich hätte euch gesagt,
> wofür das Kreuz in der Nüsse gut ist.'"

HERMANN HOLZMANN fügt an, die Bedeutung des letzten Ausspruches sei auch den Bauern nicht verständlich, aber es scheine sich um die Enthüllung eines Geheimnisses gehandelt zu haben. [34] Varianten um das geheimnisvolle 'Kreuz in der Nuß' sind mir vor allem aus Kärnten, der Steiermark und der Gottschee bekannt. [35] In Karchau (Steiermark) wurde erzählt, daß ein Wanderer bei einem Bauern in einer Kammer übernachten wollte, von welcher er wußte, daß in ihr die Bergmännlein jede Nacht zukehrten. "Wie er nun dort im Bette lag, hörte er die Bergmandeln kichern und lachen, aber gesehen hat er keines. Da ist er aufgestanden und hat ihnen eine Kreide auf den Tisch gelegt, daß sie aufschreiben sollten, was sie wollten. In der Früh stand nun auf dem Tisch folgendes Zeichen: ⊕ Das ist aber ein Kreuz in der Nuß, das bisher kein Mensch richtig zu deuten imstande war." [36]

Wo man nichts weiß, da fängt man an zu vermuten, zu phantasieren. Solche Phantasien finden sich mehrere in diesem Sagentypus. Sie kennen die Erzählungen, in welchen der Wilde Mann gefangen wird, manchmal mit einer List, etwa indem man ihn betrunken macht und gegen einen Rat freiläßt. Er sagt dann manchmal eine Selbstverständlichkeit oder einen Unsinn und freut sich, daß die Menschen doch die Betrogenen sind. In einer Sage aus Heiligengeist bei Villach (Kärnten) fragte das gefangene Bergmandl seinen Peiniger, "ob er das 'ewige Eisenarz' begehre, das ist ein Bergwerk, das nie versiegt; oder ob er wissen wolle, was das Kreuz in der Nuß bedeute. Natürlich wünschte der Mann jenes, worauf der Berggeist überaus froh ward und hell aufjauchzend entsprang. Wahrscheinlich hat das Kreuz in der Nuß eine so hohe Bedeutung, daß ihm nichts anderes gleichkommt." [37] Im Rosental (Kärnten) gab ein betrunken gemachter Waldmann "auf alle Fragen Antwort, sagte aber beim Scheiden: 'Alles habt ihr mich gefragt, was nicht notwendig war, das aber nicht, was notwendig ist, nämlich, warum das Kreuz in der Nuß ist'". [38]

Das Eine, was Not tut, das 'unum necessarium' - Sie erinnern sich an die Geschichte von der geschäftigen Martha und ihrer Schwester Maria (Lukas 10,38-42). Dort ist das einzig Notwendige das Ausgerichtetsein auf Christus und das Heilsgeschehen. Aber das wüßte der Geistliche besser, dazu brauchte es nicht das Wissen des Wilden Mannes. Wenn man den

Wilden nochmals fragen könnte! Der wüßte etwas Allerwichtigstes, etwas, was notwendiger wäre als aller Reichtum und Wohlstand und alle Erzgruben der Welt, notwendiger, als eine lange Wurst, ein großer Laib Brot und ein Beutel voll Geld, wie einer sie vom Bergmandl wünschte. [39] Sehen Sie, so wirken solche Sagen auf die Erzähler und Hörer. Sie appellieren an das Ahnungsvermögen auch der 'einfachen' Leute. An diesem 'Kreuz in der Nuß' rätseln viele Sagen herum. Ich möchte hier nichts deuten, keine Antwort zu geben versuchen. Für mich ist in solchen Sagen die Frage nach dem Höchsten enthalten, nach dem Lebenssinn, nach dem Salz des Lebens. Sie verweisen auf ein Geheimnis der lebendigen Natur. Ich hoffe, Sie mit diesen Ausführungen dazu angeregt zu haben, nie des Fragens müde zu werden.

Diskussion

B. Erhard weist eingangs auf eine völlig andere Interpretationsmöglichkeit der von G. Isler vorgetragenen Sagen hin. Der Referent hatte diese als Begegnungen mit Naturwesen, als Visionen oder Wahrträume gedeutet. Erhard hingegen bezeichnet die Textbeispiele Islers als retrospektive Erzählungen, die man auch lediglich als Versuch, sinnlosen Ereignisabfolgen und Erlebnissen einen biographischen und darüber hinausgehenden Sinn zu verleihen, interpretieren könnte.
Das Motiv der Frage an die übernatürlichen Wesen, die mehr wissen als der Mensch, stellt L. Röhrich in einen größeren Zusammenhang, indem er auf Parallelen im Parzival-Stoff hinweist. Reale Hintergründe in der Kommunikationsarmut etwa bei Bergbauern oder Alpleuten sieht er in den Sagen von der Martenehe, in denen immer ein Schweige- oder ähnliches Gebot vorkommt.
Zu der von G. Isler erwähnten Sage von der 'Vila', die ihre Kinder gleich nach der Geburt erschlägt, und dem ebenfalls von Isler genannten Vergleich im Koran (= Kidhr-Motiv in der 18. Sure) steuert Röhrich eine weitere Parallele bei: die Kinderlegende Nr. 8 im Anhang der Kinder- und Hausmärchen der Brüder Grimm "Das alte Mütterchen". Alle diese Erzählungen gehören in eine religiöse Exempeltradition. Röhrich spricht hier von irrealen oder abgebrochenen Lebensläufen, die "dank Gottes weiser Vorsehung gar nicht zu Ende geführt" werden. U. Kindl berichtet diesbezüglich von umgekehrten Fällen, in denen Hexen Kinder töten, die Pfarrer oder Nonnen geworden wären. Uther verweist auch auf Parallelen im Schwank, etwa KHM 34 "Die kluge Else", die mit dem hadert, was einmal kommen könnte.
In mehreren Wortmeldungen wird weiters die Frage diskutiert, ob es sich bei den von Isler besprochenen Sagen um die Widerspiegelung parapsychologischer Phänomene handle oder nicht. S. de Rachewiltz berichtet zunächst aus eigenen Forschungsergebnissen über Vorankündigungen in Südtirol. Bei dem von ihm gesammelten Material spielen Suggestion und Autosuggestion eine wichtige Rolle. Es sei eine ganz bestimmte Gruppe von Menschen mit einer Veranlagung zu Suggestion und Auto-

suggestion, die von solchen Erlebnissen berichte. Diese Erlebnisse gehen dann in Sagen, also in vorgeformte Bilder über. Die Überlegungen von S. de Rachewiltz führen zu der These, daß die Sage in solchen Fällen auf die Wahrnehmung rückwirken bzw. sogar das Erlebnis selbst kreieren könne.

Dem hält G. Grober-Glück entgegen, daß sehr viele Berichte im ADV-Material zum "Zweiten Gesicht" vorhanden sind, die durchaus nicht als Sagen zu bezeichnen seien. Solche Berichte erwecken den Eindruck von unmittelbar niedergeschriebenen Erlebnissen. G. Grober-Glück nennt dafür auch den Begriff Memorat und verweist auf die Sammlung von A. Jaffé (Geistererscheinungen und Vorzeichen, Freiburg 1978), die aufgrund einer Zeitungsumfrage zustande kam.

Um parapsychologische Erlebnisse geht es auch in einer Wortmeldung von D. Ward. Er berichtet von einer Reihe von Fällen, bei denen er Erzählungen parapsychologischer Art auf AaTh-Nummern zurückführen konnte, wobei aber den Informanten die entsprechenden Erzähl-Typen mit Sicherheit nicht bekannt waren.

Die Frage, ob es sich bei einzelnen Sagen um Berichte parapsychologischer Erlebnisse handle oder nicht, gehe - so L. Petzoldt - über die Volkskunde hinaus. Ein Beweis lasse sich in jedem Fall wohl kaum antreten. Und wenn, was würde dadurch erklärt? Es werden daraus ja keine Konsequenzen gezogen. Für eine mehr philologisch orientierte Betrachtung der Sage seien hier keine Klärungen zu erwarten.

G. Isler sieht dagegen in allen diesen Erzählungen das Bemühen, eine psychische Wahrheit zu formulieren. Er verweist diesbezüglich auch auf die Alchimisten.

Die Diskussion dreht sich im folgenden um die Sagen von der verhinderten Schatzhebung. L. Petzoldt sieht hier einen Zusammenhang zu den obigen Deutungen Islers und warnt noch einmal vor der Gefahr, in solche Erzählungen zu viel hineinzuinterpretieren. G. Isler entgegnet darauf, daß er bei seiner Arbeit mit Traumanalysen eben immer wieder auf genau die gleichen Motive, wie sie in Sagen vorkommen, gestoßen sei.

Anmerkungen zu dem Beitrag von

G.Isler: Lumen Naturae . . .

1 Vgl. Haiding, Karl: Sagen von den Wildleuten. In: Österreichischer Volkskundeatlas. Kommentar 6. Liefg., 2. Teil. Wien 1979. S. 38-44.

2 Büchli, Arnold: Mythologische Landeskunde von Graubünden, Bd. 1. Aarau 1958. S. 335 (dort Mundart).

3 Ebenda. S. 336.

4 Ich verdanke diesen Bericht der freundlichen (schriftlichen) Mitteilung der Solothurner Sagensammlerin Elisabeth Pfluger; erzählt von Frau Hedwig Aeberhart-Bobst, Härkingen (Mundart); vgl. Büchli: a.a.O. S. 137. - Zum 'Andreslen' siehe Sartori: HDA I. S. 398-401.

5 Büchli: a.a.O. S. 312

6 Ebenda. S. 318 f.

7 Jung, Carl Gustav: Synchronizität als ein Prinzip akausaler Zusammenhänge. Gesammelte Werke Bd. 8. Zürich und Stuttgart 1967. Abhandlung XVIII.

8 Zum psychologischen Begriff des Archetypus siehe meinen Artikel in: Enzyklopädie des Märchens. Hrsg. von Kurt Ranke. Bd. 1. Berlin-New York 1977. Sp. 743-748.

9 Wie in den meisten Träumen vom eigenen Tod wurde dieser nicht konkret-realistisch geträumt, sondern als sinnvoller Übergang; vgl. Franz, Marie-Louise von: Traum und Tod. Was uns die Träume Sterbender sagen. München 1984. - Zum Motiv der Himmlischen Hochzeit vgl. Grimm: KHM Nr. 209; Isler, Gotthilf: Die Sennenpuppe. Eine Untersuchung über die religiöse Funktion einiger Alpensagen. Basel 1971. S. 168-170.

10 Büchli: a.a.O. S. 240 (Mundart).

11 Basel 1974.

12 Isler, Gotthilf: Synchronizitäten in Erlebnissagen. Zum Problem des 'Wettergeistes'. SAVk 80. Basel 1984. S. 2-26.

13 Senti, Alois: Sagen aus dem Sarganserland. Basel 1974. S. 91 f, Nr. 89.

14 Müller, Josef: Sagen aus Uri, Bd. 2. Basel 1929. Nr. 674.

15 Steinegger, Hans: Schwyzer Sagen, Bd. 2. Schwyz 1981. S. 98.

16 Ebenda. S. 88.

17 Holzmann, Hermann: Wipptaler Heimatsagen. Wien 1948. S. 52 f.

18 Schneller, Christian: Märchen und Sagen aus Wälschtirol. Innsbruck 1867 (Nachdruck Hildesheim-New York 1976). S. 212, Nr. 7.

19 Jegerlehner, Johannes: Sagen aus dem Unterwallis. Basel 1909. S. 182 f, Nr. 24. Zinal.

20 Büchli, Arnold: Mythologische Landeskunde von Graubünden, Bd. 2. Aarau 1966. S. 389.

21 Alpenburg, Johann N. Ritter von: Mythen und Sagen Tirols. Zürich 1857 (Nachdruck Wiesbaden 1971). S. 68, Nr. 6.

22 Der Traum findet sich S. 58. -
Vgl. Abt, Theodor: Fortschritt ohne Seelenverlust. Versuch einer ganzheitlichen Schau gesellschaftlicher Probleme am Beispiel des Wandels im ländlichen Raum. Bern 1983.

23 Holzmann: a.a.O. S. 126. -
Jute, Jutte = Schotte = Käsewasser.

24 Vgl. das 'Kleinod' der Pandora in Spitteler, Carl: Prometheus und Epimetheus. Ein Gleichnis. Zürich 1945. -
Vgl. dazu Jung, Carl Gustav: Psychologische Typen. GW Bd. 6. Olten und Freiburg i.Br. 1971. Kap. V: Das Typenproblem in der Dichtkunst. Carl Spittelers Prometheus und Epimetheus.

25 ZA (= Zentralarchiv der Volkserzählung am Institut für mitteleuropäische Volksforschung, Marburg) 170 226. Kurtatsch (Südtirol). 9.5. 1941. - Ich verdanke die Kenntnis der in dieser Arbeit verwendeten Varianten aus dem ZA der freundlichen Mitteilung von Herrn Xaver Wassmann, Affeltrangen.

26 ZA 203 557. Fichtelberg (Oberpfalz, Bayern), um 1860.

27 Zitiert in Jung, Carl Gustav: Psychologie und Alchemie. GW Bd. 12. Olten und Freiburg i.Br. 1972. § 445.

28 Franz, Marie-Louise von: C.G. Jung. Sein Mythos in unserer Zeit. Frauenfeld und Stuttgart 1972. S. 42 f., mit Hinweis auf
Jung, Carl Gustav: Theoretische Überlegungen zum Wesen des Psychischen. GW Bd. 8. Zürich und Stuttgart 1967. Kap. F. §§ 390 f.

29 Jung, Carl Gustav: Paracelsus als geistige Erscheinung. GW Bd. 13. Olten und Freiburg i.Br. 1978. Abhandlung III. § 148.

30 Ebenda. § 229.

31 Isler, Gotthilf: Der Schlangenkuß. Zur Erlösung des Weiblichen in den Volkssagen des Alpengebietes. Vortrag an der Frühjahrstagung der Deutschen Gesellschaft für Analytische Psychologie in Bremen. 2.3.1985 (unveröffentlichtes Manuskript).

32 Schlosser, Paul: Bachern-Sagen. Volksüberlieferungen aus der alten Untersteiermark. Wien 1956. Nr. 27. -
Vgl. Graber, Georg: Sagen aus Kärnten. Leipzig 1914. Nr. 65. -
Ders.: Sagen und Märchen aus Kärnten. Graz 1935. S. 238 f. -
Grimm: KHM Nr. 208.

33 Vgl. die Deutung der 18. Sure bei Jung, Carl Gustav: Über Wiedergeburt. GW Bd. 9/I. Olten und Freiburg i.Br. 1976. Abhandlung V. Kap. 3.

34 Holzmann: a.a.O. S. 53.

35 ZA 185 065, 185 912, 186 900, 187 093, 187 101, 188 631 (Steiermark); 190 203 (Gottschee); vgl. Haiding: a.a.O. S. 43.

36 ZA 186 655, erzählt von Magdalena Sturp. 1912. Sammler: P. Romuald Pramberger.

37 Graber 1914: a.a.O. Nr. 24.

38 Ebenda. Nr. 94.

39 ZA 186 901, Ungersdorf (Steiermark). 1940.

SCHAMANISTISCHE RELIKTE IN DER HEXENGESTALT DER ALPENLÄNDISCHEN SAGE

Walther Heissig, Bonn

Es seien hier nur einige Anmerkungen zur alpenländischen Hexengestalt und insbesondere zu dem in der bisherigen Literatur nur als Einflüsse aus lappischen und finnischen schamanischen Volksüberlieferungen behandelten Vorstellungskomplex [1] wie Stabritt, Zukunftserforschung u.a. aus dem nun vorliegenden reichen zentralasiatischen Material gemacht.

Greift man den in letzter Zeit von verschiedenen Forschern postulierten Gedanken auf, daß der 1487 gedruckte Hexenhammer [2] einen Terminus ante quem für das Überlieferungsgut setzt und die bis zu dieser Zeit bekannten Hexensagen und Vorstellungen kompiliert [3], sowie daß die der Hexerei Verdächtigten im Inquisitionsprozeß in der mündlichen Überlieferung schon lange bekannte Hexen-Folklore in ihren Aussagen wiedergaben [4], so gewinnt die Frage an Bedeutung, woher über die bisher nachweisbaren Parallelen zu antiken und orientalischen Vorstellungen hinaus zentralasiatische Übereinstimmungen kommen.

In den alpenländischen Überlieferungen kommen neben dem 'Teufel' in seiner ihm immanenten Funktion als Vertreter alles Bösen vor allem 'zwei'weibliche Gestalten vor, denen im europäischen Vorstellungskomplex als Hexenzüge bezeichnete Eigenschaften zugeschrieben werden. Es sind dies die Truden und die Hexen selbst.

Wir klammern die Teufelsgestalt, die die Theologie seit fast zweitausend Jahren beschäftigt, aus und wenden uns den vielfältigen zentralasiatischen Parallelen dieser beiden weiblichen Erscheinungen zu.

Die Truden sind in der alpenländischen Überlieferung oft 'weibliche' Wesen ohne den Genuß kirchlicher Segnungen. [5] Ihnen werden vorzüglich Albdrücken, Schlafstörungen, Blauwerden schreiender Kinder, Unruhe von Vieh und vampirisches Blutaussaugen zugeschrieben, alles Dinge, die unter den Begriff des Schadenzaubers fallen. Der Hexe der alpenländischen Überlieferung haften viele Züge an, die bereits im "Hexenhammer" als zur Hexe gehörig postuliert sind: Krankheiten anhexen, Milch der Kühe verderben, Flugerlebnis auf dem Besen oder Stock, Haselgerten-Schadenzauber, Unwettermachen, Teilnahme an orgiastischen Tänzen an verschiedenen Hexentanzplätzen, Tierverwandlungen. [6]

Im Gegensatz zu der in den Hexenprozessen anzutreffenden Überbetonung der schädlichen Einwirkung der Hexen auf die sexuellen Beziehungen von Mann und Frau und die den Hexen zugeschriebene Fähigkeit, den Mann impotent und die Frau unfruchtbar zu machen, finden sich in den alpenländischen Sagen und Märchen nur wenige Hinweise auf diese Hexenkunst. Ich konnte nur bei Zingerle [7] 'einen' Hinweis finden, daß eine Hexe einen Mann, den sie gern hat, veranlassen kann, "so oft zu ihr zu kommen, so oft sie will. Zieht er die Schuhe aus, so laufen diese allein zu ihr ...". Dieser geringen Zahl von Hinweisen auf das Hauptmaleficium der Hexenverfolgungen kommt besondere Bedeutung zu im Zusammenhang mit einem soeben in Deutschland bereits in der 3. Auflage erschienenen Buch zweier Bevölkerungswissenschaftler [8], in dem die Ansicht vertreten wird, nicht die Bekämpfung des Hexenwesens aus theologischen Motiven hätte zur Hexenverfolgung und den Hexenprozessen geführt. Die Verfasser versuchen hingegen nachzuweisen, Kirche und Oberschicht hätten unter dem Pretext der Hexenverfolgung die "weisen Frauen", die Kenntnis jahrhundertealter empfängnisverhütender Kräuter, Absude und Mittel hatten, zu vernichten getrachtet, um die Bevölkerungszahlen des Spätmittelalters und der beginnenden Neuzeit zu heben. Die geringe Erwähnung des Hauptmaleficiums der Unfruchtbarmachung etc. in den alpenländischen Hexenerwähnungen ist ein Einwand gegen diese neue Betrachtung der Hexenverfolgungen. Im übrigen zeichnen neben der bösartigen Hexe auch die ladinischen Hexenerwähnungen [9] ein eher positives Bild einer auch hilfreichen weiblichen Gestalt (vivana), die der Kategorie der Heiler einzuordnen wäre, was sich mit einer Überblendung von Feengestalt und Hexe, wie sie aus Süditalien berichtet wird [10], und den guten Hexen, den benandanti in Friaul [11] vereinbaren läßt.

Die Erwähnung der Hexen in den alpenländischen Sagen zeichnet vordringlich ihre Fähigkeiten und ihre vermeintlichen Wirkungen, jedoch nur selten ihr Aussehen. Dieses wird dann als triefäugig, mit entzündeten Augenlidern, oft auch mit einem Bart geschildert, auf Besen, Ofengabeln oder Haselgerten reitend geschildert. "Vor der Ausfahrt durch den Kamin schmieren sie sich mit Hexensalbe ein." [12] Von den Truden heißt es im Inntal, daß "Weiber mit großen Augenbrauen mit der Zeit zu Truden werden." [13].

Wenngleich sich ein Teil dieser Hexenbeschreibung und besonders die Verwendung einer Hexensalbe schon im Asinus aureus, im "Goldenen Esel" des Apuleius findet [14] und damit die Herkunft dieser Hexenbeschreibung aus antik-orientalischen Volksvorstellungen belegt, finden sich darinnen auch Übereinstimmungen mit der mündlichen Überlieferung und frühen Glaubensvorstellungen nordeurasiatischer und altaischer Völkerschaften.

Die Gestalt des hexenartigen alten Weibes findet sich bei den Mongolen, Jakuten, Ewenken, Tungusen und bei zentralasiatischen Türken in drei Ausformungen, die als Šulmu, Alma oder Ada bezeichnet werden. Mit šulmu, einem Derivat von mong. simnus, das sich wieder von uigurisch šmnu und sogdisch šmnū ableitet, ist ein weiblicher Dämon bezeichnet, der hexenähnliche Züge zeigt. Die vorwiegend bei den Westburjaten gebrauchte Bezeichnung álma(s) für Hexe hat eine Entsprechung in Telengitisch almish - "böser Geist, Waldschratt" und enthält das Türkische al - "wegnehmen". [15] Bei den Jakuten werden sie als Abāsi bezeichnet. [16] Auch das letzte Wort ada bezeichnet "Unglück" oder "böser Geist". Am häufigsten ist die Bezeichnung šulmu(s) gebraucht, obzwar die aus dem Türkischen entwickelten Bezeichnungen die älteren sein dürften im Vergleich mit dem auch in buddhistischen Texten gebrauchten šimnus ~ šulmus. Alle drei Bezeichnungen beschreiben ein hexenartiges weibliches Wesen, das nur negative, dem Menschen schädliche Handlungen ausübt. Alle drei haben ein einheitliches Erscheinungsbild als häßliches altes Weib mit roten Augen, einer weißen, eishackenartigen Schnauze und spitzem Kinn. In den mündlich tradierten Epen und Märchen der Altaier hat diese alte Hexe bleierne Augen und eine kupferne Nase [17], manchmal auch hat die šulmu eine Kupferschnauze und Antilopenbeine. Die prominenten Augenbrauen werden oftmals erwähnt. Allen gemeinsam ist, daß sie keine Menschen sind, sondern Geister, Verkörperungen negativer Kräfte, die entweder ohne Seele sind oder über auswärtige Seelen verfügen, ohne deren Vernichtung die bösen alten Hexenweiber auch nicht getötet werden können (Motiv der auswärtigen Seele). Alle diese Hexengeister in der Gestalt häßlicher alter Weiber sind mit einem eisernen Stock bewaffnet, der die Form eines eisernen Fellschabers (temür kederge) hat. Selbst wenn sie, wie im Fall eines Gesanges der mong. Geser Khan-Epos, als ein vielköpfiges Heer alter Weiber auftreten, machen sie von Köcher, Bogen, Lanzen und Schwertern keinen Gebrauch, sondern kämpfen nur mit den eisernen Fellschabern. [18] Die Gestalt der alten Frau mit dem gezähnten Gerbholz ist schon in der mongolischen Literatur für das 13. Jahrhundert belegt. Dort dienen die Zähne des hölzernen Gerbstockes, mit dem beim Gerben der Häute die Fettreste der Innenseite eines Felles abgeschabt werden, als Beispiel, um die Zakken der alten mongolischen Schrift zu erklären. Ein hölzerner Stock mit Kerben, mit denen die Sünden der Menschen gezählt werden, ist auch in die in Tibet und der Mongolei verbreitete Ikonographie der buddhistischen weiblichen schrecklichen Gottheit Lhamo eingedrungen. [19] Die Ausrüstung der Šulmus und Hexen mit einem eisernen Stock findet sich auch bei zentralasiatischen Völkern, bei denen der Buddhismus nie Fuß faßte; es handelt sich dabei eher um eine Beeinflussung der buddhistischen Ikonographie durch ältere 'vorbuddhistische Vorstellungen'. Die Hexen können mit diesem Gerbstock ihre menschlichen Gegner töten und verzaubern. Der Gerbstock kann von ihnen mit dem Befehl, einen entfernten Gegner einzuholen und zu töten, diesem hinterherfliegen und nur stärkere Zauberkräfte des Gegners können den Gerbstock abwenden, zurückweisen und auf die Hexe selbst richten.

Die zentralasiatischen Hexen haben vorstehende Hauerzähne wie der Hauptgegner des Helden im Epos und im Heldenmärchen, das riesengroße Mangus-

Ungeheuer. Diese Hauerzähne der Hexe werden meist formelartig beschrieben als:

"Ihre unteren Hauerzähne berührten den Himmel,
Ihre oberen Hauerzähne berührten die goldene Erde". [20]

Diese Formel verwendet die orale Tradition der Mongolen und der sibirischen Turkvölker zur Schilderung eines menschenfressenden Ungeheuers, aber auch bei den sibirischen Kumandinen, Tuwinern, Shoren u.a. hat der Schamane im Kampf mit feindlichen Kräften ein solches Ungeheuer zu Diensten, in dessen Maul der Schamane hineinspringt, um vor Angriffen geschützt zu sein. Das sagen z.T. erst 1962 aufgezeichnete Schamanengesänge aus. [21]

Die hexengestaltigen alten Weiber der zentralasiatischen Völker stehlen Kinder, saugen Menschen, vor allem jungen Mädchen das Blut aus [22], versuchen Menschen zu töten, sie verlegen dem Helden den Weg als teekochende und dem Reisenden Tee als Wegzehrung anbietende freundlich tuende Alte. [23] Gerade diese Funktion gibt einen Anhalt zur Deutung dieser Gestalt, da in burjatischen Heldenliedern und Märchen erzählt wird, daß die böse Alte nach den Vorschriften des obersten Himmelsgottes Esege Malan - "Vater Malan" und der Erdmutter Tee für "heruntergekommene und sterbende Menschen kocht und als Nahrung gibt" [24], andere wieder Nahrung für "aufwärts gehende" Leute zu geben behaupten.

In allen diesen Fällen gießt in der Volksüberlieferung der Held der teeanbietenden Alten den Tee über, worauf die Alte zerschmilzt und der Held ungehindert weiterziehen kann. Dies zeigt, daß sich dahinter die Unterweltsreise des Schamanen verbirgt, der in seiner Trance in die Unterwelt geht, um die Seele der Erkrankten zurückzuholen und auf dieser Reise von verschiedenen bösen Kräften aufgehalten und zu überlisten versucht wird. Der Held des Heldenepos und Märchens auf der Brautfahrt ist zur rezenteren Ausformung des Schamanen geworden, die Šulmus-Alte ist eine der den Weg behindernden Unterweltskräfte. Man hat den Versuch gemacht, die Entstehung dieses bösen Hexenweibes als Repräsentation des Schlechten,

Bösen, als einen Vorgang in der Zeit der Ablösung des Matriarchats durch das Patriarchat zu erklären, als einen Vorgang antifemininer Meinungsbildung. [25] Aber die Ausrüstung dieser Hexengestalt mit dem Gerbstock oder einem Klafter langen Stock läßt die Parallele zum Stock der Schamanin (tayay) als naheliegender ansehen. Dieser Stock der mongolischen Schamanin hat sogar einen Pferdekopf und zwei kleine Steigbügel, zentral-asiatisch-türkische Schamanenstöcke tragen einen Menschenkopf. Auf diesem Stock reist der Schamane im Trancezustand in die Unterwelt. [26] Aussehen der alpenländischen Hexenfigur und der bösen alten Hexe in Zentralasien weisen so gemeinsame Züge auf. Aus dem Stock der Schamanen ist der Besen, Ofengabel oder Haselnußrute geworden, die negativen Funktionen des alten Hexenweibes der zentralasiatischen Überlieferung sind denen der alpenländischen Hexen gleich, sogar die Verwandlung in Tiere tritt bei beiden auf. Auch zu den Vorgängen des Hexentanzes, für den die vielen Erwähnungen von Hexentanzplätzen in der mündlichen Überlieferung noch des vergangenen Jahrhunderts [27] Zeugnis geben, fehlt nicht die Parallele. Aus den Jahren 1945-1982 liegen aus der östlichen Mongolei Angaben über ein 'Andai' genanntes, gemeinsames Tanzen und Singen von Laien vor, das vom Schamanen geleitet wird und als Behandlung von depressiven Zuständen vor allem junger Frauen und Mädchen durchgeführt wird. Die Nachrichten darüber stammen aus Gebieten mit vorwiegend bis in die 60er Jahre illiteraten Bevölkerung - eine Beeinflussung durch moderne Gruppentherapien scheint ausgeschlossen, zumal der Wortlaut der dabei gesungenen Schamanengesänge archaische Formen aufweist. [28] Den zentralasiatischen Hexengestalten und ihrem Handeln fehlt jeglicher diabolisch-satanische Zug - die Hexe ist ebenso wie die dreiteilige Weltordnung des Schamanismus, die eine himmlische, eine mittlere, reale und eine untere der drei Welten kennt, ein Teil der die Antipode des in der oberen Welt verkörperten Guten darstellenden Unterwelt. Gutes und Böses beeinflussen die mittlere, reale Welt. In einer animistisch denkenden Gesellschaft, in der der Schamanismus verankert ist, gehört das Böse genauso wie das Gute zu den alltäglichen Erscheinungen. Der im Ahnenkult fußende Schamanismus sieht daher in den Kräften des 'Bösen' nur eine der möglichen

Manifestationen der Ahnenseelen. Zu diesen ist der Schamane der einzige Mittler, nur er weiß diese Kräfte zu nutzen oder gegeneinander einzusetzen, bis das Gute obsiegt. Einige der wesentlichen Züge des zentralasiatischen Schamanismus, in denen die Hexengestalt mit eine der Manifestation übelwollender Seelen ist, scheinen in Hexendarstellungen des Alpenlandes, die von den theologisch fundierten durch "Hexenhammer" und Hexenprozesse popularisierten "orgiastischen" mitteleuropäischen Hexenvorstellungen frei sind, erhalten zu sein und so Zeugnis zu geben für rudimentäre Überreste eines uralten, über ganz Eurasien durch Jäger und Viehzüchterfamilienverbände verbreiteten Schamanismus.

Es wäre eine Anregung wert, neues Material über rezent vorhandene alpenländische Hexen-Vorstellungen zu sammeln und im Vergleich zum bisher bekannten Material, das ältere Vorstellungen über die Hexen bewahrt hat, festzustellen, ob sich im rezenten Material - sofern es solches noch gibt - ein stärkerer Einfluß der Hexenhammer-Ideen widerspiegelt, der erst durch moderne Publikationen entstanden ist.

Diskussion

Die Gestalt der Hexe kann - so G. Isler auf eine Frage von B. Erhard - durchaus als eine archetypische Grundform im Sinne C.G. Jungs bezeichnet werden. Die Hexe als eine weltweit verbreitete Figur kommt ja auch immer wieder in Kinderträumen vor, wobei man dabei natürlich nicht weiß, ob und was die Kinder über Hexen schon aus Märchen und Sage wissen. Man könne sogar sagen - so Isler - die Tradierung der Hexengestalt erfolge, weil es innerpsychische Gründe dafür gebe.
Die Diskussion bewegt sich im folgenden um spezielle Anknüpfungspunkte zwischen der Figur des Schamanen und der Hexe. L. Röhrich stellt zunächst Übereinstimmungen von Schamanenberichten über Trancezustände, in welchen der Schamane wie tot daliege, während sein "zweiter Leib" andere Erfahrungen außerhalb des Körpers habe, mit Drud-Alp-Erzählungen, der Guntramssage und Sagen von Hexen und Werwölfen fest.
W. Heissig und L. Röhrich diskutieren sodann Ähnlichkeiten in der Ikonographie (d.i. Stock beim Schamanen und Besen oder Mistgabel bei der Hexe) und in Zusammenhang damit die Bedeutung des Flugerlebnisses. Während der Besenritt u.ä. bei Hexen immer wieder mit sexuellen Vorstellungen in Verbindung gebracht wurde, Will-Erich Peuckert hat dies ja auch nach seinen Versuchen mit einer Hexensalbe bestätigt, sei nach den Forschungen von W. Heissig der zentralasiatische Schamanismus frei von solchen Ideen.
U. Kindl weist in ihrem Diskussionsbeitrag darauf hin, daß in den romanischen Ländern, in denen der Hexenhammer nicht so stark zugeschlagen habe, die Typologie der Hexe wesentlich von der in Tirol bekannten abweicht. In Ladinien oder etwa in Friaul haften der Hexe durchaus auch positive Züge an.
Zur Typologie der Hexe in Ungarn berichtet K. Gaál, daß es hier gar keine alte Bezeichnung für die eigentliche Hexe gebe, sondern der Name von der Figur des "Drückers" übernommen worden sei. In Ostösterreich wurde im Jahre 1960 eine als "Drückerin" verdächtigte Frau ermordet. K. Gaál ist diesem Fall nachgegangen und beabsichtigt auch, ihn zu publizieren.

Anmerkungen zu dem Beitrag von
W.Heissig: Schamanistische Relikte ...

1 Handwörterbuch des Deutschen Aberglaubens, 3: 1930/31, 1827-1920.

2 Sprenger, J. / Institoris, H.: Der Hexenhammer (Malleus maleficarum), übers. J.W.R. Schmidt. [1]Berlin 1906, [3]München 1982.

3 Röhrich, Lutz: In: Enzyklopädie des Märchens, Bd. 5. S. 249.

4 Cohn, N.: Europe's Inner Demons. Frogmore. St. Albans 1978.

5 Zingerle, I.V.: Sitten, Bräuche und Meinungen des Tiroler Volkes. Hildesheim 1978 (Nachdruck der Ausgabe Innsbruck 1871), S. 68-69.

6 Maurer, J.: Streghe e diavoli nel folklore Alpino. Algund 1979.

7 Zingerle: a.a.O. Nr. 578.

8 Heinson, G. / Steiger O.: Die Vernichtung der Weisen Frauen. Herbstein 1985.

9 Kindl, Ulrike (Hrsg.): H. v. Rossi de S.ta Juliana. Märchen und Sagen aus dem Fassatale, I. Vigo di Fassa 1984.

10 Henningsen, G.: Die "Frauen von außerhalb". Der Zusammenhang von Feenkult, Hexenwahn und Armut im 16. und 17. Jahrhundert auf Sizilien. In: Duert, H.P. (Hrsg.): Die Mitte der Welt. Aufsätze zu Mircea Eliade. Frankfurt a.M. 1984. S. 164-182.

11 Ginzburg, C.: I benandanti e culti agrari tra Cinquecento e Seiscento. Torino 1966.

12 Zingerle: a.a.O. S. 60.

13 Ebenda. S. 69. Nr. 584.

14 Scobie, A.: Apuleius and Folklore. Toward a History of ML 3045, AaTh 567, 449A. London 1983.

15 Poppe, N.: On some diabolic characters in Mongolian Epics. In: Fragen der mongolischen Ependichtung IV. (im Druck)

16 Hatto, A.T.: Das oloŋxo und die benachbarten Überlieferungen. In: Fragen der mongolischen Heldendichtung III. Wiesbaden 1985. S. 453-456.

17 Radloff, W.: Proben der Volksliteratur, II. St. Petersburg 1968. S. 289. -

Heissig, W.: Geser-Studien. Opladen 1983. S. 321. -
Ulanov, A.: Burjatskij geroičeskij epos. Ulan Ude 1963. S. 69-70.

18 Heissig: a.a.O. S. 320.

19 Rona Tas, A.: Tally-Stick and Divination-Dice in the Iconography of Lha-mo. In: Acta Orient.Hung. VI. Budapest 1956. S. 163-179.

20 Heissig: a.a.O. S. 322. -
Oinas, J.: The Gigantic Bird of Finnish Folklore. In: Studies in Finnic Folklore (Indiana University Uralic and Altaic Series, Vol. 147). Bloomington-Helsinki 1985. S. 146-153.

21 Heissig: a.a.O. S. 322-323.

22 Im burjatischen Epos Sagadaj mergen (Deutsche Übersetzung Poppe, N.: Mongolische Epen II. Wiesbaden 1975. S. 34). -
Heissig: a.a.O. S. 415. Vgl. die ladinische Gestalt der Bregostana.

23 Eine ladinische Parallele stellt das Märchen 81. Die Hexe und Tonele Dalpont der Sammlung Rossi (Kindl (Hrsg.): a.a.O. S. 239) dar.

24 Irensei (Žamcarano, C.Ž.: Proizvedenija narodnoj slovesnosti mongol'skich plemen, I. St. Petersburg 1913-1918. Zeile 1895. Deutsche Übersetzung: Poppe, N.: Mongolische Epen IX. Wiesbaden 1980. S. 345-347). -
Heissig: a.a.O. S. 414-415.

25 Okladnikov, A.P.: Yakutia before its incorporation into the Russian State. Montreal-London 1970. S. 284.

26 Heissig, W.: Die Religionen der Mongolei. In: Tucci, G. / Heissig, W.: Die Religionen Tibets und der Mongolei. Stuttgart 1970. S. 323. Abb. 7.

27 Zingerle: a.a.O. S. 62. Nr. 62. -
Kindl (Hrsg.): a.a.O. S. 232-233, S. 261-262.

28 Buyanbatu, G.: Mongγol böge-yin šasin-u učir (Die Situation des Mongolischen Schamanenglaubens). Kökehota 1985. S. 62-65. -
Erkimbatu: Qorčin böge sitülge-yin tnqai angqa sinǰilge (Erste Untersuchungen über den Schamanenglauben der Khortsin). Kökehota o.J. S. 550-557.

ZWEI SAMMLUNGEN LADINISCHEN ERZÄHLGUTES AUS DEN SECHZIGER JAHREN

Ulrike Kindl, Venedig

Spricht man von Sammlungen mündlichen Erzählgutes aus Dolomitenladinien, zieht der Kundige meist ein bedenkliches Gesicht und rettet sich vor unangenehmen Äußerungen in ein vielsagendes Hüsteln. In der Blütezeit der Sagensammelei, als Zingerle, Alpenburg, Heyl usw. ihre späteren Klassiker zusammentrugen, war das wälschsprachige Tirol vergessen worden, und das schmale Bändchen des Abteitalers Alton konnte diese Lücke nur sehr dürftig auffüllen. Auch Schneller, der sich eingehend mit dem Trentino und also auch mit dessen Erzähltradition beschäftigt hatte, fügte seiner Märchensammlung nur sehr wenige Beiträge aus dem eigentlichen ladinischen Kernland bei. Und dann folgen bereits, von einigen vereinzelten Zeugnissen abgesehen, Wolffs Dolomitensagen, die den meisten Laien als das Sagenbuch Ladiniens schlechthin gelten, deren Aussagewert als Zeugnis authentischer Volksüberlieferung aber sehr zweifelhaft ist und zumindest sorgfältig überprüft werden muß, ehe sie in Betracht gezogen werden. [1]

Daneben tauchten in letzter Zeit die durch unglaubliche Zufälle erhalten gebliebenen Manuskripte des Fassaners Hugo de Rossi auf, was wenigstens für das ladinischsprachige Fassatal eine ernst zu nehmende Erzählkultur nachweist. [2] Hugo de Rossis Sammeltätigkeit fällt ungefähr in die gleiche Zeit, in der auch Wolff seine Stoffe erfahren haben will, also ungefähr von 1900 bis 1930; dann begann Wolff zu jammern, daß niemand mehr etwas zu erzählen wüßte und das noch vor wenigen Jahren Gewußte sogar abgeleugnet würde. Auch Rossi zeichnete ab ungefähr 1920 keine Erzählstoffe mehr auf. Aber Rossi war von anderem Schlag als Wolff, mit dem er übrigens befreundet war und als dessen wichtiger Informant er anzusehen ist. [3] Erstens war er selbst Ladiner und mit Land und Leuten daher besser vertraut als Wolff, obwohl sich dieser redlich um engen Kontakt zur ladinischen Umwelt bemühte und die fassanische Mundart z.B. auch ganz geläufig sprach; zweitens, und das ist entscheidend, hatte er mit Wolffs schwärmerischer Liebe zu den "Bleichen Bergen" nichts im Sinn, wollte also weder die gesammelten Volksüberlieferungen "im Geiste der Dolomitenbewohner" [4] verschönern, ergänzen und damit implizit deuten, noch auf der Basis dieser Tradition unzulässig gesicherte volkskundliche Schlüsse über kulturgeschichtliche Zusammenhänge ziehen, obwohl er die Problematik einiger überlieferter Erzählstoffe durchaus erkannte.

Rossi sammelte lediglich und überließ es dann den Fachleuten, sich darauf einen Reim zu machen - wenn diese Fachleute sich dafür nur interessiert hätten. Hugo de Rossis Material wurde nie veröffentlicht und geriet über den Erfolg der **Dolomitensagen** von K.F. Wolff völlig in Vergessenheit. Schließlich glaubte man es überhaupt verloren, weil Rossis Wohnung in Innsbruck während eines Luftangriffs 1944 völlig zerstört worden war. Wolff selbst hatte die Bedeutung der Sammlungen Rossis sehr wohl erkannt, sie auch zum Teil als Quelle seiner eigenen Sagen-Rekonstruktionen verwendet, aber dann nicht weiter ausgewertet, weil es ihm, Romantiker durch und durch, ja nicht um philologische Genauigkeit, sondern um poetische Stimmigkeit ging. [5]

Das Material, das Hugo de Rossi zusammengetragen hat, umfaßt nicht nur Erzählgut, sondern auch Aufzeichnungen über Sitten und Brauchtum, Namen von Gerätschaften, Nahrungsmitteln, Tieren und Pflanzen, Beschreibungen von Kinderspielen usw. Darunter befindet sich übrigens nicht nur Material, das Rossi selbst aufgestöbert und aufgezeichnet hat, sondern auch Bruchstücke von Aufzeichnungen eines früheren Sammlers, eines Pfarrers namens Brunel, der vor allem in den letzten Jahrzehnten des vorigen Jahrhunderts am Werk war und dessen volkskundliche Vertrauenswürdigkeit erst noch überprüft werden muß. Dies ist umso dringlicher, als ausgerechnet alle von Rossi aufgezeichneten Überlieferungen, die eindeutig ins Mythisch-Religiöse hinüberspielen, aus dieser Quelle zu stammen scheinen, d.h. sie rühren zum Teil direkt vom Pfarrer selbst her, zum Teil jedoch anscheinend von noch früheren, unbekannten Informatoren, die Brunel seinerseits auswertete. Rossi selbst muß dieser Informationsquelle etwas mißtrauisch gegenübergestanden haben, denn als er aus der Fülle seiner Notizhefte ein Manuskript mit Märchen und Sagen aus dem Fassatale zusammenstellte, das wohl für eine etwaige Veröffentlichung gedacht war (wozu es dann nie kam), nahm er keineswegs alle Details auf, die Brunel ihm geliefert hatte. [6]

Das mag zum Teil mit Rossis Gewissenhaftigkeit zusammenhängen. Seinem Märchen- und Sagenmanuskript lag seiner eigenen Aussage zufolge eine "Spinnstube" (genauer: eine Erzählrunde Fassaner Hirten) zugrunde, der er beigewohnt hatte und während der er wohl auch den Beschluß gefaßt haben mag, die erzählten Schätze schriftlich - und in einer Hochsprache - niederzulegen. Die meisten Erzählungen müssen ihm bereits bekannt gewesen sein, wie die zahlreichen Belege in seinen verschiedenen Notizheften beweisen. Die fraglichen Überlieferungen nun, die auf den Pfarrer Brunel verweisen und in Rossis Notizheften mit Sprüchen und weiteren Details versehen sind, die im später verfaßten Manuskript fehlen, dürften während der Erzählrunde so aufgezeichnet worden sein, wie Rossi sie von seinen Informanten erfahren hat. Daß es Erzählrunden in der von Rossi beschriebenen Art um 1912 (Datum des Manuskriptes) in Fassa noch gegeben hat, bestätigen alle alten Fassaner; sogar das Haus, wo sich die Hirten in der Gegend von Vigo an regnerischen Tagen zu einem Plauderstündchen zu treffen pflegten, wird mit Bestimmtheit angegeben. [7]

Sollte meine Vermutung stimmen, dann wären Rossis Aufzeichnungen im erstellten Manuskript geradezu das Paradebeispiel einer Stichprobe für die Kollektivtradition der Fassaner Volksüberlieferung um die Jahrhundertwende, während in seinen Notizheften Informationen geschürft werden können, die ohne weiteres auf die Mitte des XIX. Jahrhunderts zurückgehen und die bereits vergessen waren; allerdings sind diese letzteren Angaben mit größter Vorsicht zu genießen. Das betrifft vor allem die Reimsprüche und die längeren Gedichte oder Lieder (?), deren Tradierung sowieso immer problematisch ist. Schon Alton hatte gemeint, Ladinia non cantat [8], was sehr wundernimmt, gilt doch der ganze Alpenraum sonst als recht sangesfreudig. Tatsächlich tauchte auch ausgerechnet im Abteital, in der engsten Heimat Altons, in jüngster Zeit noch beträchtliches Liedgut auf, das Alton überhört haben muß. [9] Auch Wolff wies ständig darauf hin, daß es zu vielen Erzählungen und Überlieferungen früher Lieder gegeben habe, die zwar niemand mehr singen könne, von deren Existenz aber man immerhin noch zu wissen schien. Die wenigen Bruchstücke, die Wolff in seine **Dolomitensagen** einfügte, erregten übrigens ganz besonders das Mißtrauen der Volkskundler, die diese manchmal beinahe literarisch anmutenden Strophen nie und nimmer als Volkslieder akzeptieren wollten. Nun hat Wolff sich in der Tat nicht immer an die Erzählweise seiner Informanten gehalten, aber ausgerechnet die wenigen Liedbruchstücke, die er noch erfahren hatte können, sind minuziös niedergeschriebene Zeugnisse authentischer Überlieferung. [10] Pfarrer Brunels unbekannte Informatoren hätten demzufolge noch Liedtexte gekannt, die den Hirten anno 1912 bereits verloren gegangen waren, wenn auch deren ungefährer Inhalt allem Anschein nach noch bekannt war - das gleiche Phänomen wie bei Wolff also.

Neben diesem Material, dessen Quellenwert außer Zweifel steht, wenn die Verifizierbarkeit auch einige Fragen aufwirft, liegen im ladinischen Kulturinstitut in Vigo di Fassa zwei weitere, unbearbeitete Sammlungen mündlichen Erzählgutes, deren Problematik grundlegend anders gelagert ist. Beide Sammlungen entstanden in ladinischer Sprache in den sechziger Jahren, also sehr spät und in einer Zeit, wo man im touristisch bereits übererschlossenen Fassatal wohl kaum noch Erzählrunden abhielt und wo eine umfassende Induktion breitester Schichten durch das Lesebuch und vor allem durch den Bestseller Wolff angenommen werden muß. Und im Gegensatz zu Rossis Manuskripten, die als letzte Ausläufer der spätromantischen Volksgutsammlungen anzusehen sind und demnach eine Auseinandersetzung mit schriftlichen Quellen mündlicher Überlieferung nach dem Muster Zingerles erfordern, sind diese Sammlungen Ergebnisse jüngster Sammeltätigkeit vor dem Hintergrund tiefgreifender sozialer

Umschichtungen und obendrein mit einer ausgeprägten literarischen Akzentuierung. Keine der beiden Sammlungen ist von einem geschulten Volkskundler angelegt worden.

Die erste der beiden Sammlungen umfaßt 86 "Erzählungen" (contie) und ist ganz gezielt von einem Mann angelegt worden, der als nicht übel informierter Kenner der vox populari gilt: Simon Sorapera de Giulio aus Penia. Was nun unter diesen "contie" zu verstehen ist, ist nicht klar zu erkennen, denn zu meinem Erstaunen stieß ich auf eine seltsame Mischung: da finden sich Hexen- und Spukgeschichten altbekannten Musters, wobei es nicht klar zu erkennen ist, ob die Überlieferung aus einer lebendigen Quelle, also mündlich von einer vertrauenswürdigen Gewährsperson erfahren wurde, oder ob nicht vielmehr die Wiedergabe gelesener Texturen vorliegt. Diese Frage erübrigt sich bei den ebenfalls vorhandenen Äsop-Fabeln, wovon übrigens einige ganz eindeutig literarische Erzeugnisse des Sammlers selbst sind, wie der Sammler überhaupt zwischen alter Überlieferung und eigener Fabulierlust keinen Unterschied zu machen scheint. Dem Erzählforscher behagt das sicherlich nicht, der Literaturwissenschaftler hingegen wird eingestehen müssen, daß einige Geschichten ganz reizend gelungen sind. In der Tat, der Sammler hatte wohl hauptsächlich die Produktion von in gutem Ladinisch abgefaßten Texten im Auge, und dagegen ist eigentlich nichts einzuwenden, nachdenklich stimmt nur die Tatsache, daß er offensichtlich mit dem Begriff der "contia" sehr unbeschwert umgeht. Was bedeutet da noch "Volksüberlieferung", mündlich überliefertes "Erzählgut"?

Etwas differenzierter, aber in den Grundzügen vergleichbar, stellt sich das Problem auch in der zweiten Sammlung dar: Diese Sammlung umfaßt 98 "Erzählungen" und wurde von einem Pfarrer, Massimiliano Mazzel, angelegt. Don Mazzel bestritt mit diesen Geschichten ein ladinischsprachiges Plauderstündchen im Rundfunk sowie eine Kolumne in der Zeitschrift La Vèiš, hatte also ursprünglich keineswegs die Absicht, volkskundlich interessantes Material zu sammeln; er "sammelte" es auch nicht im eigentlichen Sinne des Wortes, sondern gestaltete hauptsächlich ein mediengerechtes Produkt. Als der Pfarrer 1977 starb, wanderte der ganze Nachlaß ins Archiv des Kulturinstitutes und wurde dort vorläufig geordnet.[11]

Auf den ersten Blick wiederholt sich die Erfahrung der Sammlung Simon Sorapera de Giulio: da steht ein Märlein neben einer Äsop-Fabel, eine Lesebuch-Sage neben einer Schmunzelgeschichte, und wieder ist der Versuch unverkennbar, Texte in gediegenem Ladinisch herzustellen, die dann womöglich auch im Unterricht verwendet werden könnten. Beim zweiten Hinsehen entdeckt man erst, daß über den ganzen Haufen volkskundlich uninteressanten Materials eine Handvoll seltsamer Erzählungen gestreut sind, die sicher nicht Mazzels braver Schulmeisterlichkeit entsprungen sind. Der Sammler gab für alle Texte den verantwortlichen Gewährsmann an, im ganzen etwa dreißig Leute, darunter einige wenige (auch Simon Sorapera de Giulio), die allein die Hälfte der ganzen Sammlung abdecken. Diese Informanten sind in Fassa durchaus bekannt, einfache Leute zumeist, die zwar durch die Rezeption schriftlicher Quellen, meist Wolffs Sammlung, bereits geprägt waren, sich aber teilweise davon nicht allzusehr beirren ließen.

Die Mischung, die sich aus alledem ergeben hat, ist merkwürdig: Da finden sich Schulbuchfabeln neben Resten eindeutig abergläubisch gefärbter Hexengeschichten, die sich nicht auf frühere Quellen reduzieren lassen, Reminiszenzen gelesener Geschichten neben ad hoc geschöpften Scherzerzählungen, transponierte Grimm-Märchen neben Überlieferungen alter Hirtenwege oder unheimlicher Hexentanzplätze. Es gibt bei früheren Quellen belegte Erzählungen, bei denen - wie auch bei der Sammlung Simon Sorapera de Giulio - nicht zu erkennen ist, ob sie als frische mündliche Tradition oder als Niederschlag gelesener Weisheit aufgefaßt werden müssen; und es gibt von Wolffscher Diktion stark abweichende Varianten Wolffscher Erzählmotive. Ob diese Varianten als Prüfstein für die Wolffschen Bearbeitungen verwendet werden können, ist allerdings sehr die Frage, denn der bei der Liedtradition bereits festgestellte Schwund der Kollektivtradition kann durchaus auch auf die Erzählsituation übertragen werden. Es kann also durchaus sein, daß es sich bei einer solchen Variante keineswegs um eine regelrechte Variante oder gar um die authentische Form der Überlieferung handelt, die Wolff etwa angetroffen und dann poetisch überformt hätte, sondern um die Schrumpfstufe einer noch vor Jahrzehnten viel lebendigeren, wenn auch schon kompromittierten Erzählkultur. Und daneben gibt es - trotz alledem - auch Erzählmotive, die bisher in keinem Schrifttum nachweisbar sind.

Ebenso bunt wie die Textmischung ist auch die Präsenz der Gewährsleute. Abgesehen von den vielen Unbekannten, die stets nur mit dem im Fassatal üblichen Spitznamen benannt sind und deren wahre Identität sich nicht immer feststellen läßt - ihnen wird aber zumeist auch nur eine einzige Erzählung zugeschrieben -, sind es im großen und ganzen sechs Informatoren, die dem Sammler Mazzel die meisten Erzählungen liefern, und was diese sechs wieder unter einer "contia" verstehen, muß erst nachgeprüft werden. Da gibt es den einen, der sich offensichtlich an Gelesenes erinnert, und kein Mensch soll sagen, daß es sich dabei **nicht** um Volksüberlieferungen handelt, denn daß eine Geschichte im Buch steht, bedeutet doch nur, daß sie früher schon aufgeschrieben wurde. [12] Oder es gibt den Buch-Kenner, der aber auch die Erinnerung an die mündliche Tradition noch bewahrt hat und der sich vollkommen bewußt ist, daß Buchwissen und Überlieferung auseinanderklaffen, oder aber vergleichbar sind und sich nur in (entscheidenden?) Details unterscheiden, und der im Zweifelsfall an der Geschichte so festhält, wie er sie gehört und nicht, wie er sie gelesen hat. [13] Eben dieser Erzähler, Giovani de Cechinol, weiß auch von Überlieferungen, die bislang nicht schriftlich belegt sind [14], wie auch ein anderer, Zot de Rola, Lokalsagen kennt, die an Wolffsche Themen und Motive durchaus anklingen, sicher nicht davon induziert sind, aber ebenso sicher nicht als Kontrollmaterial für Wolffsche Bearbeitungen verwendbar sind [15]. Daneben steht der Literat, der erzählt und erzählend schöpft, der auf die alte Überlieferung stolz ist und sie gleichzeitig umformt, der mit dem Erkenntnisinteresse der Volkskunde und der Erzählforschung offensichtlich nichts anfangen kann, sondern der einfach erzählt, weil er es gut kann.

Keinem Informanten kann und darf aus seiner Eigenart und seinem Selbstverständnis als Erzähler ein Strick gedreht werden, vielmehr ist nach dem Woher und Warum zu fragen. Allerdings muß stets festgehalten werden, daß das ganze Material auch durch die Hände des Sammlers Mazzel gelaufen ist, der als Hobby-Heimatkundler seine eigenen Vorstellungen davon hatte, wie volksgerechtes Erzählen auszusehen hat. Zwar firmieren die meisten Informanten ihre Geschichten selbst, das eigentliche Erzählen lief also bereits durch das angeschulte Raster der Verschriftlichung, aber Mazzel hat nachweisbar bei den meisten und also ziemlich sicher bei allen den stilistischen Rotstift angelegt, um den Stoff mediengerecht zu machen. Natürlich ist dabei nach den Absichten Mazzels zu fragen, nach seinen deklarierten und nach den ihm unbewußten Vorbildern und teilweise auch nach den Mechanismen, die überhaupt zur Entstehung von Radiosendungen dieser Art führen, ob und inwiefern sie einem bestehenden Bedürfnis entsprechen.

Mazzels erste, deutliche Absicht war die Herstellung ladinischer Textur, und das ist ja auch ganz in Ordnung. Die belehrenden, manchmal unfreiwillig erheiternden "Fabula-docet"-Anhängsel, mit denen die meisten Erzählungen garniert sind, verraten ebenso deutlich eine zusätzliche, pädagogische Zielsetzung des Pfarrers - Sage und Märchen als unbedenklich verwendbarer Schullesestoff oder als empfehlenswerte Lektüre für einen auferbaulichen Sonntagnachmittag, eine Tendenz, die schon mit den aufeinanderfolgenden Editionen der Grimm-Märchen begann und die sich, unterstützt durch die Verbreitung von Volks- und Hauskalendern, im Alpenraum offentsichtlich besonders lange gehalten hat.

Man täte daher Mazzel bitter unrecht, wenn man ihm die Schuld unzulässigen Hantierens mit Überlieferern und Überlieferungen in die Schuhe schieben wollte. Die Sammlung entstand, wie gesagt, in den sechziger Jahren, als die romantizistische Auferstehung des Begriffs von Volk und Heimat unreflektiert von regionalistischen Bewegungen übernommen wurde, was eine kulturgeschichtliche Dynamik entwickelte, die - besonders für Minderheiten - auch gefährlich involutive Richtungen annehmen kann. Allzuleicht läuft bei solchen Entwicklungen der durchaus positiv konnotierte und für Minderheiten überlebenswichtige Wert der Traditionstreue und Traditionspflege aus dem Ruder und schlägt in jenen falschen Traditionalismus um, der für Werbungszwecke sehr nützlich sein kann, die tatsächlichen Grundlagen einer Tradition aber langsam und stetig unterhöhlt. Kann sich nun eine kulturelle Minderheit auch nicht an einen kulturellen Großraum anlehnen, der schon dafür sorgt, daß die gestockte Diskussion wieder in Gang kommt, weil es - wie im Fall der Dolomitenladiner - diesen Großraum nicht gibt und dessen Rückversicherung damit ausfällt, dann kann das durchaus zu einem ernsten Problem werden.

Zwischen den leidenschaftslosen, korrekten Texterhebungen des Sammlers Rossi und den gutgemeinten Radiosendungen des Sammlers Mazzel liegen nicht nur schlichte fünfzig Jahre: Rossis Manuskripte sind interessante Zeugnisse einer heute wohl verschwundenen Erzähltradition, Mazzels Sammlung ist ein in meinen Augen nicht minder interessantes Zeugnis davon, wie die Kinder dieser alten Erzähltradition mit ihrem Erbe umgehen, wie sie glauben, daß diese Vergangenheit ausgesehen hat und wie man sie glauben macht, daß diese Vergangenheit ausgesehen habe.

Das Fassatal ist das geradezu klassische Beispiel einer kleinen, relativ geschlossenen Sprach- und Kulturgemeinschaft, deren Besitzstand an überliefertem Erzählgut um die Jahrhundertwende recht gut dokumentiert ist, ehe jene tiefgreifenden Umwälzungen in Gang kamen, die von der alten, bäuerlichen Autarkiewirtschaft weg und zur Entwicklung einer modernen, überaus leistungsfähigen Fremdenverkehrsindustrie führten. Heute ist dieses Tal immer noch die gleiche, relativ geschlossene Sprach- und Kulturgemeinschaft, und die Versuchung ist groß, die beiden Sammlungen der jüngsten Zeit als eine Art Aufriß der heutigen Erzähltradition aufzufassen, sie mit den Materialien von früher in Beziehung zu setzen und daraus Schlüsse über Schicksal und Wandlung der fassanischen Volksüberlieferung zu ziehen. Die Auffassung des Erzählens, des Erzählers und nicht zuletzt der Begriff der "contia", also der Erzählung selbst, hat sich aber von Rossi zu Mazzel so grundlegend verändert, daß eine (wenn auch vorsichtige) Vergleichbarkeit nicht mehr gegeben ist.

Es ist überhaupt die Frage, ob bei diesen späten Sammlungen rein volkskundliche Kriterien noch greifen und ob sie allein genügen, wenn man die Glaubwürdigkeit von Informant und Bearbeiter feststellen will. An der Überzeugung subjektiver Wahrhaftigkeit beider kann gar kein Zweifel bestehen, und die Frage nach der Vertrauenswürdigkeit der Gewährsleute, der Intention des Sammlers und damit die Frage nach der Verwertbarkeit des ganzen Materials kann daher meines Erachtens nicht mehr mit dem herkömmlichen quellentechnischen Ritus abgetan werden, sondern erfordert eine Auseinandersetzung mit den Begleitumständen und Hintergründen des ganzen Unterfangens. Diese spätentstandenen Texte können nicht mehr einfach nach dem Wie und Was ihrer Informationen abgeklopft werden, wie das bei den alten Sammlungen, deren kulturgeschichtlicher Standort hinreichend gesichert ist, durchaus der Fall und legitim ist.

Der Bogen, der sich von Rossis Manuskripten zu Mazzels Sammlung spannt, mit der wichtigen Rezeptionsgeschichte der Wolffschen **Dolomitensagen** dazwischen, rückt also unweigerlich das Bild ins Blickfeld, das sich die Ladiner in diesem schwierigen halben Jahrhundert von sich selber gemacht haben oder zugelassen haben, daß die angrenzenden Gebiete sich von ihnen gemacht haben.

Diskussion

In der Diskussion wird zunächst die Frage erörtert, inwieweit es überhaupt sinnvoll sein kann, in neueren Sammlungen der von U. Kindl referierten Art nach sogenanntem "Alten" und "Echten" zu suchen. Solche Sammlungen müßten - so L. Petzoldt - vielmehr unter den Aspekten der Vermischung, der Wandlung, der Reproduktion, der Rückkoppelung, also der Rezeptionsgeschichte betrachtet werden. Interessant wäre vor allem die Untersuchung der Rückkehr schriftlicher Fassungen - im vorliegenden Fall handelt es sich um die "Dolomitensagen" von K.F. Wolff - in die orale Tradition. Dazu böte sich in den räumlich und sprachlich klar abgegrenzten ladinischen Tälern eine besonders gute Gelegenheit. Bei der Erforschung solcher Rückkoppelungsphänomene muß man, darin waren sich die Diskussionsteilnehmer einig, neben den Sammlungen des Erzählgutes, neben Schul-Lesebüchern unbedingt auch die Medien Radio und Fernsehen miteinbeziehen und ihre Einflüsse auf die orale Tradition untersuchen.
Im weiteren werden die heute sehr wichtigen Fragen der veränderten Erzählsituationen und Erzählgemeinschaften und damit auch der neuen Erzählstoffe diskutiert. Zunächst müsse endlich von der Vorstellung abgerückt werden, der Fremdenverkehr, die veränderten Lebens- und Arbeitsweisen u.ä. hätten zur völligen Auflösung der Erzählkultur geführt. Vielmehr sei es notwendig, die neuen Formen des Erzählgutes, die durch die allerorts vorsichgehenden bzw. -gegangenen wirtschaftlichen und soziokulturellen Wandlungen entstehen, zu erfassen. Hier gibt es vor allem in Amerika bereits eine Reihe von Untersuchungen (urban legends). Auch H. Fischer hat sich damit im Raum Köln bereits intensiv auseinandergesetzt. Als neue Erzählsituationen nennt er z.B. Autofahren oder Kinderzeltlager.
Entscheidende Bedeutung kommt bei solchen Texterhebungen sicher einer sorgfältig durchdachten Methodik zu. Dies gilt es insbesondere bei der geplanten Feldforschung in Südtirol zu bedenken.

Anmerkungen zu dem Beitrag von

U.Kindl: Zwei Sammlungen ladinischen Erzählgutes ...

1 In den 'Sagen Tirols' von I.V. Zingerle (Innsbruck 1850, [2]1891) finden sich kaum eine Handvoll ladinischer Sagen, ebenso mager ist die Ausbeute bei A. Heyls 'Volkssagen, Bräuche und Meinungen aus Tirol' (Brixen 1897); Schnellers 'Märchen und Sagen aus Wälschtirol' (Innsbruck 1867) enthalten hauptsächlich Märchen (meist mit typischen Wandermotiven) und nur wenige Sagen. Aus dem eigentlichen ladinischen Gebiet stammen nur sehr wenige Erzählungen. Kaum ein Dutzend Überlieferungen aus Ladinien umfaßt L.v.Hörmanns Beitrag 'Mythologische Beiträge aus Wälschtirol' (Innsbruck 1870), und nicht sehr viel umfangreicher ist die Sammlung von J.B. Alton: 'Proverbi, Tradizioni ed Annedoti delle Valli ladine orientali' (Innsbruck 1881), die allgemein als die wichtigste Referenz für Erzählgut aus Dolomitenladinien gilt. Schließlich erschien 1913 der erste Band der 'Dolomitensagen' von K. F. Wolff, eine Sammlung mit bearbeiteten Erzählungen, die bei jeder Neuauflage weiter anschwoll und 1969, bei der 12., vom Autor noch persönlich redigierten Auflage einen Umfang von über 800 Seiten angenommen hatte. Die Sammlung fand auch in italienischer Übersetzung (1922 erstmals übersetzt) weite Verbreitung und überlagerte praktisch flächendeckend das ladinischsprachige Gebiet, ein Phänomen, das nur mit dem Siegeszug der Grimmschen Märchen verglichen werden kann. Natürlich wäre hier sofort nach den Ursachen und Gründen dieses beispiellosen Bucherfolges zu fragen, und ebenso interessant wäre eine Klärung des Rückkoppelungseffektes, den die Induzierung breitester Schichten durch die Wolffschen Sagenversionen auf den Zustand der mündlichen Überlieferung hervorgerufen hat. Dem Fachmann gilt Wolffs Sammlung allerdings nicht als vertrauenswürdiger Referenztext, da der Autor die gesammelten Überlieferungen zum Teil erheblich umgearbeitet hat. Da frühere Quellen mit ladinischen Überlieferungen nur sehr spärlich fließen, stellt Wolffs umfangreiches Material in der Tat ein Problematicum dar.

2 Rossi, Hugo de: Märchen und Sagen aus dem Fassatale. Vigo di Fassa 1984. Dabei handelt es sich um die Ausgabe des 1912 erstellten Manuskripts des Sammlers, unter Beiziehung weiterer, im Nachlaß Rossis erhalten gebliebener Materialien. Der sehr umfangreiche Nachlaß des Sammlers ist noch nicht vollständig aufgearbeitet und ausgewertet.

3 Vgl. dazu Kindl, Ulrike: Zum Problem der Quellenlage zu K.F. Wolffs Dolomitensagen. In: Ladinia Bd. VII. 1983. S. 81 ff.

4 Wolff, K.F.: Dolomitensagen.[14] Innsbruck 1976. S. 11. - Über die Problematik der Wolffschen Rekonstruktionsversuche vgl. auch Kindl, U.: Kritische Lektüre der Dolomitensagen von K.F. Wolff. San Martin de Tor 1983. Besonders S. 13 ff.

5 Vgl. Dazu K.F. Wolff im Vorwort zu seinen Dolomitensagen: "So enthielt die von meinem ... Freunde Hugo von Rossi, dem besten Kenner

des Fassatales, hinterlassene Handschrift zahlreiche Einzelheiten, die von mir nur zu einem geringen Teile benutzt worden sind ... Ich gebe gerne zu, daß für die genau arbeitende Volksforschung v. Rossis Arbeit wertvoller war als die meinige ..." a.a.O. S. 24.

6 Vgl. dazu Rossi, Hugo de: a.a.O. S. 8 f. (Vorwort des Herausgebers) sowie S. 180 ff. (Anmerkungen zur Erzählung von der 'Verjagten Vivana).

7 Diese Angabe verdanke ich dem volkskundlich interessierten P. Frumenzio Ghetta, der sich eingehend mit dem Fassatal beschäftigt.

8 Vgl. Alton, J.B.: Proverbi, Tradizioni ed Annedoti delle Valli ladine orientali. Innsbruck 1881. S. 19 f.:"... Canzoni ladine mancano affatto e quel poco di poesia che il lettore troverà qui citata, non sono già canzoni popolari tramandateci da tempi remoti, ma componimenti di data recente ..."
Altons Verdikt hatte verhängnisvolle Folgen, denn kein Volkskundler kümmerte sich seitdem mehr um das als unergiebig geltende Ladinien.

9 Vgl. dazu Dorsch-Craffonara, H.: Ladinisches Liedgut im Gadertal. In: Der Schlern, Jg. 1974/48. S. 302. -
Kritisch über J.B. Alton als Sagensammler äußert sich auch Matičetov, M.: L'entità ladina dolomitica. Vigo di Fassa 1977. S. 158 f.

10 Das geht nicht nur aus den Notizheften Wolffs hervor, wo zu den aufgezeichneten Strophen auch jeweils der Informant angegeben ist, ebenso wie die Korrekturen sorgfältig registriert werden, sondern aus einer zweiten, bis vor kurzem unbekannten Quelle: G. Venturi war im August 1881 am Fedajapaß von einem Schlechtwettereinbruch überrascht worden und geriet nun im Schutzhaus auf dem Paß in eine waschechte Erzählrunde hinein, die ihn tief beeindruckt haben muß, denn er bat den einheimischen Führer, der ihn begleitete, die Texte der gesungenen Lieder aufzuzeichnen. Das Ergebnis dieses Unterfangens veröffentlichte Venturi im 'Annuario della Società degli Alpinisti Tridentini', Nr. 8. 1882. S. 41-75 (1981 erschienen Venturis Texte unter dem Titel 'Ladinia 1882' als Broschüre bei Arcoboàn Film, Bozen). Diese Texte erscheinen leicht italienisiert, was auf Schwierigkeiten beim Niederschreiben der ladinischen Lieder zurückzuführen sein dürfte, aber stimmen sonst mit den von Wolff aufgezeichneten Liedern wortwörtlich überein. Wolff kannte Venturis Fund nachweisbar nicht. Wolff erfuhr z.B. einen Liedtext, den auch Venturi aufzeichnet, 1903 im Fassatal, allerdings nur mehr in einer Strophe (es handelt sich dabei um das sogenannte "Conturina-Lied"), während Venturi zwanzig Jahre vorher noch eine zweite Strophe erfahren konnte. Die Reduktion der Sangestradition scheint also bereits im Gang gewesen zu sein, und nach Wolffs Notizheften zu schließen, muß sie mit dem Ausbruch des Weltkrieges, als Fassa in unmittelbare Nähe des Kriegsschauplatzes geriet, abrupt unterbrochen worden sein; jedenfalls findet sich nach 1920 in Wolffs Heften keine einzige Liedzeile mehr, wohl aber ein ständiges Jammern über untergegangene Überlieferungen, von deren Existenz man gerade noch wußte.

11 Nachstehend das Inhaltsverzeichnis der Sammlung von Simon Sorapera de Guilio sowie das Verzeichnis der Sammlung von Don Massimiliano Mazzel mit dem Vermerk der jeweiligen Informanten:

Inhaltsverzeichnis der Sammlung Simon Sorapera de Giulio:

1. El molin tel bosch. - 2. La pegorèra e la bregostèna. - 3. Na femena mingol masa ciaolona. - 4. La contia del temporèl de Sèn Piere. - 5. La contia di Saslench. - 6. La contia de la Mon da Vich. - 7. Sèn Forgian che lecèa la brama. - 8. Doi mòches de Soracrepa. - 9. El formai di Crucui. - 10. La principeša de neif. - 11. Jan Ferlin a Baiseston. - 12. Sèn Forgian portier del Paradis. - 13. I cater Re Magi. - 14. La bolp, el louf e el giagher. - 15. La benedišion che dajea un pitor da Penia. - 16. Un some del curat da Dèlba. - 17. El bacan mai content. - 18. La veia contia del Rosengarten. - 19. Roko e la gialina de la vegia Tas. - 20. La reina de la crepes. - 21. Una patofia per doi panec̆. - 22. La contia de Sèn Martin e l'istà dei veges. - 23. Per chi egn l'era sobito un faturec̆. - 24. La falopes de Felize Pušet. - 25. Canche se vel se maridèr no se sent nia. - 26. El vege che à serà el diaol te sach. - 27. La patofia de la vegia de la Marmolèda. - 28. I doi veges più avari de la Val. - 29. La bregostèna de Ciampac̆. - 30. La strambaries che fajea un mat da Penia. - 31. Canche el mòch l'à metù la mort te sach. - 32. Un mòch che no volea paèr. - 33. La patofia del spiege. - 34. El camejot vert. - 35. El pent del Infern. - 36. El bech de Batestin. - 37. El cuch, la ciuita, el dui e la ciaura del bosch. - 38. La patofia del meis de Jugn. - 39. La patofia del meis de Mé. - 40. La patofia del meis de Oril. - 41. La patofia del meis de Firé. - 42. El coragio che pél aer na femena. - 43. Canche la besties parlèa: el leon, la bolp e el cerf. - 44. Contia per i bec̆ picui e gregn. - 45. El molin de Ruf de Grepa. - 46. La Marmolèda da n'outa e la patofia de la vegia. - 47. La patofia del meis de Jené. - 48. La patofia del meis de Mèrz. - 49. La patofia del meis de Mesèl. - 50. La patofia del meis de Aost. - 51. La patofia del meis de Setember. - 52. La patofia del meis de Dezember. - 53. Piere dal Polver e'l pat col diaol. - 54. El re, sia fia e l'indovinel de Piet de Fer. - 55. La vita te un vašel de èves. - 56. La contia del meis de november. - 57. La contia del meis de otober. - 58. Sun Paradis - La festa de le virtù. - 59. La stries de Lastei. - 60. I doi bachegn e i doi ciampes. - 61. I popes del velge Buio. - 62. El tormen de Vidor. - 63. El mòch che'I ge l'à fata al diaol. - 64. El diaol, i doi veges e la trei domandes. - 65. El diaol e chela che lavèa lèna. - 66. El vege che no à volù dèr l'obligo de retorn. - 67. Leonzio. - 68. L'ost bricon de i'ostaria del molin del bosch. - 69. La respostes de Enghel Gherdener. - 70. La strambaries del mat de Zusana. - 71. El castich de chiche à sparti i boš. - 72. El diaol che à sconet i vedie. - 73. Picoles conties de besties. - 73a. Furbaria de tigre e furbaria de bolp. - 73b. La belora e el garber. - 73c. L'ucèl da l'èga e el tacuin. - 73d. La sorices e el giat. - 73e. El louf e el cian. - 73f. El ciaval e el manz salvère. - 73g. El papaghèl e el servidor. - 73h. El giat e la netola. - 73i. Le doi sorice. - 73l. La feida toneta. - 73m. El papaghèl ascort. - 73n.

El ciaciador e la galinetes. - 73o. La bolp e el capriol. - 73p. L' aren e la pica de ua. - 73q. El louf e la vegia. - 73r. La bolp e la gialines. - 73s. La bolp e l'aucia. -73t. El leon, la bolp e el cerf. - 73u. La bolp, el louf e el giagher. - 73v. El mušat e la sponjes. - 73w. El porcel e la feides. - 73z. La doi talpines. - 74. Chel che no volea aer da termenèr con nesugn. - 75. El jigant da si. - 76. La storia de un mušat. - 77. Se didèr fora un col auter. - 78. Chel che fèš mi om l'é dut ben fat. - 79. La ciameija del om content. - 80. La roba. - 81. Testamenč corgiouš. - 82. Descorš anter un bez malà e un bez san. - 83. Un ospedèl corgious. - 84. El fianel del Signoredio. - 85. Polone e la Fersa. - 86. Storia di pèscui da Poza te Contrin.

Inhaltsverzeichnis der Sammlung Don Massimiliano Mazzel:

1. Soreghina. - 2. Albolina. - 3. I ciuzé de la stria. - 4. El smauz de'l diaol. - 5. Sech de la Sbof e la stria te pegna. - 6. Re Laurin e l'Enrojadira. - 7. Casot e sia femena. - 8. La steila da mont. - 9. Chela veia trota. - 10. Cian Bolpin. - 11. El color de arjent de noša crepes. - 12. El mat e el sebech. - 13. Chel veie pegna da Pian. - 14. La tumiaes de Senta Catarina. - 15. La bolp e l'aucia. - 16. I Calighées. - 17. La bèla Zèfa. - 18. La rucenaes da Pian. - 19. La madona de la neif. - 20. El tous che aéa bon·cèf. - 21. I fiores da la sita. - 22. I spoš, la ponjina e el ciancel de'l pan. - 23. El "giaggiolo". - 24. L'"arnica" e la "genziana". - 25. Bera Janagnol Gherdener e la stries. - 26. El drago de'l lech de Dona. - 27. El frate dai Mugogn. - 28. La istoria de Ciantrujan. - 29. La popes de sas. - 30. Marugiana da'l ceston. - 31. Nigolina. - 32. Un tous con doi morojes. - 33. La vivena de Pian da la Fraina. - 34. La pedies de'l ors. - 35. Chel mat de Zusana. - 36. No te desmentièr de me. - 37. La contia de Bera Ujep da Ronch. - 38. La patofia de'l Edelweiß. - 39. Conturina. - 40. El "Geranio". - 41. Jan dai molins. - 42. Re Oldesas / La mort de Re Oldesas. - 43. Un che volea maridèr doi touses te'n outa. - 44. La patofia de'l meis de dizenber. - 45. El monech da Laion. - 46. I studenč famé e l'ost. - 47. El sartor e el diaol. - 48. Un bregostan e l'agnol neigher. - 49. Co che i pomes de tera i é rué ta l'Inghilterra. - 50. I pomes de tera i ven porté en Prušia. - 51. Contia de un pére om salvèrech. - 52. Recorč de'sti egn. - 53. Giochele moliné. - 54. Nicolo' da'l alber de brugne. - 55. 'na lesa de fen. - 56. Bertol Zòch e Sènch. - 57. I pèstres dò Sèn Bertol. - 58. El Signoredio e Sèn Piere. - 59. La vera d'i spirič contra i Fašegn. - 60. El veie che predijea el tenp. - 61. El diaol e l'anima de un pere mòch. - 62. El milor. - 63. La stria de póz Strion. - 64. Maria dai gatti. - 65. El divino infante. - 66. El sudà e el crocefis a Cortina de Anpez. - 67. El veie in ciameija. - 68. La liègnes de cièrn de ciaval. - 69. Lucia. - 70. Betin e Betela. - 71. La patofia de'l meis de me. - 72. El louf e la bolp. - 73. Le bregostane de Pian da le Erboline. - 74. El purgatorio de Franzele. - 75. Giovani e el Signoredio. - 76. A la madona de'l capitel de'l Ciuch. - 77. Micel e Tina. - 78. Contia da zacan. - 79. La contesa de Doléda. - 80. La contia de la doi touses. - 81. Contia de en capriol e de Sènta Geno-

vefa. - 82. La letra. - 83. Doi mostazèdes, 'na preja e dò ... spoš. - 84. Contia de'n ciaciador. - 85. El mòch de Rortič. - 86. El mat da Mortič. - 87. El fi de l'avaro. - 88. La contia d'i popes dai šoldi. - 89. La contia de Nena scaturena. - 90. El ciastel de la signora de Dolèda. - 91. Polone e la Fersa. - 92. El gran monech de Sen Jan. - 93. Toratiatia Zopel. - 94. Bera Naz. - 95. 'na piciola da Cianacei. - 96. Co che l'é jit a fenir le majon de San Nicolò. - 97. Piere da'l polver. - 98. El castich de chi che à sparti i bòš.

Verzeichnis der Gewährsleute (Sammlung Massimiliano Mazzel):

"Soricin" (don Mazzel?): Erzählung 1, 10, 29, 35. - Giovani de Cechinol: 1, 2, 5, 10, 11, 30, 33, 39, 62, 73, 80. - "Dorich": 2, 36, 37, 39, 43. - Ermano Badia: 4, 16, 17, 33, 78, 85, 96. - Rosaria de Pierucol: 5, 9, 17. - Rosa Debertol de Bastian: 5, 17. - "Tita de Megna" (Giov.batt. Costa, Cianacei): 7, 20, 32, 37, 45, 46, 48, 53, 67, 68. - "Zòt de Rola" (Giov. Giacomo Joci): 8, 24, 26, 28, 42, 83, 97. - d. Silvio Dellandrea: 9. - "Gems da Pera": 11. - Giovani Sopperra de Peghèn: 15, 16, 17, 63. - Gustavo Cassan Magro: 17. - Lucia Donei Sommavilla: 19. - Salvester da'l Griš: 25. - "Schiel": 33, 62, 63. - Simon de Giulio: 38, 44, 71, 97. - Plita de'l Baila: 33, 79, 81, 84. - Carlo Bernard "Manghia": 33. - Valentino Felicetti: 33. - Zulian Valentin: 51. - Carlo Ghetta: 59. - Ernesto de Carantin: 63. - Claudio de Pararin: 69. - Amalia Zacchia: 70. - Luigi Zul: 73. - "Velgia Linterna": 52. - "Arnica da Mont": 53. - "Zirm": 54. - "Chel dai giač": 74. - "Chel un": 75. - Talè de Pascalin: 76. - Walter Planchensteiner: 77. - "Rezila che pašien": 82. - Orsola da'l Griš (Cianacei): 88, 94. - "Oci": 95. - "Giaf da l'Ucel": 98.

12 Das ist z.B. der Fall des Informanten Ermanno Badia, der mehrere Erzählungen beisteuert, darunter durchaus gut geglückte Wiedergaben von bereits in früheren Quellen anzutreffenden Motiven, die aber nicht unbedingt auf Gelesenes zurückgehen, da es sich um Veröffentlichungen in nicht weit verbreiteten Quellen handelt: z.B. Nr. 16 - 'I Calighees', eine geschickt adaptierte Fassung des Sesam-öffne-dich-Motivs, oder die Geschichte Nr. 33 - 'La Vivena de Pian da la Fraina', eine Version des Selbertan-Motivs, das in dieser Fassung bisher nur in einer 1887 im Annuario der SAT von Brunel veröffentlichten Erzählung bekannt war ('Žan Baila e la Bregostana'), später griff sie Rossi auf, dessen Manuskripte aber nicht bekannt waren. Derselbe Badia, ein also recht interessanter Informant, erzählt aber auch Geschichten, die wie getreue Nacherzählungen von Texten Altons wirken, so z.B. Nr. 4 - 'El smauz de'l diaol', die wortgetreue Übereinstimmungen mit Altons 'L'ont e l'liber' aufweist, oder Nr. 17 - 'La bèla Zèfa', die auffällig an Altons "Tarata und Taraton" erinnert, wobei allerdings sofort eingeschränkt werden muß, daß diese Überlieferung mehrfach belegt ist und sehr lebendig zu sein scheint.

13 Dieser Informant, Giovani de Cechinol, ist wohl der interessanteste Gewährsmann der Mazzelschen Sammlung. Er wurde später vom Volkskundler Cesare Poppi auch ausführlich befragt, die Ergebnisse liegen im

Istituto Culturale Ladino in Vigo (Material Pera 4, Sg. XV PR 4, 6. April 1977). Giovani hat seinen Wolff gelesen und gibt das auch ohne Scheu zu, aber er hat alte Leute noch erzählen hören, und sie erzählten die Geschichten wirklich teilweise so, wie Wolff sie später aufgeschrieben hat, und die haben sie sicher nicht bei Wolff gelesen, da wäre z.B. die Erzählung Nr. 11 - 'El color de argent de noša crepes', die Wolffs Märchen von den 'Bleichen Bergen' ziemlich genau entspricht, oder Nr. 39 - 'Conturina', die der gleichnamigen Erzählung bei Wolff zugesellt werden kann, und noch weitere Beispiele könnten angeführt werden; teilweise hat Cechinol die Erzählungen Wolffs in anderen Versionen gehört, und in diesen Fällen hält er sich an das mündlich Gehörte, und nicht an das Geschriebene, so z.B. bei Nr. 1 - 'Soreghina', deren Motivkern bei Wolff und in der Version von Cechinol zwar vergleichbar ist, deren Erzählduktus bei Cechinol aber sehr abweichend verläuft. So, wie Cechinol die Geschichte erzählt, ergibt sie übrigens kaum einen "Sinn", aber Cechinol kümmert sich nicht weiter darum, sondern berichtet die Erzählung so, wie er sie im Gedächtnis hat. Der erklärende Zusatz, daß unter Soreghina wohl die Sonne zu verstehen sei, die allabendlich untergehe und "sterbe", stammt ziemlich sicher aus der Feder des Redaktors Mazzel. Cechinol läßt sich auch von weiteren schriftlichen Quellen nicht übermäßig beeinflussen. Die Erzählung Nr. 10 - 'Cian Bolpin' etwa ist mit Altons Erzählung von 'El vent e el snigola' deckungsgleich, aber Cechinol hält an dem von ihm gehörten Namen der Heldin - Talina - fest, gegen die Diktion Altons, wo die Heldin "Quelina" heißt. Ob Cechinol die Überlieferung Rossis gekannt hat, bei dem die Heldin "Kenina" heißt, wie auch bei Wolff, der die Erzählung über Rossi erfahren hat, sei dahinbestellt.

14 Bemerkenswert ist z.B. die Erzählung Nr. 62 - 'El milor', für die kein früherer Beleg gefunden werden kann. Es handelt sich dabei um ein Wunderding, eine Art Alraune, die jedes Gut wunderbarerweise vermehrt, sofern man es nicht verteufelt, worauf das Wunderding sich in Gestalt eines weißen Vogels davonmacht. Eingebaut ist das Motiv in eine Rahmenhandlung, für die wiederum Belege vorhanden sind: eine hilfsbereite Frau steht einer schwangeren Kröte bei und erhält zum Dank den "milor"; unvorsichtigerweise entfährt ihr aber ein Fluch - übrigens als Ausdruck des Erstaunens, und somit geht sie ihres Glücks verlustig. Was das alles bedeuten soll, weiß Cechinol offensichtlich auch nicht; der sinnige Kommentar: man soll sich ja vor dem Laster des Fluches hüten, stammt wohl wieder aus der Feder Don Mazzels.

15 Zot de Rola erzählt Lokaltraditionen, etwa Nr. 28 - 'La istoria de Ciantrujan', oder Nr. 42 - 'Re Odelsas', die eingehend von Arimannen und Trusanern und von den Kämpfen zwischen den beiden berichten; er greift also Themen auf, die durchaus auf eine breite Überlieferung zurückgehen, die auch Wolff noch vorgefunden hat. Die weitausholende, zyklische Ausrundung dieser Stoffe, die Wolff dann unternommen hat, sind Zot de Rola allerdings unbekannt. Das Erzählsubstrat, von dem Wolff ausgegangen sein muß, wird also durch diesen späten Informanten

bestätigt, unklar muß aber bleiben, ob Zot de Rola - der Wolffs 'Dolomitensagen' zweifellos kennt - die Wolffschen Versionen mündlich nicht mehr gehört hat oder ob er sie als Wolffs Erfindung empfindet. Unklar bleibt daher auch, ob dieser Sachverhalt als Hinweis auf den Zusammenbruch der ladninischen (genauer: fassanischen) Erzähltradition verstanden werden kann oder aber als Hinweis auf die Überlagerung und Induktion der Erzähllandschaft durch Wolffs Sagenbuch, das die früher gegebene Traditionslage verschüttet hat.

ZUR PHÄNOMENOLOGIE UND FUNKTION DER SAGE.

Möglichkeiten der Interpretation von Volkssagen in der Gegenwart.

von

Leander Petzoldt

> "Viel Arges gibt es heute zu fürchten. Doch das besondere Grauen, das ein Spuk auslöst, ist selten geworden. Nur wenige können sich einer unheimlichen Erfahrung rühmen, so beliebt sie auch als erzählte ist. (...) Wie aber bekannt, fühlten sich frühere Zeiten unvorstellbar verspukt. Jeder dritte Bauer hatte seinen Kobold im Haus, in allen Winkeln fürchtete man die andere Welt. Teufel drückten und drängten in der nächtlichen Zimmerwand, bald brach ein Auge, bald eine Zunge hervor, nur Gebete verhinderten, daß der ganze Dämon kam. In den Wäldern hausten Geister, wilde und zarte, Männer ohne Kopf am Kreuzweg, Moosweibchen, die vom Satan gejagt wurden. Selbst in den Städten gab es Nachtgespenster, oft kurioser Art, in Frankfurt den Kettengaul, in Worms die feurige Eule. Die Sage ist voll solcher Berichte, und sie wirken desto erstaunlicher, als sie bei allem Aberglauben so schlicht und zweifelsfrei vorgetragen werden, wie eine wirkliche Beschwerde oder Mitteilung." (Bloch 1935, 358).

Der Philosoph Ernst Bloch schrieb diese Zeilen 1935 in einem Essay, dem er den bezeichnenden Titel "Technik und Geistererscheinungen" gab. In wenigen Worten umreißt er eine Reihe von Typen dämonologischer Sagen, Sagen von Naturgeistern, Moosweibchen, dem Akephalos und Stadtgespenstern, die in den

Sagensammlungen des 19. Jahrhunderts in überwältigender Fülle zu finden sind. Es sind Erzählungen, die etwas aussagen über eine Möglichkeit menschlicher Welterfahrung, und die auch auf eine bestimmte Weise Welt deuten wollen. Ernst Bloch hat zweifellos nicht Unrecht, wenn er weiter die 'meilenweite Einsamkeit früherer Zeiten', die dunklen Winkel der menschlichen Wohnung, die von keinem Licht ausgeleuchtet wurden, für den Geisterglauben vergangener Geschlechter verantwortlich macht und den Schluß zieht, daß das elektrische Licht und insgesamt die Technik einen entscheidenderen Anteil an der Vertreibung der Geister hatte als die Aufklärung, "denn wo bleibt", so schreibt er, "ein Irrlicht neben dem Scheinwerfer des Autos, das auf der Landstraße jagt; was ist die Totenuhr im Gebälk, sobald der Bauer sein Radio auf London eingestellt hat. Der Klabautermann ist obdachlos, seit das Segelschiff verschwunden ist, ein Kobold gar hinterm Gasherd oder der Zentralheizung ist nicht unheimlich, sondern lächerlich und geschmacklos."
Was jedoch Bloch bei dieser rationalistischen Erklärung zu berücksichtigen vergißt, sind die dunklen Winkel der menschlichen Psyche; und wenn er schreibt, daß "die Gemütslage Geistern gegenüber ... durch eine einzige Veränderung der Beleuchtungstechnik weit gründlicher gelichtet (wurde) als durch tausend Aufklärungsschriften" so sagt er zwar Wesentliches über die Wirkungsgeschichte oder besser: über die beschränkte Effizienz aufklärerischen Schrifttums aus, vergißt dabei jedoch, daß auch Jupiterlampen atavistische Geisteshaltungen nicht auszuleuchten noch zu ändern vermögen.

Man ist geneigt, der Sage einen höheren Realitätsgehalt zuzumessen als dem Märchen, hält sie aber nichtsdestoweniger für eine erzählerische Form, die der Vergangenheit angehört und die in unserer technischen Kultur nicht mehr neu geprägt werden kann.

Dabei berücksichtigt man nicht, daß die psychischen Grundgegebenheiten, die hinter jeder Sagenbildung stehen, sich bis heute kaum gewandelt haben. Die Entstehung von Sagen ist an bestimmte Geisteshaltungen gebunden. Will-Erich Peuckert spricht in diesem Zusammenhang von Bewußtseinsebenen, von einer zauberischen, mythischen und rationalen Bewußtseinsebene (Peuckert 1965, 40 ff). Man sollte meinen, daß diese Bewußtseinsebenen in historischer Abfolge geistigen Gesamtentwicklungen der Menschen eines Kulturkreises korrespondieren, daß eine konsequente Entwicklungslinie von einer archaischen, zauberischen zur modernen rationalen Geisteshaltung verläuft - doch verhält es sich keineswegs so. Zwar ist "in jeder Zeit und in jedem Raum eine dieser Geisteshaltungen die vorherrschende - das ist für unsere Zeit (und wieder nur mit unseren Augen gesehen) die rationale Ebene oder die Hinwendung zum Tatsächlichen" (Greverus 1968, 39), doch treffen wir gerade heute in einer hochzivilisierten technischen Welt immer wieder auf beinahe atavistisch anmutende Äußerungen einer magischen Subkultur, die Stimmen aus der anderen Welt zu hören vorgibt, die sich inmitten der Großstädte einem obskuren Teufelskult widmet, in deren Dunstkreis noch immer Hexen und Vampire gedeihen und wo Autofahrer grauenerregende Begegnungen mit gespenstischen Anhaltern haben. Dieses mythisch-magische Bewußtsein war zu allen Zeiten neben rationalen Geisteshaltungen gegenwärtig. Nur der Einfluß auf die Gesamtkultur wechselte. Aus diesem Bewußtsein erwachsen Sagen, gewissermaßen als Konkretisierungen des Volksglaubens, deren Anstöße aus verschiedenen Richtungen kommen. Neben dem realen, meist historischen Ereignis, das zur Sage führt, sind es Orte, Namen, Gegenstände, die zu 'Objektivationen' zwingen, zu Erklärungen, die damit wieder zur Entstehung von Sagen beitragen. Dies ist nur eine Möglichkeit der Sagenbildung; es würde zu weit führen, auf alle anderen Möglichkeiten einzugehen.

Doch was ist eine Sage? Die Schwierigkeiten beginnen schon bei dem Unterfangen, die Sage zu definieren. Der Grimm'sche Versuch, die Sage zum Märchen abzugrenzen mit der Feststellung, jene sei historischer, dieses sei poetischer, bezieht sich nur auf einen Bruchteil der volkstümlichen Sagenüberlieferung. Auch der oft berufene höhere Realitätsgehalt umfaßt nur einen Aspekt der Sage und mit dem Versuch, Sage als Widerspiegelung subjektiver Erlebnisse zu interpretieren, lassen sich nur ganz wenige Sagentypen erklären. Das Problem wird leichter lösbar, wenn wir vom Material ausgehen und nicht von einem präformierten Idealbild dessen, was Sage sein soll. Wenn man in die bekannten Sagensammlungen hineinschaut, zeigt es sich, daß unter dem Begriff 'Sage' die verschiedensten Formen subsumiert werden. Die bekannteste, weil älteste und durch die Tradition geheiligte Sammlung ist die 1816/18 erschienene Anthologie der 'Deutschen Sagen' der Brüder Grimm. Aber gerade diese Edition gibt viel weniger ein Bild der volkstümlichen oralen Überlieferung als ein Bild dessen, was sich die Herausgeber und ihr intellektuelles Publikum unter 'Deutschen Sagen' vorstellten. Die Sammlung bietet ein Arsenal von Chronikerzählungen, Mirakeln und Wunderberichten aus den zahlreichen Werken der Prodigien- und Chronikliteratur vom 15. bis zum 18. Jahrhundert. Eine solche Sammlung ist heute ein echtes Desiderat, denn so wie hier die Brüder Grimm literarische Quellen für die Volkserzählung fruchtbar machten, haben nur wenige Sammler dies vermocht. Man unterliegt jedoch einem Mißverständnis, wenn man die hier abgedruckten Stücke für lebendige Volksüberlieferung bzw. für volksläufige Stoffe hält. Schon die Gruppierung der Herausgeber zeigt dies an. Sie unterscheiden zwischen Ortssagen und historischen Sagen, eine Differenzierung, die letztlich keine ist, denn Sagen sind im allgemeinen immer an Örtlichkeiten gebunden, dies ist sozusagen Bestandteil ihrer Definition. In erster Linie aber haben die Brüder Grimm in ihrer Sammlung Reisebeschreibungen, Chroniken, Predigtexempelsammlungen, topographisch-statistische Werke, Kuriositätenliteratur, gelehrten Aberglauben, aber auch Schriftsteller der Antike, Geschichtsschreiber, juristische Werke, Volksbücher, mittelalterliche Handschriften, Volksliedsammlungen, Anekdoten, Kalender bis hin zu Goethes 'Wilhelm Meister' ausgewertet. An mündlich aufgenommenen Stücken (wobei auch hier die Frage nach der Authentizität zu stellen ist) finden sich in dieser Sammlung jedoch nur 54 Nummern. Das sind bei einer Gesamtzahl von beinahe 600 Texten 9 Prozent. Hinzu kommt, daß die Herausgeber häufig mehrere Überlieferungen zusammengefaßt haben, Versepen in Prosa transponierten und andere Stücke stilistisch glätteten. Wenn man also davon ausgeht, daß eine Interpretation von Volkssagen sich nicht nur auf Inhaltliches bzw. das Stoffliche beschränken soll, muß man sich dessen bewußt sein, daß die Grimm'sche Sammlung von ihrem künstlich altertümelnden Sprachbild her, durch ihre Heterogenität und nicht zuletzt durch die Eingriffe der Herausgeber sich weder für eine exemplarische Darstellung volkstümlicher Überlieferung noch als Ansatz für eine Gattungsanalyse und erst recht nicht als Zeugnis für die orale Tradition eignet.

Der bewußt stilisierten, romantisch, sentimentalisch eingefärbten und nicht zuletzt einer germanisch-mythischen Ideologie verpflichteten literarischen Sage steht die nüchterne, manchmal unbeholfene, sprachlich anspruchslose, nichtsdestoweniger aber Situationen extrem verdichtende Erzählweise der Volkssage gegenüber.

1. Wie die Legende, das Sprichwort, das Märchen und der Schwank ist die Sage **morphologisch** betrachtet eine 'einfache Form', die durch die Simplizität ihrer Struktur einen leichten Zugang zu ermöglichen scheint. Inhaltlich umfaßt sie das breite Spektrum menschlicher Auseinandersetzung mit seiner eigenen und der ihn umgebenden Natur, mit der historischen Realität und der transzendenten Welt.

So gesehen ist die Sage eine 'Urform menschlicher Aussage' und gehört als dichterische Form zu den 'ontologischen Gattungs-Archetypen' (Ranke 1978, 33), die, wie alle diese Formen volkstümlicher Dichtung, Grundbedürfnissen der menschlichen Psyche entspringen.

Als entscheidendes Kriterium für die Sage wird ihre 'wahrnehmungspsychologische Authentizität' (Pentikäinen 1968), d.h. der individuelle Wahrheitswert angeführt. Ein weiteres strukturelles Merkmal wird in der Mehrdimensionalität der Sage sichtbar. Der Einbruch des Übernatürlichen wird hier - im Gegensatz zum Märchen - als etwas Schreckhaftes erlebt, ja es bildet selbst die Sage. Individualisierende Darstellung und das Verhältnis zwischen Diesseits- und Jenseitswelt, ihre Kontrastierung, sind Merkmale der inneren Form. Die äußere wird zum einen durch ihre Kürze, Einepisodigkeit, eine reduzierte Syntax und schließlich durch die genaue Lokalisierung und Zeitangabe bestimmt.

Aus ihrer Affinität zur übernatürlichen Welt bezieht die Sage einen Teil ihrer emotionalen Anziehungskraft, was dazu führt, daß sie oft im persönlichen Erlebnis motiviert ist. Das persönliche Erlebnis ist aber in den meisten Fällen der faszinierende und erschreckende Zusammenstoß mit dem Unbekannten, dem Übernatürlichen, dem Jenseitigen, sei es ein Aufhockererlebnis, Naturdämonen, das Mittagsgespenst, der feurige Hund auf der Dorfstraße, der sich körperlich manifestierende Geist eines Wiedergängers oder auch nur der Tritt auf eine Irrwurzel, der den einsamen Wanderer in die Irre gehen läßt. Das Einsamkeitserlebnis, heute kaum mehr nachvollziehbar, ist in diesem Zusammenhang sicher ein Sagen konstituierendes Element gewesen.

Der Zusammenstoß des Numinosen und Profanen wird in der Sage mit beklemmender Eindringlichkeit geschildert. Sie erfährt keine sprachliche Formung, im Gegenteil gewinnt sie gerade durch die umgangssprachliche Lautung, Kargheit der Ausdrucksmittel, parataktische Aneinanderreihung der einzelnen Glieder, Dialektformen und Regionalismen den Wert authentischer Berichterstattung.

2. Betrachten wir die Sage unter **stoff- und motivgeschichtlichen** Aspekten, so steht zunächst das Inhaltliche im Vordergrund. Die komplizierten Wechselwirkungen, Beeinflussungen und Strömungen zwischen Volksliteratur und Hochliteratur können hier beispielhaft sichtbar gemacht werden. Gleichzeitig lassen sich bei dem Übergang eines Stoffes von einer Gattung in die andere die ihm zugrundeliegenden Strukturen schärfer fassen und die durch den Gattungswechsel bedingten Strukturveränderungen feststellen. So wie es bestimmte Wahlverwandtschaften, enge Affinitäten zwischen Stoffen und Gattungen gibt, gibt es auch Stoffe, die infolge ihrer einfachen Struktur, aber auch aufgrund ihrer Thematik durch die Jahrhunderte hindurch vielen Gattungen anverwandelt wurden. In diesem Überlieferungsprozeß spielt die Volkssage eine wichtige Rolle.

Von einem Bauernhof im Schwarzwald wird noch in den sechziger Jahren unseres Jahrhunderts erzählt, man habe ihn versetzen müssen (was nachweislich im 18. Jahrhundert geschehen ist), da man im Haus keine Ruhe mehr hatte, weil in ihm der eigene Sohn ermordet worden sei. Einer der Söhne sei als reicher Uhrmacher nach langjähriger Abwesenheit aus London heimgekehrt. Hier habe er als Fremder unerkannt um Unterkunft gebeten und diese erhalten. Verführt durch den offensichtlichen Wohlstand des Gastes habe die habgierige Bäuerin gelegentlich einer Erkältung des Fremdlings ihren Mann in der Nacht zu einem heilkundigen Bauern ins Tal geschickt und den Kranken durch Eingießen heißen Schmutzes (Fettes) in den Hals ermordet. Sterbend habe der Fremde geklagt: "Jetzt habt ihr was gemacht, ihr habt den eigenen Sohn umgebracht" (Schilli 1953, 23, A. 15).

Von dieser Sage, die in der Erzählforschung als Typus von der 'Mordherberge' bezeichnet wird, lassen sich an die hundert Varianten aus beinahe allen deutschen Landschaften nachweisen. Aber auch in ganz Mitteleuropa ist die Sage verbreitet. Sie wird meist von einsam stehenden Wirtshäusern erzählt, knüpft aber auch oft an abgelegene Höfe wie im Schwarzwald an. Sie hat eine recht einfache geradlinige Struktur und ihre Pointe besteht letzten Endes darin, daß die habgierigen Eltern sich durch den Mord am eigenen Sohn selbst bestrafen. Zufall, Mißverständnis, Schicksal oder göttliche Gerechtigkeit, das sind die Pole, an denen sich die jeweiligen dichterischen Bearbeitungen des Stoffes orientieren. 1895 bezeichnete der französische Dramatiker Georges Polti den Vorwurf als eine 'dramatische Ursituation', und schon 1809 hatte Zacharias Werner diesen Stoff seinem Schicksalsdrama 'Der 24. Februar' zugrunde gelegt. Ich kann die Geschichte dieses Motivs hier nur kurz andeuten. Eine Geschichte, die ihren Anfang im Jahre 1648 mit einem englischen Flugblatt nimmt (was natürlich bedeutet, daß der Stoff um diese Zeit bereits bekannt ist). Dieser Stoff gelangt vom Flugblatt über das Drama in die Novelle, vom Volkslied zum Bänkelsang und ist ständig in der Volkssage gegenwärtig, und er wird immer wieder neu aktualisiert im Zeitungsbericht. Bereits am 7. Juli 1727 hatte die 'Vossische Zeitung' in Berlin eine Meldung gleichen Inhalts aus Paris gebracht und noch am 22. Januar 1932 veröffentlicht die 'Magdeburger Volksstimme' die gleiche Nachricht:

> "Eine grauenhafte Tragödie spielte sich in dem Böhmerwaldgrenzstädtchen Neuern ab. Ein verschollener, schon mehrere Jahre auf der Totenliste stehender österreichischer Soldat kehrte plötzlich aus russischer Kriegsgefangenschaft in Sibirien zurück. Niemand erkannte ihn. Nur einem Gastwirt, bei dem er schon vor dem Kriege verkehrt hatte, gab er sich zu erkennen. Um seine Eltern zu überraschen, erbat er sich im Vaterhaus ein Notquartier. Die Eltern erkannten den Sohn nicht und wiesen ihm den Stall an. Die Mutter unterzog im Zimmer das mitgebrachte Gepäck des Fremden einer Untersuchung und fand einen größeren Geldbetrag vor. Sie wollte ihren Mann bewegen, den Unbekannten wegen dieser Summe zu erschlagen. Im Entschluß noch zögernd, trank sich der Mann in dem Wirtshaus, wo sich der Sohn zu erkennen gegeben hatte, Mut an. Der Wirt konnte aber sein Geheimnis nicht länger bei sich behalten. Der Vater lief ernüchtert nach Hause. Er fand seinen heimgekehrten Sohn im Stall als Leiche vor. Die Mutter hatte bereits das Mordwerk vollbracht und dem eignen Sohn den Hals abgeschnitten." (Petzoldt 1978, 414 f).

Zweifellos spielt das Auftreten dieses Stoffes in der Form der Zeitungsnachricht eine wichtige Rolle im Prozeß der Motivvermittlung. In ihrer Mittelstellung zwischen Hochliteratur und Volksliteratur und aufgrund ihrer neutralen Form vermag sie auf beide einzuwirken, vor allem aber vermittelt sie den Stoff aus der volkstümlichen oralen Tradition in die literarische. Über das tertium comparationis der Authentizität gehen Zeitungsnachricht und Sage eine enge Verbindung ein. HIer zeigt sich eine Eigenart menschlichen Denkens. Durch die Versicherung, etwas sei authentisch, verändert sich die Art unserer Wahrnehmung entscheidend. Und wenn ein Bericht bereits von der sprachlichen Form her, nämlich in der Zeitungsnachricht mit dem Signum der Wahrheit versehen ist, indem er die scheinnotwendige, quasikausale Verknüpfung unseliger Umstände mit den Versatzstücken der Moderne umgibt, so ist der Authentizitätsanspruch vollauf gesichert. Es erscheint daher geradezu paradigmatisch, wenn Albert Camus in seiner Erzählung "L'Etranger" (1943;dt. 'Der Fremde', 1948) diesen Stoff als Zeitungsnotiz einführt, die dem gefangenen Mersault die Zeit vertreibt. Einige Jahre später legt Camus die Fabel seinem Drama 'Le Malentendu' (1947; dt. 'Das Mißverständnis' 1950) zugrunde. Das 'Mißverständnis' ist die dichterische Transposition einer philosophischen These, der These von der Sinnlosigkeit des Daseins. Freilich ist der Sohn in diesem Stück nicht so sehr Opfer wie in Zacharias Werners Drama oder gar in der volkstümlichen Sagenüberlieferung. Hier werden Strukturveränderungen sehr deutlich sichtbar. Camus gibt ihm seinen Anteil an der Schuld des Mißverständnisses, weil alles hätte anders kommen können "wenn der Sohn gesagt hätte" - ich zitiere Camus - "ich bin's, dies ist mein Name"; und Camus knüpft die Folgerung daran, "daß der Mensch in einer ungerechten oder gleichgültigen Welt sich selbst und seine Mitmenschen erretten kann, wenn er sich an die einfachste Aufrichtigkeit, das treffende Wort hält".

Man hat solche Überlieferungen, wie die eben erwähnte, als 'Memorabile' bzw. direkt als 'Zeitungssage' bezeichnet. Solche Zeitungssagen entstehen immer wieder mit dem Anspruch auf Glaubwürdigkeit und selbst nach dem Zweiten Weltkrieg können wir noch Neubildungen verzeichnen, die freilich nicht immer in die Literatur eingehen.

Ein anderes Beispiel: Im Alpengebiet ist eine Sage verbreitet, in der ein Bauer sich in eine Fee, in eine sogenannte Salige verliebt und häufig nachts bei ihr weilt. Eines Nachts geht seine Frau ihm nach und findet beide schlafend. Sie ist jedoch vom Anblick der Liebenden so gerührt, daß sie das Haar der Schlafenden aufhebt und zurechtlegt, woran die Fee erkennt, daß sie entdeckt wurde. Sie scheidet von ihrem Geliebten und gibt ihm ein magisches Geschenk für seine Kinder mit (DVS 318).

Diese Geschichte hat eine umfangreiche literarische Tradition. Goethe hat sie für seine "Unterhaltungen deutscher Ausgewanderten" benutzt. Er entnahm sie den 1666 veröffentlichten Memoiren des Marschalls Bassompierre ("Memoires du Maréchal de Bassompierre, Contenant l'Histoire de sa Vie", Cologne 1666), wo sie als typische Geschlechtersage angeführt ist, die den Ursprung eines Adelsgeschlechts aus der Verbindung mit einem übernatürlichen Wesen erklären soll. Die Geliebte des Marschalls ist eine Fee, wie auch die Ahnherrin der Staufenberger und der Herren von Lusignan eine Fee, nämlich Melusine, ist. Die bekannteste Bearbeitung dieses Stoffes in der Neuzeit gibt Emil Strauss in seiner Novelle 'Der Schleier' (1920).

Wesentlich erscheint in diesem Zusammenhang, daß es sich hier nicht um dichterische Erfindung, sondern um einen genuin volkstümlichen Stoff handelt, um eine Sage, die, wie die französischen Memoiren des Marschall Bassompierre zeigen, auch in Frankreich bereits im 17. Jahrhundert volksläufig war.

Auch für die Don Juan-Sage lassen sich volkstümliche Erzählvorlagen in ganz Europa nachweisen (Petzoldt 1968). Das gleiche gilt für die 8. Erzählung des fünften Tages bei Boccaccio, die Erzählung von Nastagio degli Onesti, der als volkstümliches Motiv die sog. 'Frauenjagdsage' zugrundeliegt (Röhrich 1965). Dieser Sagentypus wurde noch in unserem Jahrhundert in der mündlichen Überlieferung Pommerns aufgezeichnet. Über Boccaccio gelangte der Stoff auch in die bildende Kunst, Botticelli hat die Erzählung auf drei Tafelbildern, die heute im Prado hängen, behandelt.

3. Die Sage berichtet von zahlreichen übernatürlichen Erlebnissen, von **psychologischen** und **parapsychologischen** Phänomenen,

Begegnungen mit dem Wilden Heer, dem Totenzug, mit Hexen und Druden, dämonischen Wesen verschiedenster Art, von Spukphänomenen, Besessenheit, Vorschau, Dislokation und Alpträumen, von Depersonalisation, psychotischen Wahnvorstellungen, Halluzination, Audition, Vision. Sieht man Sagen als Konkretisierung des Volksglaubens, so stellen sie, um es mit einem Wort Hedwig v. Beits zu sagen den "untragbaren Einbruch des Unbewußten ins Bewußtsein" des Menschen dar.

Innerhalb der gesamten Sagenüberlieferung bilden die Totensagen die umfangreichste Gruppe. Hier finden sich archaische Elemente neben christlichen Formen, die präanimistische Vorstellung des 'Lebenden Leichnams' neben der im Fegefeuer schmachtenden Seele. Insgesamt könnte man dieses Kapitel der Volkssage unter den Titel stellen: Zur Frühgeschichte der Angst, denn wie der archaische Totenkult aus der Angst vor den Toten erwachsen ist, spiegeln die Sagen die ganze Ambivalenz des Verhältnisses des Menschen zu seinen Toten als verehrungswürdige Ahnen und bösartige Dämonen wider.

Dabei sagt die Volkssage im Grunde nichts über die Toten selbst aus; Erlebnisse mit Toten, Fahrten ins Jenseits werden nach dem Muster der Diesseitswirklichkeit gebildet, und die Toten selbst treten in der Gestalt auf, in der sie gelebt haben; diese Vorstellungen können ihre archaische Herkunft nicht verleugnen. "Der archaische Mensch 'glaubt' gar nicht an das Weiterleben nach dem Tode", schreibt Arnold Gehlen,"sondern das gehört zu seinen Diesseitserfahrungen, man träumt ja von ihnen, und daß der Traum etwa ein 'Subjektives' wäre, ist unvollziehbar, er ist Wahrnehmung"(Gehlen 1975, 119). Traumgeschehen und Wirklichkeit besitzen die gleiche subjektive Realität.

Doch nicht nur in den Totensagen wird die Angst des Menschen manifest. Die Wilde Jagd, sozusagen das säkularisierte Totenheer, verunsichert den nächtlichen Wanderer, der zudem noch durch Gehörs- und Gesichtshalluzinationen geplagt wird. In einer Sage wird von einem Menschen erzählt, der, von der Wilden Jagd entführt und davongetragen, nach Tagen in einer fremden Umgebung wieder zu sich kommt und erst nach langer, langer Reise wieder sein heimatliches Dorf erreicht (DVS 231). Friedrich Ranke, der Basler Germanist und Volkskundler hat diese Sage als Niederschlag eines realen Erlebnisses gedeutet, als die "Reise eines Epileptikers in seinem Dämmerzustand", indem er die Sage rational unter Heranziehung der klinischen Merkmale eines psychotischen Zustands mit vorausgehenden Halluzinationen sowie nachfolgender Amnesie für die Zeit der Wanderung erklärt. Für den Einzelfall hat diese Deutung sicher ihre Berechtigung, wie auch die Sagengestalt des 'Aufhockers' ihre Existenz zweifellos Angstvorstellungen nächtlicher Wanderer verdankt, wobei noch nicht einmal eine besondere psychische Disposition gegeben sein muß. Solche Ängste konkretisieren sich in Erlebnissen psychophysischer Natur: der Aufhocker springt dem einsamen, von unbestimmter Furcht geplagten, durch Schatten und Geräusche überreizten Wanderer auf die Schulter, nimmt ihm den Atem und treibt ihn bis zur Erschöpfung zu immer größerer Eile an. Die Vorstellung von der äußeren Gestalt des Aufhockers aber entnimmt er dem Vorrat der kollektiven mythischen Phantasie: Geisterhunde, Katzen, Werwölfe, Kobolde, Wiedergänger und andere dämonische Wesen, mit denen die Welt des Sagenerzählers bevölkert ist.

In den Rahmen einer psychologischen Sagenbetrachtung gehören auch die zahllosen Berichte über Teufelsbeschwörungen und Besessenheitsphänomene, die häufig mit allen Anzeichen einer epileptischen oder neurotischen Veranlagung der handelnden Personen versehen sind. Sigmund Freud hat 1928 in einem Aufsatz über eine solche Teufelsneurose im 17. Jahrhundert gehandelt. Diese Erzählungen gehören einer relativ jungen Sagenschicht an, die erst nach dem Eindringen des Christentums ausgebildet wurden, ungeachtet dessen, daß natürlich auch die Antike bereits Besessene kannte. Überraschenderweise entsprechen die in der Sage geschilderten Besessenheitsphänomene genau den zeitgenössischen Berichten und Protokollen über authentische Fälle von Besessenheit, wie ich in einer Untersuchung des volkstümlichen Materials nachweisen konnte (Petzoldt 1965).

Auch die zahlreichen Hexensagen müssen im Zusammenhang mit den Hexenprozessen des 15. bis 18. Jahrhunderts gesehen werden. Germanische Mythologie und antike, vorchristliche Vorstellungen von Hexen spielen hier nur mittelbar hinein. Die konstruktiven Bestandteile der Hexerei, die in den unter der Folter erpreßten Geständnissen aufscheinen, sind in der päpstlichen Bulle "Summis desiderantes" (1484), im "Malleus maleficarum" (1488), in Delrios "Disquisitiones magicae" (1599) und anderen kirchlichen oder juristischen Schriften vorgegeben. Sie bilden den Raster für die peinliche Befragung und damit auch für die volkstümlichen Vorstellungen vom Wetterzauber und Milchdiebstahl, Luftfahrt und Satansdienst, Nestelknüpfen, vom Incubus und Succubus.

Psychologisch gesehen spielt hier die nicht rational bewältigte Angst eine Rolle, die sich aus den für den einfachen Menschen unerklärbaren Zusammenhängen des Lebens ergibt. Das Erlebnis der Angst gehört zum Dasein des Menschen, das nun wirklich, auch im 20. Jahrhundert, seine ungelösten Rätsel birgt. Nicht von ungefähr erfreuen sich daher alle diejenigen, die sich anheischig machen, diese Rätsel in Gestalt der UFOs, der Zombies, des Schneemenschen, oder einer archaischen Urbevölkerung zu lösen, eines unglaublichen Zulaufs. Das Ungeheuer vom Loch Ness ist nur der liebenswürdigere Vertreter dieser Gruppe von Wesen einer uns fremden Welt: Marsmenschen, Batman, der weiße Riese, die Mainzelmännchen sind moderne Funktionsäquivalente mittelalterlicher Dämonologien.

Und in der Tat bewegen sich die Vorstellungen der Volkssage wie auch die der Science Fiction im Rahmen der menschlichen Empirie; die Dämonenwelt der Sage ist anthropomorph wie die Marsbewohner eben als modifizierte Menschen gedacht sind. Was beide über den Menschen heraushebt und unheimlich macht, sind ihre übernatürlichen Kräfte, beruhen sie nun auf Magie oder Physik.

Die Beschäftigung der Wissenschaft mit Phänomenen, die einerseits zum festen Bestandteil einer magischen Sagenwelt gehörten (Todanmelden, Vorgesichte, d.h. Präkognition und Telepathie), andererseits aber ebensogut in einer parapsychologischen Fallsammlung ihren Platz haben, kann einiges, wenn auch nicht alles zur Erklärung volkstümlicher Überlieferung beitragen. Der in den Schweizer Alpensagen häufige Bericht einer Todesvorschau in der Form, daß der Zuschauer einen Totenzug vorbeiziehen sieht und sich als letzten Teilnehmer erkennt, läßt sich im Rahmen des klassischen physikalischen Weltbildes, das sich aus Raum, Zeit, Kausalität konstituiert, nicht erklären. Denn es wäre absurd anzunehmen, daß ein noch nicht vorhandener, sondern erst in Zukunft eintretender Tatbestand sich als energetisches Phänomen auf einen gegenwärtigen Empfänger übertragen könnte.

Carl Gustav Jung versuchte diese akausalen Zusammenhänge mit dem Begriff der 'Synchronizität' einer Erklärung näherzubringen.

Was für die Erklärung der Sage und für den analogen parapsychologischen Fall von Wichtigkeit ist, mag die Feststellung sein, daß in präkognitiven Halluzinationen sich kollektives Vorstellungsgut mit individueller Erfahrung mischt. Der Leichenzug hat geradezu die Qualität eines Topos, da sein Verlauf und Zusammenhang traditionell festgelegt und der sozialen Umwelt des Halluzinanten fest integriert ist, so daß jeder innerhalb dieses Bezugsrahmens auch im vorhinein seinen ihm bestimmten Platz kennt. Diese Erzählungen beweisen letztlich nur, daß übernatürliche Erlebnisse zur Natur des Menschen gehören und eine Seite hier sichtbar wird, die Grauen und Lockung zugleich bedeutet.

4. Der Erzählforscher Max Lüthi hat nachgewiesen, daß sich im Märchen Züge einer mutterrechtlichen Kultur erhalten haben. In der Sage lassen sich ebenfalls verschiedene **kulturhistorische Schichten** feststellen, anhand von Motiven, die nur als Reliktformen einer archaischen Kultur zu verstehen sind. So haben

sich in einigen Sagen aus dem Alpengebiet Vorstellungen einer sehr frühen Jägerkultur erhalten, Vorstellungen, die der gleichen zeitlichen Stufe wie die Höhlenmalereien in Südfrankreich und Spanien zuzuordnen sind. In der alpenländischen Sage von der 'Tötung und Wiederbelebung aus den Knochen' wird eine Gemse von ihren Jägern verspeist, die Knochen aber werden unversehrt gelassen, gesammelt und auf die Decke des Tieres gelegt, und am nächsten Tage ist das Jagdtier wieder lebendig. Nur an einem kleinen Schulterknochen, den ein Unwissender zerbrochen hat, merkt man, daß das Tier getötet war, denn es hinkt (DVS 247).

Der älteste Beleg im Germanischen findet sich in der jüngeren Edda, wo Thors Böcke geschlachtet und wieder belebt werden, auch hier mit dem Motiv des hinkenden Tieres. Erzählungen dieses Typus, die vor dem ritualmagischen Hintergrund des Jagdzaubers zu interpretieren sind, beschränken sich nicht nur auf europäisches Gebiet, sie lassen sich im asiatischen Raum selbst in der Gegenwart noch als Ritual in dörflichen Gemeinschaften nachweisen (Petzoldt 1978, 399).

Sagen können so als Kulturindikatoren verstanden werden, und schon die Verbreitung bestimmter Sagentypen vermag etwas auszusagen über kulturräumliche Gliederung, Stammeswanderungen und historische Entwicklungen.

Bestimmte dämonische Gestalten sind auf bestimmte Landschaft beschränkt, so der Drak, der fliegende Drachenkobold auf Mitteldeutschland, der Vampir auf Südosteuropa, der Klabautermann auf die norddeutschen Küstengebiete, der Alp und das Schrättele auf Süddeutschland und die Alpenregion.

Viele Sagen sind eigentlich nur Berichte über Verhaltensmuster und Normen einer früheren Kulturstufe. Wenn in einer Zwergensage von einem Bauern berichtet wird, der die Zwerge bittet, ihm ein Messer zu schmieden und dafür einen Geldbetrag hinlegt, als er am Abend das Messer findet (DVS 382), so ist dies ein Vorgang, den man in der Ethnologie gemeinhin als 'stummen Handel' bezeichnet. Herodot beschreibt diese primitive Vorform des Tauschhandels bereits im Verkehr der Karthager mit den Eingeborenen an der afrikanischen Westküste.

Die Sage vom 'Leihverkehr mit den Unterirdischen' (DVS 383) versteht sich als volkstümliche Deutung prähistorischer Funde. Im Rheinland und im Niederdeutschen Raum sind es meist prähistorische Grabhügel oder frühgeschichtliche bzw. römerzeitliche Siedlungsreste, die als Wohnhügel der Zwerge ausgegeben werden. Die Erinnerung daran, daß man in früheren Zeiten dort altertümliche Gefäße gefunden hatte, wurde durch die Sage erklärt, daß junge Brautpaare nur an diesen Hügel zu gehen brauchten, um die Zwerge zu bitten, ihnen einen Braukessel, Pfannen oder Töpfe für die Hochzeit zu leihen. Deutlich zeigt sich hier die explikative Tendenz der Sage, die sogar noch weitergehend die Tatsache motiviert, daß es heute nicht mehr möglich ist, von den Zwergen etwas zu leihen, weil sich nämlich ein übermütiger Bauer einst erlaubte, die entliehenen Gerätschaften verschmutzt zurückzugeben.

Reste magischer Vorstellungen enthalten auch die Opfersagen, Erzählungen, in denen ein Lebewesen, ein Kind, Katze, Hund oder ein Huhn in die Fundamente eines Bauwerkes, eines Dammes oder einer Brücke eingemauert werden, um so die Vitalkraft des Lebendigen auf dieses Bauwerk zu übertragen; gleichzeitig ist es aber auch ein Ersatzopfer für einen Angehörigen der eigenen Gemeinschaft, das dämonische Wesen versöhnen und von schädlichem Wirken abhalten soll. Diese Opfer haben zugleich magische und apotropäische (abwehrende) Bedeutung. Der reale historische Hintergrund jener Sagen ist eklatant und durch zahlreiche Skelettfunde in Fundamenten, aber auch durch historische Nachrichten bezeugt. Die Bauopfersagen indizieren einen kulturellen Hintergrund, der durch eine magisch intendierte Geisteshaltung bestimmt ist; das bedeutet keineswegs von vornherein, daß es sich hier um eine Sagenschicht aus vorchristlicher Zeit handelt, vielmehr muß man feststellen, daß christliche und magische Intentionen in der Volksüberlieferung wie im Volksglauben bis in die Neuzeit nebeneinander stehen oder zwanglos ineinander übergehen können.

An vielen Stellen zeigt sich jedoch christliche Überformung in der Volkssage; vorwiegend darin, daß Dämonengestalten diabolisiert werden, was besonders Luther zu verdanken ist, der die dämonischen Gestalten der Volksüberlieferung, Wassergeister, Kobolde, Wildleute, Zwerge pauschal als Verwandlungsgestalten des Teufels erklärte. Am deutlichsten ist dieser Diabolisierungsprozeß an den Riesensagen zu beobachten. Die volkstümliche Überlieferung kennt kaum noch Riesensagen; die Gestalt des germanischen Riesen wurde durch den Teufel ersetzt, was dadurch erleichtert wurde, daß beide Gestalten religionsphänomenologisch analoge Positionen einnehmen: Die Riesen als Gegner der germanischen Götter, der Teufel als Widersacher des christlichen Gottes. Hinzu kam, daß der Teufelsglaube durch die Hexenprozesse, die letztlich Ketzerprozesse mit dem Vorwurf des Teufelspaktes waren, sehr gefördert wurde. Auch die Sagen, in denen der Teufel als Baumeister auftritt, sind ursprünglich Riesensagen. Ebenso gehören die sogenannten Proportionssagen hierher, in denen der Teufel zum zufälligen Bildner der Landschaft wird, wenn er Steine aus seinen Schuhen schüttelt. Sie gehen eigentlich von riesischen Proportionen aus, wenn das Volk damit die Herkunft kleinerer Gebirgszüge oder von Findlingen erklärt.

5. Eine auch nur annähernd erschöpfende Behandlung der Sage muß die Frage nach der **Funktion** des Sagentextes innerhalb des Kommunikationsmodells Erzähler/Zuhörer stellen. Inwieweit entspricht oder entsprach die Sage einem subjektiven Bedürfnis der Zuhörer, inwieweit ist sie objektiv Abbild der sozialen Wirklichkeit?

Es kann nicht bestritten werden, daß sich in der Sage das Selbstverständnis einer noch näher zu bestimmenden Gruppe exemplarisch äußert. In der Sage wird ein ständisch gegliedertes Weltbild sichtbar, das von der Unveränderlichkeit gesellschaftlicher Strukturen geprägt ist. Mit dem Siegel der Tradition versehen, erlaubt dieses Weltverständnis keine Zweifel an der Gottgewolltheit dieser Ordnung. Von daher muß man der Sage eine ideologische Funktion zusprechen (Bürger 1971, 26). Sagen, die scheinbar gegen dieses ideologische Prinzip verstoßen, erweisen sich umsomehr geeignet, "die Tradition zu stützen", wie David Riesmann schreibt "indem sie die aufrührerischen Neigungen ihrer Zuhörer in den kulturellen Zusammenhang eingliedern ..." (Riesmann 1958, 102).

Frevel und Strafe, Tabuisierungen und Tabuverletzungen, menschliche Konflikte im Zusammenhang mit dem Eigentum, Wunschbilder und ihre Erfüllung in der Schatzsage (als Ereignis, das jedem widerfahren könnte) sind Themen, in denen sich die soziale Funktion der Sage zeigt.

Diese Funktion drückt sich in besonderem Maße in den zahlreichen, in jeder Sammlung anzutreffenden Frevelsagen aus, Erzählungen, die von der übernatürlichen Bestrafung eines Menschen berichten, der sich außerhalb der Ordnung gestellt hat. Außerhalb der Ordnung stehen nicht nur Diebe und Mörder - deren Bestrafung ist selbstverständlich - in der Sage geht es mehr um die läßlichen Sünden, den nicht gehaltenen Feiertag, den verbotenen Tanz, die Brotverschwendung, die schlechte Behandlung der Eltern, Hartherzigkeit gegenüber den Armen, Unachtsamkeit mit fremdem Vieh, mangelnde Ehrfurcht gegenüber den Toten, Mißachtung des Geistlichen, blasphemische Handlungen gegen geweihte Gegenstände, Faulheit und Geiz, kurz, alle jene Verstöße gegen die ungeschriebene Norm, die bestenfalls durch Sanktionen der Gruppe, keinesfalls aber durch das Strafgesetzbuch geahndet werden können. Hier greift die Sage ein und setzt Beispiele geahndeten Frevels, Warnungen, die Verhaltensnorm zu überschreiten, exemplarische Zeichen einer anonymen Macht. Damit wird der Freiraum des Individuums zugunsten des Kollektivs eingeengt. Solche Sagen lassen auf beklemmende Weise "die drückende physische und geistige Enge des bäuerlichen Daseins, dessen Pole Arbeit und religiöse Bindung heißen, erkennen" (Bürger 1971, 28). Denn die Dominanz des bäuerlichen Milieus in der Volkssage ist unübersehbar, sie wird nur geringfügig modifiziert in Landschaften, wo die Milieudominanz der Alphirten, der Fischer und Schiffer oder der Bergleute das tägliche Leben der Menschen bestimmt. Daher liegt es auf der Hand, daß die Sage nicht den Gleichlauf des täglichen Lebens gibt; im Gegenteil werden diejenigen Vorfälle berichtet, die geeignet sind, diesen Gleichlauf zu stören.

Die soziale Welt des Dorfes ist bestimmt durch die Betonung der Eigentumsverhältnisse. Jede ungerechtfertigte Bereicherung durch falsches Maß, durch Abpflügen des Nachbarackers, Versetzung der Grenzsteine, ja selbst unwissentliche Bereicherung wird streng geahndet. Meist in der Form, daß der Grenzfrevler oder betrügerische Wirt nach seinem Tode umgehen muß. Der volkstümliche Formalismus verlangt, daß der Verstoß gegen die soziale Ordnung im Diesseits rein formal wiedergutgemacht wird. Jede Schuld jedoch, die nicht bereits auf Erden ihre Strafe gefunden hat, wird im Jenseits streng geahndet, und zwar nach dem Talionsprinzip der 'spiegelnden' Strafen. Der tote Grenzfrevler muß den versetzten Grenzstein so lange tragen, bis die Bedingungen zu seiner Erlösung erfüllt sind; die geizige Bäurin, die lieber den Schweinen die übriggebliebenen Knödel gab als den Armen, muß in Menschengestalt mit einem Schweinskopf aus dem Schweinetrog fressen. In diesen Strafen kommt zugleich eine scheinbare Sozialkritik zum Ausdruck, denn oft sind es Bauernschinder, geizige Gutsherren, betrügerische Hirten, die ihrer Sorgfaltspflicht nicht genügen. Sie werden nun selbst als Zugpferde geschunden oder müssen, wie Sisyphus das gefallene Vieh immer wieder den Abhang hinaufschleppen, ohne es je ganz hinaufbringen zu können. Christliches Ethos zeigt sich in der Verpflichtung, Almosen zu geben wie auch in der Möglichkeit der Erlösung des umgehenden Toten durch ein verzeihendes Wort des Geschädigten.

Ich sprach zu Beginn dieses Abschnitts von dem Selbstverständnis einer noch näher zu bestimmenden Gruppe.

Beinahe alle Volkssagen, die sich in den heute bekannten Sagensammlungen finden, wurden im 19. Jahrhundert - unter welchen Prämissen auch immer - aus der Überlieferung des vorindustriellen Dorfes aufgezeichnet. In ihnen spiegelt sich die Welt des ausgehenden Feudalismus und einer streng traditionsgebundenen Lebensform. Die Welt des bäuerlichen Sagenerzählers ist daher bestimmt durch seine Abhängigkeit von der Natur und von den Herrschaftsverhältnissen. Da er diese Abhängigkeiten im Grunde nicht erkennt und sie auch nicht rational zu durchdringen vermag, rekurriert er auf eine mythische Weltsicht und beschwört 'undurchdringliche Mächte, die das menschliche Dasein schicksalhaft bestimmen" (Bürger 1971, 34). Damit wird jeder Kritik an den bestehenden Verhältnissen der Boden entzogen, wobei hinzukommt, daß diese Verhältnisse als ewig gesetzt und unabänderlich empfunden werden. Daher reflektiert das Bewußtsein des bäuerlichen Sagenerzählers letztlich den Standpunkt der Herrschenden. Kritik richtet sich immer nur gegen einzelne Individuen, gegen den Ritter, der am Sonntag jagt anstatt in die Messe zu gehen - genau wie gegen die Bauern, die während des Gottesdienstes im Wirtshaus Karten spielen. Gegen den blasphemischen Gutsbesitzer, den reichen Tierschinder, gegen den Großbauern, der seine Knechte nach dem Abendläuten arbeiten läßt, gegen den hartherzigen und geizigen Bischof, wie gegen den grausamen Jagdherrn, der Wilddiebe auf einem wilden Hirsch festschmieden läßt (DVS 208, 291, 293).

Das ist keine Kritik am Feudalsystem selbst, sondern Kritik an der individuellen Übertretung der Norm; die Normen selbst werden nicht in Frage gestellt. Der hartherzige Bischof wird von den Mäusen aufgefressen, der grausame Jagdherr bricht sich beim Jagen das Genick und muß zur Strafe nach seinem Tode Tag und Nacht jagen. Mit dieser Verweisung auf eine jenseitige ausgleichende Gerechtigkeit werden irdische Konfliktsituationen durch transzendente Assoziationen neutralisiert.

Man kann daher Sagen geradezu als Beispielsammlungen für die positive oder negative Bewältigung von menschlichen und sozialen Konflikten bezeichnen. So gesehen gibt die Sage ein realeres Bild menschlicher Interaktionen als das Märchen oder andere Gruppen der Volksliteratur. Auf der anderen Seite muß man sich jedoch vergegenwärtigen, daß die Sage das Außergewöhnliche, eben den Konflikt, das seltene Naturereignis, die Seuche, den Krieg aktualisiert und damit ein relativ einseitiges Bild der menschlichen Lebenswirklichkeit vermittelt.

Literaturhinweise zu dem Beitrag von
L.Petzoldt: Zur Phänomenologie und Funktion der Sage ...

Bloch 1935 = Ernst Bloch, Technik und Geistererscheinungen, in: E.B. Literarische Aufsätze (Gesamtausgabe Bd. 9). Frankfurt 1965, S. 358 - 365, hier S. 358.

Bürger 1971 = Christa Bürger, Sage und Märchen, in: projekt deutschunterricht 1. Stuttgart 1971.

DVS = Deutsche Volkssagen, zitiert mit Nr. (vgl. Petzoldt 1978)

Gehlen 1975 = Arnold Gehlen, Urmensch und Spätkultur. Frankfurt 1975.

Greverus 1968 = Ina-Maria Greverus, Die Chronikerzählung, in: Volksüberlieferung, Festschrift f.K.Ranke. Göttingen 1968, S. 37 - 80.

Pentikäinen 1968 = Juha Pentikäinen, Grenzprobleme zwischen Memorat und Sage, in: Temenos 3 (1968).

Petzoldt 1965 = Leander Petzoldt, Besessenheit in Sage und Volksglauben, in: Rhein. Jb. f. Volkskunde 15/16 (1965) 76 - 94.

Petzoldt 1968 = Leander Petzoldt, Der Tote als Gast. Sage und Exempel. Helsinki 1968.

Petzoldt 1978 = Leander Petzoldt, Deutsche Volkssagen, 2. A. München 1978.

Peuckert 1965 = Will-Erich Peuckert, Sagen. Geburt und Antwort der mythischen Welt. Berlin 1965.

Ranke 1978 = Kurt Ranke, Einfache Formen, in: K.R., Die Welt der einfachen Formen. Berlin, New York 1978, 32 - 46.

Riesmann 1958 = David Riesmann, Die einsame Masse. Hamburg-Reinbek 1958.

Röhrich 1965 = Lutz Röhrich, Die Frauenjagdsage, in: Laographia XXII (1965) 408 - 423.

Schilli 1953 = Hermann Schilli, Das Schwarzwaldhaus. Stuttgart 1953.

BERICHT ÜBER DAS ERSTE ALPENLÄNDISCHE SAGENSYMPOSION AUF DER BRUNNENBURG

S.W. de Rachewiltz, Dorf Tirol

Auf der Brunnenburg bei Dorf Tirol fand vom 11. bis 14. Oktober 1984 das 'Erste Symposion zur alpenländischen Sagenforschung' statt. Die Organisation hatten der Landesverband für Heimatpflege, das Südtiroler Kulturinstitut und der Arbeitskreis Brunnenburg übernommen.

Die Referenten und Teilnehmer aus der Bundesrepublik Deutschland, Österreich und Südtirol waren: Hon. Professor Dr. Klaus Beitl (Österreichisches Museum für Volkskunde, Wien), Professor emer. Dr. Walter Heissig (Seminar für Sprach- und Kulturwissenschaften Zentralasiens, Universität Bonn), Professor emer. Dr. Karl Ilg (Institut für Volkskunde, Universität Innsbruck), Professor Dr. Leander Petzoldt (Institut für Volkskunde, Universität Innsbruck), Professor Dr. Lutz Röhrich (Abteilung Volkskunde des deutschen Seminars, Universität Freiburg i. Br.), Dr. Hans-Jörg Uther (Enzyklopädie des Märchens, Göttingen), Professor Dr. Ulrike Kindl (Universität Venedig). Aus Südtirol nahmen neben Dr. Kindl und dem Tagungsleiter Dr. Siegfried de Rachewiltz auch Dr. Alfred Gruber, Dr. Franz Haller, Christoph Gasser und Dr. Ludwig W. Regele teil.

Nach dem Willkommensgruß durch die Vertreter der drei veranstaltenden Organisationen im Rittersaal der Brunnenburg, eröffnete **Lutz Röhrich** die Tagung mit einem Lichtbildervortrag über "Drachenüberlieferungen gestern und heute". Röhrich ging zunächst vom Südtiroler Material aus (Tristans Drachenkampf auf Schloß Runkelstein und ausgewählte Georgs- und Michaeldarstellungen in Südtirol); anhand zahlreicher Dias zeigte der Referent die verschiedenen Drachenformen und deren künstlerische Ausgestaltung auf. Ausgehend von "der faszinierenden These, wonach das Monster in der literarischen und figürlichen Darstellung Symbol von menschlicher Konfliktverdrängung sei" (Riedmann), berichtete Lutz Röhrich über moderne Sageninterpretationen am Beispiel des "Drachen in uns selbst".

Das Symposion selbst setzte sich aus Kurzreferaten, Statements und Arbeitsgesprächen zusammen. Im Mittelpunkt der Diskussion standen Probleme der Erfassung gedruckter und ungedruckter Erzähltexte alpiner Regionen, der Klassifizierung der spezifisch alpenländischen Sagenstoffe und der Sammeltätigkeit.

1. Probleme der alpenländischen Erzählforschung

Ausgehend von Leopold Schmidts bekanntem Aufsatz "Vor einer neuen Ära der Sagenforschung", der 1965 in der "Österreichischen Zeitschrift für Volkskunde" erschien, eröffnet **Klaus Beitl** die erste Diskussionsrunde mit der Feststellung, daß man in den 60er Jahren einen neuen Impetus in der Sagenforschung verspürt habe, daß aber nunmehr offensichtlich das Bedürfnis vorhanden sei, sich kritisch zu fragen, warum es nicht zu jener Blüte, die man sich damals erhoffte, gekommen ist und umgekehrt, was man unternehmen könnte, damit dieser Garten, der ja ein klassisches Revier der Volkskunde ist, nicht unbetreut bzw. unkultiviert bleibt.
Was Österreich betrifft, so meint Beitl, müssen zunächst ganz vordergründige Probleme genannt werden, und zwar jene der Forschungsorganisation: es gibt heute keine Institution, kein Projekt, keine Leute, keine Schule, die systematische Sagenforschung betreibt; die letzten Sagenforscher gehörten zu unserer Vätergeneration. Mit Leopold Schmidt habe er sich immer wieder Gedanken darüber gemacht, wie eine solche Forschungsstätte aufzubauen sei. Das Österreichische Museum für Volkskunde in Wien ist, so Beitl, weitgehend instrumentiert, diese Forschungsarbeit zu betreiben: man denke nur an die Bibliothek, die ja durch neunzig Jahre systematisch angelegt worden ist, und in welche der große Bestand der "Mythenbibliothek", also der Stiftung "Ahnenerbe" nach dem Krieg eingegangen ist - ein Schatz sondergleichen, der noch nicht gehoben ist.
Neben dem Museum als dem traditionellen Ausgangspunkt der österreichischen Volkskunde ist in jüngerer Zeit auch das Institut für Gegenwartsvolkskunde hinzugetreten (der Name selbst stehe jetzt nicht zur Diskussion); die Entwicklung gehe jedenfalls dorthin, daß die Aufgabenstellung ausgeweitet werden soll.

Seiner Ansicht nach habe jede Wissenschaft die Aufgabe, ihren Acker mit ihren Kulturen zu bebauen und ihn nicht irgendeiner anderen Disziplin zu überlassen. Wir müssen, so meint Beitl abschließend, zu einer besseren Forschungsorganisation gelangen; die Zeit der großen Einzelpersönlichkeiten ist vorbei, und wenn wir uns als Fach behaupten wollen, müssen wir zu modernen Organisationsformen kommen. Dazu gehören zentrale Dokumentationsstätten, die das Sammelgut orten, erfassen, aufarbeiten und einer nächsten Generation weitergeben. Niemand wird behaupten wollen, daß mit unserer Beschäftigung die Dinge erledigt sind: Jede Generation trägt neue Kriterien an das Material heran, aber das kann nur dann geschehen, wenn das Material vorhanden ist. Wir leben heute im großen und ganzen noch von den Sammlungen des 19. Jahrhunderts, in denen Themen und Problematik weitgehend bestimmt sind. Als nachahmenswertes Beispiel dafür, was man aus diesem Material machen kann, wenn man es wendet und neue Aspekte erforscht, erwähnt Beitl die Arbeiten von Ingeborg Weber-Kellermann über das Mannhardt-Material.

Lutz Röhrich bemerkt, daß man sich darüber klar sein muß, daß es eigentlich immer schon sehr wenige Leute waren, die sich mit der Sage beschäftigten. Wenn man an frühere internationale Erzählforschertagungen denke, so habe sich gerade durch die Teilnahme von Kollegen aus Osteuropa gezeigt, daß es eigentlich in jedem Land nur einer war, der sich damit beschäftigt habe. Als zweiter Punkt sei zu bemerken, daß sich die Akzente in der Sagenforschung verschieben: z. Z. sei fast überhaupt keine Katalogarbeit im Gange, Langfristthemen sind nicht gefragt. Überall dort, wo es darum geht, langfristige, historisch-kritische Ausgaben zu erarbeiten, zeige sich immer wieder, daß gerade junge Leute von immer neuen Methoden fasziniert seien; man könne das auch an den internationalen Erzählforscherkongressen ablesen, wo es immer neue Schlagworte gebe, sei es nun "performance", "meaning" oder "Erzählpersönlichkeit". Aber auch an den eigenen Interessen könne man feststellen, daß sich die Akzente verschieben.
Dazu komme eine weitere Beobachtung bzw. ein Trend, den es immer schon gegeben hat: innerhalb der Erzählforschung gibt es attraktivere Gattungen als gerade die Sage. Das Märchen hat immer schon die Sage in den Schatten gestellt; Märchenvorlesungen sind immer voll, bei der Sage gibt es schon ein viel geringeres Publikum. Hinzu kommen neue Gattungen, die heute in den Mittelpunkt des Interesses gerückt sind: man interessiert sich für Klatsch-

geschichten, für Witze, für Schwänke, Lebensgeschichten usw.. So ist die kulturhistorische Sagenforschung in den Hintergrund getreten.

Klaus Beitl bemerkt, er habe das Gefühl, daß die Volkskunde sich nicht in den Genuß der eigenen Früchte setze: aber gerade die kulturgeschichtliche Betrachtungsweise der Sage, die Kombination der räumlichen und historischen Betrachtung, sei ein Beitrag zu den Geisteswissenschaften, der in dieser Form nur von der Volkskunde komme. Wir gehen, so Beitl, diesen Weg nicht konsequent zu Ende. Die gleiche Kritik trifft die Atlasunternehmen: die Atlanten sind nie zu dem vorgestoßen, was sie eigentlich als Methode - als Hilfswissenschaft - auch heute noch leisten können. Auch hier stelle sich die Frage nach dem Wieso. Vielleicht liegt es an der Infrastruktur des Faches und daran, daß es nicht die richtigen Forschungseinrichtungen gibt. Es sei daher nicht unangebracht, eine solche Zusammenarbeit in die Wege geleitet zu haben, um sich "20 Jahre danach" - ganz überspitzt formuliert - über die Sage zu unterhalten.

Ulrike Kindl schildert die Situation in Italien: auch hier sei die Standortbestimmung ein sehr großes Problem. Die Volkskunde werde, im Rahmen der Germanistik, als Aschenputtel geduldet oder ganz in die Altphilologie abgedrängt. Sage und Märchen werden im italienischen wie auch im ladinischen Sprachraum anders definiert als im deutschsprachigen. Das reine Definitionsproblem sei mit der Grundlagenforschung überhaupt vor 20 Jahren steckengeblieben.

Siegfried de Rachewiltz erläutert die Lage aus Südtiroler Sicht: schon auf dem Volkskundekongreß von 1958 in Nürnberg habe sich der Südtiroler Vertreter, Professor Dr. Alois Staindl, beklagt, wie schlecht es um den Nachwuchs bestellt sei "in bezug auf die eigentliche Forschungsarbeit". 1978 bemerkte der schwedische Volkskundler Sven Sjöberg in einem Aufsatz über "Volkskunde in Südtirol", daß sich die Situation seit 1958 kaum wesentlich geändert habe. Inzwischen seien durch private Initiativen verschiedene Dorf- und Talmuseen und durch die Initiative des Landes das Landesvolkskundemuseum entstanden; das gegenständliche bäuerliche Kulturgut des Landes sei dadurch - wenigstens für bestimmte Gegenden - sichergestellt und bewahrt worden. Doch auch hier sei eine merkwürdige Säkularisierung des Forschungsinteresses zu beobachten, das dazu geführt habe, daß die geistige Volkskunde zugunsten der Sachkulturforschung vernachlässigt wird. Darunter leide insbesondere die Erfassung der oralen Tradition, was um so bedauerlicher sei, als es für Süd-

tirol ein primäres Anliegen sein müßte, seine mündlich überlieferte Volkskultur sowie die "Geschichte von unten" d.h. die Geschichte aus der Sicht der Betroffenen und die Geschichte des Alltagslebens, durch Film- und Tondokumentation zu erhalten. Es sei eine besonders dringliche Aufgabe, die Lebenserinnerungen, Memorate und Erzählungen alter Menschen festzuhalten: höchstens in naher Zukunft noch wird in diesen Bereichen eine Dokumentation möglich sein, da die Erinnerungsträger, deren Lebensweg bis in die ersten Jahrzehnte unseres Jahrhunderts zurückreicht, immer weniger werden. Das Statut des Südtiroler Landesmuseums für Volkskunde sehe zwar die Erforschung sowie die Förderung von Studien und Forschungsarbeiten im Bereich der Volkskunde vor, doch sei dieser Punkt, wohl aus Personalmangel, bisher nicht zum Tragen gekommen.
Dazu bemerkt **Lutz Röhrich**, daß die Abhängigkeit von den Institutionen ganz deutlich sei; in der Bundesrepublik gebe es im Grunde genommen nur zwei Institutionen, an denen Erzählforschung betrieben wird, wobei es interessant ist, daß Leute, die nie einen Aufsatz auf dem Gebiet der Erzählforschung geschrieben haben, doch die Themen Sage und Märchen in der Lehre anbieten: sie gehören deutlich zum Kanon.
Walther Heissig bricht eine Lanze für die Eigeninitiative und warnt davor, sich zu sehr auf die Universitäten zu stützen. Andererseits sei interdisziplinäre Mitarbeit von großer Wichtigkeit. Orientalisten die sich, wie er, mit Erzählforschung beschäftigen, sehen immer wieder, daß ohne einen engen Kontakt zur Volkskunde und ihren Methoden kein Weiterkommen ist. Die große Zukunft liege, darin sei man sich auf den Epen-Symposien stets einig gewesen, in der interdisziplinären Methode: wir werden immer mehr dazu kommen müssen, gewisse Motive oder Erscheinungen der europäischen Sagen und Märchen und überseeischer Märchen miteinander zu vergleichen und zu großen komparatistischen Fragestellungen zu gelangen.
Hans-Jörg Uther zählt die Gründe auf, warum die Sagenforschung, die in den sechziger Jahren forciert worden war, zum Erliegen gekommen sei: Aufbruchstimmung an den Universitäten Ende der sechziger Jahre, Interesse für neue Richtungen, große Rolle der Theorie und Entwertung der historischen Forschung usw.. Heute beschäftige man sich mehr mit Funktionswandel und Kontextfragen. Man müsse sich auch die Frage stellen, ob es heute noch Sagen gibt, oder ob man sie anders bezeichnen muß. In diesem Zusammenhang erwähnt er die vielen Kleinbegriffe wie Memorat, Fikte, Chimerat usw. die C. W. von Sydow geprägt hat, die aber trotz der immer wieder erhobenen

Forderung nach interdisziplinärer Zusammenarbeit nie durchgesetzt wurden. Als negatives Beispiel mangelnder Zusammenarbeit erwähnt er den Katalog von Wolffenbüttel über die Fabel, in dem nur Beiträge von Germanisten aufgenommen wurden, und in dem die volkskundliche Fabelforschung vollkommen unter den Tisch gefallen sei. Deshalb sei es gut, wenn man hier in einem Arbeitsgespräch über den Standort der Sagenforschung spreche.
Lutz Röhrich wendet ein, er sehe die Lage nicht ganz so düster; die Schweiz sei ein Beispiel dafür, daß auch in unserer Zeit Sagensammlungen mit authentischen Texten noch publiziert werden können. Das Märchensammeln in der Feldforschung in Mitteleuropa halte er zwar für eine aussichtslose Sache, aber an Sagen könne man noch einiges zusammenbringen. Sicherlich hätten sich bei der Sekundärliteratur die Akzente verschoben, aber auch hier gäbe es, was die Sagenforschung betrifft, wertvolle Beiträge.
Leander Petzoldt ist ebenfalls der Auffassung, daß die oberwähnte Verschiebung der Akzente vollkommen legitim sei: jede Zeit bringe ihre Fragestellungen an den Stoff heran. Von den berühmten "5 Minuten vor 12" spreche man schon seit hundert Jahren; trotzdem sei noch immer etwas zu finden. Es haben sich ganz neue Genres entwickelt: er denke da z. B. an die Tagung in Sheffield über "contemporary legends", Zeitungssagen, die Geschichten vom "vanishing hitchhiker" und ähnliche Erzählstoffe, d. h. neue thematische Gruppen von Volkserzählungen. Es hänge übrigens mit unserer Zeit zusammen, daß kürzere Formen, die sich einfach erzählen lassen, heute beliebter sind: es ist nicht mehr die Zeit da, lange Geschichten wiederzugeben. Sein Plädoyer sei, daß man sich hier Rechenschaft gebe über die Möglichkeiten, die jeder einzelne sieht, neues Material aufzuzeichnen. Der thematische Umkreis sollte erweitert werden und Alltagsgeschichten im Sinne einer 'oral history', Alltagserzählungen bis hin zu modernen Gruselgeschichten miteinbeziehen. Es sei zwecklos, allzu puristisch nach "alten" Sagen zu suchen: das, was Bausinger als "alltägliches Erzählen" bezeichnet hat, das sollte beobachtet und aufgenommen werden.

Lutz Röhrich erwähnt nun eine Reihe von Umständen, die das Sammeln von Sagen erschweren: die Sage setzt eine am Volksglauben partizipierende Gesellschaft voraus, der auch der Sagenaufzeichner wirklich - oder zumindestens scheinbar - angehören muß, sonst erfährt er nichts. Es sind Erzählungen, die aus einem längeren Kontext herausgelöst und als Sagen gedruckt werden; darin müßte sich eine heutige Aufzeichnung von den früheren Sammlungen unterscheiden, daß sie das ganze Umfeld einer Sage, den Kontext des Erzählens und des Erzählers sowie die Vermittlungsprozesse mit erhebt.

Leander Petzoldt schlägt vor, sich zunächst einmal vom Kategorisierungsproblem fernzuhalten und der Erleichterung der Diskussion halber allgemein von Volkserzählung zu sprechen. Zur Frage des Kontexts: wichtig wäre in einführenden Seminaren die Studenten darauf hinzuweisen, was z. B. beim Erzähler alles zu beachten ist: seine soziale Position, das Kommunikationsgefüge, in dem er steht, seine Herkunft, Alter, Beruf, sein Weltbild, seine Ausbildung, sein Rollenverhalten und Rollenverständnis, die prägenden Erlebnisse - also die Kriegszeit bei der älteren Generation -, religiöse Ansichten, Bekenntnis; dann individuelle Faktoren, seine Sprache (Hochsprache, Umgangssprache, Mundart) seine Intelligenz, seine Erzählkompetenz, die man meist daran mißt, wie beliebt er als Erzähler in seinem Umkreis ist. Wichtig seien auch die außerverbalen Komponenten (Mimik, Gestik): insofern wäre es natürlich am besten, man mache einen Tonfilm von einem Erzähler, das wäre die vollkommene Aufnahme. Ferner wären die situativen Bedingungen, der Bezug zwischen Erzähler und Zuhörer und natürlich der Realitätsbezug, die Glaubenswirklichkeit des Erzählers zu beachten. Das seien Dinge, die der Explorator wissen müsse, wenn er vernünftige Aufnahmen machen wolle. Nur so können Aufnahmen gemacht werden, die für einen bestimmten Zeitraum repräsentativ und entsprechend auswertbar sind.

2. Probleme der Einordnung und Gliederung des Materials

Leander Petzoldt eröffnet die Sitzung mit folgenden Feststellungen: Alpenburg, Zingerle - diese Mythographen, wie sie sich selbst bezeichneten - gingen in der Nachfolge der Brüder Grimm davon aus, daß die Sagen und Märchen Nachklänge der alten Mythen sind bzw. Reste des germanischen Götterglaubens.

Johann Nepomuk Ritter von Alpenburg hat in seiner Sammlung "Mythen und Sagen Tirols" (1857) das Material in fünf große Gruppen eingeteilt:

1. Mythische Wesen (Sagen von Elementargeistern, Riesen, Saligen, Fanggen, Zwergen und Solitärwesen wie Blutschink und Orco);

2. Menschengeister und Thierespuk (Arme Seelen, Feuerpütze, Marchegger, Kaser-Mandln, Seekuh, Kröten und ähnliches);
3. Gottesgerichte (was wir normalerweise als Frevelsagen bezeichnen, Versteinerung, Versinken, Verschüttung, Verschneiung und Vereisen);
4. Der Teufel und seine "Bündner" (Hexen, Zauberer, Venediger, Truden, Wunderdoctoren wie Doctor Theophrast usw.);
5. Aberglaube (Magische Künste, Zauber mit Tieren und Pflanzen, Aberglaubensberichte).

Dies ist natürlich eine Gruppierung die unsystematisch und nicht sehr praktisch ist, zunächst materialorientiert - und das ist eigentlich richtig - aber es steht kein theoretisches Gerüst dahinter.
Bei Ignaz V. Zingerle wird die Sache noch schwieriger. In seinem Nachwort zu den "Sagen aus Tirol" schreibt er, daß er sie nach Grimms Mythologie gegliedert habe. Er selbst, so Petzoldt, habe versucht, in seiner kleinen Auswahl aus Zingerle, seine Gliederung der "Deutschen Volkssagen" als ein 'inneres' Gliederungsprinzip anzuwenden. Interessant sei, daß Zingerle im Nachwort auch noch versucht, Landschaftstypen und Dämonen einander zuzuordnen; das ist natürlich kein Gliederungsprinzip, ist aber insofern interessant, weil es doch etwas über den regionalen Sagenschatz aussagt. Zu den (sonderbar geformten) Bergen gehört demnach die Riesensage (z. B. Frau Hitt), zu den Seen die Wasserfräulein, in 'fruchtbaren Gegenden auf sanftem Mittelgebirge' hausen die Saligen, (weil sie mit Fruchtbarkeit und Flachsanbau zu tun haben), den dunklen Wäldern ordnet er die Wilden Frauen und Männer zu, am Fuße und in den Höhlen des Mittelgebirges halten sich die Zwerge und Nörglein auf und schließlich in den Bergwerken und Burgen die Erzhüter und Schatz-Jungfrauen. Das ist zwar ein interessantes Beziehungssystem, das aber für eine systematische Gliederung von Sagen nichts hergibt.
Mehr oder weniger sind alle Sammlungen aus dieser Zeit so 'unsystematisch' geordnet; ein geplantes Archiv sollte versuchen hier systematisch vorzugehen. Zwangsläufig verfällt man zuerst auf das Aarne- Thompsonsche Typensystem, das sich aber speziell für Sagen kaum eignet. Man müßte zumindest versuchen, das Material <u>auch</u> nach Aarne- Thompson zu gliedern, auch wenn man es als Sammlungs- und Archivierungsprinzip nicht vorschlagen kann. Wesentlich wären verschiedene Register, nach Orten, eventuell nach Erzählern und dann natürlich nach Motiven und Schlagwort-

katalogen. Die Motive bieten eigentlich die Möglichkeit, das Material zu gliedern.

Hans-Jörg Uther plädiert für eine inhaltliche Gliederung wie sie in Marburg vorgenommen wurde (sie sei zwar auch nicht optimal), vor allem sei aber Diversifikation nötig, das Material sollte nach mehreren Gesichtspunkten gegliedert werden, man sollte mehrere Systeme anwenden, sodaß man eine Volkserzählung unter verschiedenen Merkmalen finden könne. Der Motif-Index Aarne - Thompsons könnte ausreichen, aber ist im Grund genommen zu diffus (schon bei der Klassifikation stellt sich die Frage, was ist ein dominantes Motiv usw.).

Lutz Röhrich meint, jedes System sei gut, solange man sich darin zurechtfinde. Solange es keine neuen verbindlichen Systeme gebe, müssen die alten herhalten. Berühmtes Beispiel sei das "Deutsche Volksliederarchiv" in Freiburg. Er wundert sich, daß die Namen Christiansen, Simonsuuri und Sinninghe nicht gefallen seien (Sinninghe für die niederländischen Sagen, Simonsuuri für die finnischen und Christiansen für die sogenannten Wandersagen). Man muß solche Systeme nicht übernehmen, aber sie haben gute Kategorien.

Leander Petzoldt kommt auf die Schwierigkeit bei der Übertragung von nationalen Katalogen auf das lokale und regionale Erzählgut zu sprechen.

Klaus Beitl plädiert in diesem Zusammenhang für ein verbindliches Kategorisierungssystem, das als offenes System geführt wird, in dem die regionale Problematik, wie die spezielle Ausformung von Alpensagen durch weitere 'Verästelungen' untergebracht werden kann. Er weist auf die 'heroischen Ansätze' hin, die Mitte der 60er Jahre in diese Richtung gemacht wurden, als man versuchte aufgrund von landschaftlichen Sagensammlungen ein theoretisches System in der Praxis durchzuspielen (Sagenkataloge). Lutz Röhrich berichtet, daß bei jenen großen Katalogisierungsbestrebungen Ina-Maria Greverus federführend gewesen sei - die sich aber heute gar nicht mehr zu unserem Fach rechnen wolle. Er habe damals sein Soll erfüllt, der Katalog der Totensage sei der einzige der wirklich auch zu Ende geführt wurde.

Hans-Jörg Uther bezieht sich nun auf die Gliederung in Petzoldts Deutsche Volkssagen und Historische Sagen und bemerkt, daß sie natürlich auf dem Material des 19. Jahrhunderts beruhe. Bei dem, was man heute als alltägliches Erzählen bezeichnet, findet man heute noch die Ursprungs- und Erzählungssagen oder die 'merkwürdigen Begebenheiten' (vanishing hitchhiker, usw.). Hier könnte man eine neue Gliederung aufstellen. Nicht umsonst habe die Enzyklopädie des Märchens nachträglich Stichworte wie Familiengeschichte, Lebenserinnerungen, oral history, Autobiographie usw. noch aufgenommen: weil solche Dinge jetzt in den Mittelpunkt der Forschung gerückt seien.

Lutz Röhrich zeigt am Beispiel 'Frevel', daß die Einteilung der übernatürlichen Wesen in z. B. die verschiedenen Elemente, nicht die Kategorien sind, die heute die Sagenforschung interessieren; das habe die Leute im 16. und 17. Jahrhundert interessiert, uns interessieren sie heute vom Standpunkt der Normabweichung und des Verhaltens der Menschen. Frevelsagen sind Geschichten, in denen gesellschaftliche oder religiöse Normen verletzt worden sind.

Hans-Jörg Uther faßt zusammen und meint, ein erstes Ergebnis der Diskussion wäre die Feststellung, daß sich niemand gegen eine inhaltliche - Strukturierung ausgesprochen habe. Beim Kongreß in Bergen habe er weiterhin für Klassifikation plädiert. Was ist seit 1961 an Klassifikationsversuchen vorgelegt worden? Es gibt ganz wenig Kataloge über Sagen, Legenden und Exempel.

Wenn man Material erhebt und es klassifizieren und in einem kulturellen Kontext vergleichen will, muß man möglichst einheitliche Systeme haben. Die Klassifikation, die wir z. T. in den Katalogen haben, ist jene des 16. bis 19. Jahrhundert oder vom Beginn des 20. Jahrhunderts; mehr haben wir nicht aus diesem Bereich. Für die Alltagsgeschichten von heute brauchen wir eine andere Klassifizierung; die müßte so offen sein, daß sie auch zukünftig noch verwendet werden könne, wobei einzelne Kapitel durchaus weiter existieren.

Leander Petzoldt meint, das Ganze wäre sicherlich einfacher, wenn wir wirklich den Sagenkatalog schon hätten - nicht nur den für die Totensagen. Dazu bemerkt **Lutz Röhrich**, daß diese Kataloge ursprünglich als Hilfsmittel gemacht wurden, für Leute, die eine Monographie über diesen oder jenen Erzähltypus oder über diese und jene Sagenfigur schreiben wollten. Dabei bleibt es niemanden erspart, jeden einzelnen Beleg selbst in die Hand zu nehmen: jeder muß das Ganze ab ovo noch einmal aufarbeiten. Insoferne sei der hilfswissenschaftliche Charakter doch etwas in Frage gestellt, ganz

abgesehen davon, daß es z. B. im deutschsprachigen Raum keine zentralen Archive dafür gibt.
Röhrich sieht in der Diskussion eine Anregung, nicht einen Katalog für alle Zeiten, sondern eine Art Handbuch oder Feldforschungsführer zu erarbeiten. Das wäre in der Tat weit über die Südtiroler Bestrebungen hinaus ein nützliches Instrument, das wir auch unseren Studenten an die Hand geben könnten.

3. Zum Beispiel: K.F. Wolffs 'Dolomitensagen'

In ihrem Beitrag rechnet **Ulrike Kindl** Tirol zu den besterfaßten und -erschlossenen Sagenlandschaften des gesamten Alpenraumes; davon zeuge eine stattliche Bibliothek von Märchen- und Sagenbüchern, Brauchtumsschriften und Heimatblättern. Um die Sichtung und Auswertung der gesammelten Schätze allerdings stehe es weniger gut, vor allen Dingen fehlt fast völlig eine kritische Bestandaufnahme der früheren, spätromantisch beeinflußten Sammlungen und der zahlreichen Bearbeitungen. Zu den letzteren gehören die 'Dolomitensagen' von K. F. Wolff, deren editorischer Erfolg nicht über die Tatsache hinwegtäuschen dürfe, daß es sich bei diesen Erzählungen nicht um authentische Märchen- und Sagentexte, sondern um bearbeitete Erzählungen mit märchen- oder sagenhaften Motiven handelt. Das wäre nicht weiter schlimm, wenn die Bearbeitung und die dieser Bearbeitung zugrundeliegende Information einwandfrei unterscheidbar wären. Dabei erhebt sich aber ein beinahe unlösbares Problem, denn dies zu trennen wäre nur möglich, wenn Wolffs Quellen bekannt wären und/oder genügend Vergleichliteratur vorhanden wäre. Das Dolomitengebiet und die ladinischen Täler wurden aber während der großen Sammelperiode Tirols merkwürdigerweise übergangen, und es gibt daher nur wenige umfangreiche Sammlungen mit ladinischen Sagen- und Märchengut. In diesen Kontrollsammlungen nun finden sich kaum Spuren, geschweige denn Belege der Wolffschen Sagenbearbeitungen.
Sei aber der Quellenwert der 'Dolomitensagen' Wolffs nicht feststellbar, so sei die Sammlung unter volkskundlichem Aspekt wertlos und das bedeute den Verlust wohl beträchtlicher Traditionen der Dolomitenladiner.
Wolff habe seine Gewährsleute für die einzelnen verarbeiteten Motivkerne nicht vermerkt, wohl aber immer wieder Namen erwähnt, von denen er das eine oder andere erfahren habe. Vordringliche Aufgabe einer kritischen Bestandsaufnahme der Wolff-Sammlung ist es also, diesen Spuren nachzugehen, wenn

möglich die Quellen, aus denen Wolff geschöpft haben muß, aufzudecken und die von Wolff vorgenommenen Bearbeitungen nachzuzeichnen und zu durchleuchten. Die Suche nach halb- oder ganzvergessenen Namen, nach etwaigen Schriften in Archiven und auf Dachböden ist zwar meist ein hoffnungsloses Unterfangen. In diesem Fall zeichnet sich aber eine glückliche Ausnahme von dieser Regel ab: der Nachlaß eines der wichtigsten Informationen von Wolff, des mit ihm eng befreundeten Fassaners Hugo de Rossi, ist vollständig erhalten geblieben und erlaubt Einsichten in die von Wolff vorgefundene Quellenlage und Rückschlüsse auf seine Arbeitsweise.
Mit Hilfe dieses Materials kann der Versuch begonnen werden, den Quellenwert der 'Dolomitensagen' freizulegen.

4. Folgerungen

Die Teilnehmer beschlossen am Ende der Tagung, einen Leitfaden über Klassifizierungssysteme zu erstellen, dessen Redaktion Dr. Hans-Jörg Uther anvertraut wurde.

Die anwesenden Wissenschaftler betonten, daß Südtirol eine der traditionsreichsten Regionen der deutschen Volkserzählung sei, und man an die Leistungen der Tiroler Sagenforschung eines Ignaz Vinzenz Zingerle u.a. anknüpfen müsse. Es sollte in Südtirol daher eine 'Forschungsstelle für Volkserzählungen' eingerichtet werden. Diese soll wissenschaftlich von der Tiroler Landesuniversität Innsbruck betreut werden.

Die Forschungsstelle soll als Archiv die mündliche Überlieferung im Alpengebiet und speziell im Raum Südtirol erfassen und eine Sammelstelle für Informationen und Nachweise über schwer und bisher nicht zugängliche gedruckte und ungedruckte Quellen sein. Der Kreis empfiehlt, daß die Arbeit der Forschungsstelle in der zukünftigen Wissenschaftspolitik des Landes organisatorisch verankert wird, und sieht es als seine Aufgabe an, die Arbeit wissenschaftlich zu unterstützen und auf regelmäßig veranstalteten Tagungen die Ergebnisse zu diskutieren und neue Impulse zu geben. Dieses Gremium will sich einerseits um die speziellen regionalen Bedürfnisse Südtirols bemühen, vor allem aber die Einbindung einer der reichsten Sagenlandschaften Europas in die wissenschaftliche Erzählforschung gewährleisten.

Hauptziel des ersten Sagensymposions auf der Brunnenburg war es, einem Kreis von Fachleuten die Möglichkeit zu bieten, übergreifend über Probleme der Sage im alpinen Raum zu diskutieren und die Weichen für die nötige Fortsetzung dieser Diskussion auf breiterer Ebene zu stellen. Wie zu erwarten war, galt es zunächst eine Standortbestimmung der heutigen Sagenforschung zu erarbeiten. Als geeignetste Form des Meinungsaustausches für die Diskussion erwies sich das Round-table-Gespräch.

Mit dem gemeinsamen Vorschlag der Teilnehmer, die Tagungen regelmäßig weiterzuführen und dem Wunsch, die Arbeit zu institutionalisieren, schloß die Tagung.

I. SAGENSYMPOSIUM AUF DER BRUNNENBURG
DORF TIROL/SÜDTIROL
11. BIS 14. OKTOBER 1984

BEITRÄGE ZUR EUROPÄISCHEN ETHNOLOGIE UND FOLKLORE

Reihe A: Texte und Untersuchungen

Herausgegeben von Prof. Dr. Leander Petzoldt

Band 1 Helge M.A. Weinrebe: Märchen - Bilder - Wirkungen. Zur Wirkung und Rezeptionsgeschichte von illustrierten Märchen der Brüder Grimm nach 1945. 1987.

Reihe B: Tagungsberichte

Band 1 Leander Petzoldt, Siegfried de Rachewiltz (Hrsg.): Studien zur Volkserzählung. Berichte und Referate des ersten und zweiten Symposions zur Volkserzählung Brunnenburg/ Südtirol 1984/85. 1987.